講談社文庫

深い河《ディープ・リバー》

新装版

遠藤周作

JN051551

講談社

目次

深い河

ディープ・リバー　新装版

深い河、神よ、わたしは河を渡って、
集いの地に行きたい

黒人霊歌

一章　磯辺の場合

やき芋ォ、やき芋、ほかほかのやき芋ォ。

医師から手遅れになった妻の癌を宣告されたあの瞬間を思い出す時、磯辺は、診察室の窓の下から彼の狼狽を嗤《わら》うように聞えたやき芋屋の声がいつも甦ってくる。間のびのした呑気そうな、男の声。

やき芋ォ、やき芋、ほかほかのやき芋ォ。

「ここが……癌です。ここにも転移しています」

医者の指はゆっくりと、まるでそのやき芋屋の声に伴《あわ》せるように、レントゲンの上を這った。

「手術はもうむつかしいと思います」と彼は抑揚のない声で説明した。「抗癌剤を投与し放射線を当ててはみますが」

「あと」と磯辺は息をのんでたずねた。「どのくらいでしょうか」

「三ヵ月ぐらい」と医師は眼をそらせた。「よくて四ヵ月」

「苦しむでしょうか」

「モルヒネで肉体的な苦痛はある程度除去できます」

しばらく二人の間に沈黙が続き、磯辺が、

「丸山ワクチンを使って、いいでしょうか。そのほか漢方も」

「結構ですよ。よいとお思いのどんな民間薬でも使用されて結構ですよ」

医者が素直に承諾してくれたということは、もう手のうち様のないことを暗示していた。

沈黙がまた続く。耐えられず磯辺は立ちあがると、医師はレントゲンの方にもう一度、体を向けたが回転椅子の嫌な軋《きし》みが磯辺には妻の死の予告に聞こえた。

(俺は……夢を見ている)

エレベーターまで歩いていく間、まだ現実感がなかった。妻が死ぬ、ということは彼の想念に一度も昇っていなかった。映画をみている最中、突然、まったく別のフィルムが映し出された感じである。

冬の夕暮れの、鉛色の空を茫然と見た。また外でやき芋屋の声が聞える。ほかほかのやき芋ォ。妻にどう嘘をつこうか、頭のなかで探し求めた。病人の鋭敏さで妻は磯辺の心の動きをすぐ見ぬくだろう。エレベーターのそばにある椅子に腰をおろした。

二人の看護婦が楽しげに話しながら通った。彼女たちは病院で働いているのに病気や不幸とはまったく関係のない健康と若さとに溢れている。

息を深く吸いこんで、病室のノブをぐっと握った。胸の上に片腕をのせて妻は眠っていた。

たった一つしかない丸椅子に腰かけたまま、もう一度、頭のなかで組みたてた嘘を反芻した。妻は眼を物憂げに開き、そして夫をみて弱々しく微笑した。

「お医者さまに会った？」

「ああ」

「お医者さま……何とおっしゃっていました？」

「三、四ヵ月は入院しなくちゃならない。でも四ヵ月後にはかなり良くなると言っておられる。だからもう一寸《ちよつと》の辛抱だ」

嘘の下手さが自分でもわかるだけに額にかすかに汗がにじむような気がした。

「そう……」

妻の視線が彼の湿った額に向けられている。磯辺は病人の敏感な勘を警戒した。

「じゃ、あと四ヵ月も、あなたに迷惑をかけるのね」

「馬鹿いうな。迷惑もへったくれもあるか」

彼女は微笑した。こんなやさしい言葉をこれまでの夫から聞いたことがなかったからだ。妻特有の微笑。結婚当初、人間関係にくたびれて会社から戻ってきた磯辺が、玄関をあけると、彼女はこの包みこむような微笑をうかべ、彼を迎えたものだ。

「退院したら、しばらく静養して、すっかり良くなったら」今までこの女を粗略に扱ってきたうしろめたさを匿すため磯辺は更に嘘を重ねた。「温泉にでも行くさ」

「そんな、お金のかかること、わたくしに必要ないわ」

必要ないわ、という言葉には、外で遠くから聞えるやき芋屋の声と同じような微妙な寂しさと哀しさとがまじっていた。ひょっとしたら彼女、何もかもわかっているのじゃないか。突然、妻はひとりごとのように、

「さっき、あの樹を見ていたの」

病室の窓に向けられた妻の眼は遠くに何かを抱くようにあまたの枝をひろげた銀杏の巨木に向けられていた。

「あの樹、どのくらい生きてきたのかしら」

「二百年ぐらいじゃないか。とに角、このあたりで一番、古い樹だろう」

「あの樹が言ったの。命は決して消えないって」

元気な頃も妻は毎日、ベランダの花に水をかける時、少女のように、ひとつひとつの鉢に話しかける癖があった。

「うつくしい花、咲かせてね」「うつくしい花、有難う」こんな会話をするのは、や

はり花好きだった母親から習ったもので、結婚したあとも、この習慣は直らなかった。だが銀杏の老樹とそんな会話をとりかわしたのは、彼女が本能的に自分の生命の翳《かげ》りを感じているためかもしれない。

「こんどは樹との会話か」と彼は不安をかくすためせせら笑ってみせた。「とに角、結構じゃないか。病気は見通しがついたし、銀杏とは毎日、話しあいができるし」

「そうね」と妻は気のない声で答えた。そしてそれに気づいたのか、やつれた頰を指でなぜた。

チャイムがなっている。面会時間が終ったことを告げる病院の合図である。彼はよごれものを入れた紙袋を手にもって丸椅子から立ちあがる。

「では、帰るか」

彼はわざと欠伸をしてみせると片手を出して妻の手を握った。こんな照れくさい事は入院まで一度もしたことはない。日本人の多くの夫のように、彼は妻に愛情を具体的に示すのが恥しい。手首は確実に細くなり、死が微妙に病人の体内に拡がっていることを示していた。彼女はまたあの微笑を夫にかえし、

「ちゃんと、食事をしているわね。洗濯物は母に渡してくださいよ」

「やっているよ」

廊下に出たが、胸は鉛をつめこまれたようだ。

部屋の隅で音を小さくしたテレビがくだらないゲームを放映している。四組の若夫婦がそれぞれ大きな骰《さい》を投げて、合計点が十になればハワイへ二泊三日の旅行に行けるという番組だ。

眠っている妻のそばで、ただ茫然とその画面を眺めていた。十の合計点を出した一組の夫婦が手を握りあって悦んでいる。彼等の頭上から細かい紙が舞いおちてくる。

磯辺は誰かが部屋の何処かで嗤っている声を聞いた。その誰かは彼を更に苦しめるため、わざと倖せな別の夫婦の姿をテレビで見せつけているように思えた。

長年の間、仕事や人間関係で当惑したり、途方に暮れたことも多い磯辺だったが、今、この瞬間、彼がおかれている状況はそんな生活上の挫折とはまったく違って次元を異にしていた。眼前で眠っている妻が三、四ヵ月後、確実に死ぬのだ。それは磯辺のような男が今まで一度も考えたことのない出来事だった。重かった。彼はどんな宗教も信じていなかったが、もし神仏というものがあるならば、こう叫びたかった。

(どうして、こいつに不幸を与えるんです。女房は善良で、やさしい、並みの女です。助けてやってください。お願いです)

ナースセンターで顔なじみになった田中と言う主任看護婦が、カルテに何かを書きこんでいたが、顔をあげて、同情のこもった眼で会釈してくれた。

荻窪の家に戻ると、台所では近くに住んでいる妻の母が冷蔵庫に夕食を入れている最中で、彼は病状を報告したが、医師の言葉は曖昧にした。義母が真実を知ったら、どんな衝撃をうけるかと思うと勇気が出ない。

「今日はお父さんが早く戻るので、わたし帰りますよ」

「有難うございました」

「あの子が入院すると、なんだかこの家、急に広くなりましたねえ」

「根があかるい女ですからねえ」そして彼はさっきと同じように心のなかで神仏に訴えた。（あいつは平凡だが善良な女です。あいつぐらい助けてやってください）

姑が帰ると、彼女の言ったように、今までは考えもしなかった家の虚しさがこたえた。妻がそこに存在していないせいだった。一ヵ月前まで磯辺は妻が家にいることを当然のように思い、特別にその存在を意識したこともなければ、用がない時にこちらから話かけたりしたこともなかった。二人の間には子供ができなかったので、一度、養女をもらった事がある。結局は、なついてもらえず失敗をした。どちらかと言うと口数《くちかず》の少い磯辺は妻や養女にやさしい言葉をかけたり、自分の気持を表現するのが苦手だったのだ。食卓でもしゃべるのは妻で、彼のほうは「ああ」「それで、いいだろう」ぐらいしか受け答えをせず、彼女から溜息をつかれて、「もっとあの子（養女）

に話ができないの」とたびたび咎められたものだ。

彼が妻と話をかわせるようになったのは彼女が入院して以後である。


医者の予告は残酷なほど正確で予告を受けてから一ヵ月もたたぬうち、妻は熱を出し、体中の痛みを訴えはじめた。それでも夫に辛い思いをさせないように懸命に微笑をうかべようとするが、放射線治療のあと、頭の毛がぬけ、体を少しでも動かすと、稲光のように激痛が走るらしく、かすかな呻き声をたてた。抗癌剤のため食べたものもすぐ吐く。


「モルヒネを使って頂けないんですか」

たまりかねて医師に懇願すると、

「ええ、でも適切に使わないと死期を早めるんです」

と医師はいつかと矛盾したことを言った。延命医学を主流とする日本の病院では、一日でも患者の生命を引きのばすことを方針としている。磯辺の心にも結局はこんな治療では助からないのだと承知していても、妻に一時間でも一分でも長く生きてほしい気持がかくれている。しかし、夫に申しわけないとおもってか、痛いと口に出すまいと歯を食いしばっている啓子の忍耐を思うと、彼は「もういい、もういい」と言ってやりたかった。

だが、ある日、会社の帰り、いつものように病室のドアをあけると、思いがけなく妻が笑顔をこちらにむけて、

「今日、嘘みたいに体が楽。特別の点滴をしてもらったから」

とはずんだ声で報告した。

「奇蹟みたい。何の薬かしら」

「新しい抗生物質かもしれないぞ」モルヒネをつかいはじめたなと磯辺は感じた。

「わたくし、この薬が効くなら早目に退院してもいいわよ。それに個室は贅沢だわ」

「心配をするな。一ヵ月や二ヵ月の個室代を払うぐらい、どうにでもなる」

しかし彼は、夫の停年退職後に出かけるつもりだったスペイン、ポルトガル旅行のために妻が溜めた予備の貯金を、既につかっていた。妻はこの旅行を、むかし、できなかった新婚旅行のやり直しだと、まだ見たことのないリスボンやコインブラの街々を、地図をひろげ、まるで幸福の徴《しるし》のように赤丸をつけていた。そして米国の出張所に二年ほど勤務したことのある磯辺にやさしい英会話を練習させてくれと言っていた。

真実を告げず、今日も病舎をたち去りぬ

慄然として目ざめ、妻なき余生を思う

これはその頃、電車を待つ間、ホームのベンチなどで手帖に書きつけた磯辺の駄句である。競馬や麻雀の趣味のない彼の数少ない楽しみは、酒を飲むことと下手な俳句を作ることと碁を打つことだった。しかし、彼は自分の句を妻に見せたことはなかった。彼は自分の感情を生に言葉や顔に出すことを恥ずかしく思う男だったし、何も言わなくても妻がこちらを察知してくれる関係を望む夫だった。

静脈のうき出たる腕のあまりに細し

ある土曜日、早めに病室を訪れた彼は頭に三角巾をつけた額のひろい眸の大きな女性がそこにいるのを見た。

「ボランティアの方ですって」

とモルヒネのお蔭で痛みがない妻は彼女を夫にたのしげに紹介した。

「ボランティアの方って、はじめてだわ、入院してから」

「そうですか」と女性は磯辺をじっと見ながら、「主任の田中看護婦さんから言いつかってわたくしがお世話をすることになりました。成瀬と申します」

「ご家庭の奥さま、ですか」

「いいえ、若い頃離婚致しました。だから平日は勤めの真似事みたいな事をしてますが、土曜の午後だけこうして病院のボランティア・グループに参加してます」

磯辺はほうとうなずいてみせたが、心中では不安もあった。素人の彼女がうっかり本当の病名を妻に洩らさないか、それがこわかった。

「とても病人の扱いに馴れてらっしゃるの。今もお夕飯たべるの手伝って頂いたけれど」

「宜しく、お願いします」

宜しく、という言葉に力を入れて磯辺は頭をさげた。

「では、わたくし失礼いたします。御主人がおいでですから」

成瀬美津子は丁寧に頭をさげ、半分、食べものの残っている食器をおいたトレイを持って病室を出ていった。その言葉遣いやドアの静かな閉め方で彼女が信頼のできるボランティアだと磯辺にもよくわかった。

「いい方でしょ」

妻はまるで彼女をみつけたのは自分の手柄のような言い方をした。

「あの人、あなたと同じ大学を出たのよ」

「そんな人が……なぜ、ボランティアをやっているのだ」

「そんな人だからよ。色々なことを御存知だわ」妻は女特有の好奇心をむき出しにして、「なぜ、離婚なさったのかしら」

「知らんね。あまり他人の事に立ち入るな」

と彼は怒ったような声で言ったが、本心ではそういう女同士の気やすさでこのボランティアが妻に病名を洩らすことを怖れた。

「ふしぎな事があったの」

何か遠くでも見るように啓子は夫に言った。

「今、点滴を受けたあと、眠ってしまったら、夢のなかで、家の茶の間が出てきて、うしろ姿のあなたが見えたのよ。あなたったら、台所でお湯を沸かしてそのままガスの火を消さずに寝支度を始めるんですもの。わたくし、薬缶が空焚きになって火事になると必死に叫ぶのよ……知らん顔をしているんですもの。何度も何度も叫んだわ。だけど、あなた、寝室の灯をけして……」

しゃべっている妻の唇の開閉を磯辺は直視していた。夢の内容が事実だったからだ。

昨夜、寝室の電気を消して眠りに入った時、彼は何とも言えぬ胸騒ぎを感じて眼をあけた。瞬間、台所のガスをつけたままだったのに気づき、反射的に飛び起きた。台所に駆け込むと薬缶は鬼灯《ほおずき》のように真赤になっていた。

「本当か」

「本当よ。どうして」

彼が正直に告白すると、啓子は緊張した顔で聞いていたが、

「わたくし、まだ役にたつんだわ」

と夢からさめたような表情で呟いた。

「夢は正夢というけれど、そんな事ってあるのね」

磯辺は妻が樹と話をすると思いこんだり、ふしぎな夢を見たりするのは、それだけ死が近づいている証拠ではないかと不安を感じた。彼は子供の頃、祖母から人は死ぬ前に健康な者には見えぬものを見ると聞かされたことがあった。

モルヒネで痛みは緩和されたものの妻の衰弱は病室を毎日訪れる磯辺にもはっきりわかるほど、目だってくる。だが、モルヒネを使うことで彼女はこの頃、まだ精神的には元気で、

「今日、成瀬さんが教えてくれたわ。学者も夢は色々な深い意味を持っている、と認めているんですって。何って言ったけな。ドリーム・テレパシーですって。彼女はわたしの夢で、わたしの無意識にあるものがわかるって。でもそれ以上は、教えてくだ

さらなかったけど」

妻からそんな話を聞かされた時、磯辺はなぜか、眼の大きな成瀬という女性に不安なものを感じた。彼女には妻の心の動きをじっと見ているような何かがあるからだった。

夏の日の一瞬赫《かがや》くだけの夕映えのように、モルヒネによる元気さも急速になくなった。以後、妻は一日中酸素マスクをして荒い息をしながら眠るようになった。彼が音をたてないように、土曜日の夕暮、ドアを開けると、点滴の針を腕に刺しこまれ、苦しそうに眼をつむり、あのボランティアの女がそばで足をさすっていた。妻は夫を見ると物憂げに眼をあけていたが、もう、彼女の習慣である微笑も浮ばず、

「地面の底に……落ちこむようなの」

とかすかな声で呟くと、また昏睡に入ってしまう。しかしボランティアの女性は顔色も変えず病人を見つめている。彼はその冷静な視線が、まるで「もう絶望ですよ」と言っているような気がして、言いようのない苦痛をおぼえた。

「どんな状態ですか、今日は」

「ええ、少しは会話もなさいました」

「あのことは当人は知らないでしょうね」と声をおとして磯辺は彼女に囁いた。「私も黙っているんです。宜しくお願いします」

「存じております。でも……」と成瀬美津子は静かな声で、「でも奥さま、お気づきかもしれませんよ。末期癌の患者さんは周りが想像している以上に、御自分の死を御存じなんです」

「こいつ、そんな事、一度も口にした事はありません」

と磯辺は妻の眠りの深さを確めながら抗議した。しかし、美津子はあくまで冷静な声で、

「それは……思いやりでしょう」

「残酷な事を、おっしゃるな。あなたは」

「申しわけございません。でもわたくし、ボランティアとして、同じようなケースを、今日までたくさん見てまいりました」

「女房は今日何をあなたにしゃべったんです」

「御自分がいなくて磯辺さんがどんなに不自由しておられるだろうか、心配なさっていらっしゃいます」

「そうですか」

「奇妙なお話もなさいました。体から意識がぬけていって天井からベッドに寝ている御自分のぬけがらが見えるんですって」

「薬の副作用でしょうか」

「そうかもしれません。でも、末期癌の患者さんには時々、同じ経験をなさる方がいらっしゃいます。お医者様も看護婦さんも信じませんけど」

磯辺はこんな現象は妻の死の前ぶれのような気さえした。今日も窓のそとは鈍色《にびいろ》で、病院の外でやき芋屋が出す間のびした声が聞える。やき芋屋は間ののした自分の声がそれを聴く者にどんな気持を与えるか気づかないのだ。窓々に花いっぱいの植木鉢をならべたリスボンの風景。真っ白な浜に黒衣をまとった女性が網をつくろっているナザレの海岸。同じ幻覚を見るなら、ベッドに横たわっているぬけがらではなく、せめてそんな風景でも眼にしてほしかった。

意識が体から抜け出すという現象はやはり臨終の前ぶれだった。

「この四、五日だと思います」

医師は彼をナースセンターによんだ。

「御親戚の方たちをお呼びになるのでしたら」

「四、五日ですか」

医師は眼鏡の奥で眼を伏せた。よごれた診察着のポケットにボールペンや体温計など色々なものを詰めこんだ彼は、そんな時の患者の家族の表情を見たくなかったのだ。

「そんなに、早く」

磯辺は未練がましく無意味な言葉を口にしたが、医師が正確に寿命は三、四ヵ月と予告したことは一日も忘れてはいなかった。

「意識は最後までありますか」

「はっきりは申せませんが、二、三日前から昏睡なさるでしょう」

「苦しんで息を引きとるんじゃないでしょうね」

「できるだけお苦しみにならぬよう、全力を尽くしますが」

いよいよその日が目前に迫って来たのだ。この時の心は寂寥というよりは月の表面に一人、ぽつんと立っている空虚感だった。その空虚感に耐えながら彼は病室のドアのノブをそっと握った。主任看護婦の田中がもう一人の若いナースを助手にして酸素吸入のテントを作っていた。

「さあ、御主人が来られましたよ」

とベテランの田中は励ました。

「あなた」

と妻は手を動かして夫を枕元に呼びよせて、ベッドサイドのテーブルを指さした。

「あとで……このなかの手帖を見て」

「わかった」

二人の看護婦が気をきかせて部屋を出ると妻は、

「ながいこと、有難う……」

「馬鹿いうな」磯辺は顔をそむけた。「この野郎、危篤みたいな、言い方をする」

「ごめんなさい。でも、わかるんです。明日になったら、ものも言えなくなるかもしれない」

もう恥も照れ臭さもなかった。三十五年一緒に住んだ相手が、明日世を去るかもしれぬ。

ベッドのそばの丸椅子に腰かけて黙然と彼は妻の顔を凝視した。彼もそうだったが彼女の顔はもっと疲れに疲れていた。もの憂げに半眼を開き、夫を眺め、眺めることさえ辛いらしく、眼を閉じる。

田中主任看護婦が入ってきて、妻の口に新しい酸素マスクを当てて、

「嫌なら、取っていいんですよ。でも、こちらのほうが楽ですよ」

妻は返事をしなかった。眼を閉じたまま肩で息をつづけている。

その夜から彼女は昏睡状態に入った。時々、何か譫言《うわごと》を言う。磯辺はそばに坐り、病人の手を握ってやるほか、何もできない。医師と看護婦とがたえず交代で妻の血圧を計り、注射をうち、脈をみる。東京に住んでいる彼女の父親、母親、弟に磯辺は連絡をとった。

「御主人を……呼んでおられます」

公衆電話をかけ終って戻ろうとする彼に、若い看護婦が廊下を駆けるようにして連絡してくれた。

「すぐ行ってあげてください」

彼が病室に入ると田中主任看護婦が酸素マスクのテントを開いて、

「なにか、おっしゃって、おられます。耳を口もとに当ててあげてください」

と緊迫した声で言った。

「俺だ、俺。わかるか」

磯辺は妻の口に耳を近かづけた。息たえだえの声が必死に、途切れ途切れに何か言っている。

「わたくし……必ず……生れかわるから、この世界の何処かに。探して……わたくしを見つけて……約束よ、約束よ」

約束よ、約束よという最後の声だけは妻の必死の願望をこめたのか、他の言葉より強かった。

夢でも見ているように数日間が過ぎた。妻が消えたことにどうしても実感が湧かない。妻は友達と旅行に出ていて、やがて帰ってくるのだ、と何度も自分に言いきかせる。三日後、甲州街道に近い火葬場で、黒塗りの車がぎっしり駐車し、何組もの遺族の群が、まるで流れ作業のように火葬場に吸いこまれ、次の順番のグループがそれを待っていた時でさえ同じことを磯辺は控室で考えこんでいた。控室の窓から火葬場の高い煙突をのぼる煙が見えたが、それは病室でよく眼にした曇天を彼に思い起させた。（あいつは旅行に行っている）と磯辺はその煙にむかって呟いた。（旅行から戻ってくれば、すべて前と同じ生活がはじまる）それなのに、彼の口だけは参列者に礼の言葉を言っていた。

係員が来て、火葬が始まる事を告げた。やがて磯辺の眼の前で制服制帽を着た中年の男が竈《かまど》のスイッチを入れ、鉄橋を走る新幹線のような音がひびいた。何が起り、何が行われているのか、この時も茫然としている磯辺にはわからなかった。「ただ今より、そのお箸で骨を拾って壺に入れて頂きます」と制服の男は無表情に告げ、大きな黒い箱を引き出した。そこに散乱している妙に青白い骨片を磯辺はどうしても妻のものと信ずることはできなかった。（これは一体、何だ。何を俺たちはやっているんだ）と彼は泣いている義母や女たちのそばでひとりごちた。（これはあいつではない）

骨壺が白布で包まれ、それを持った磯辺と親類たちとは僧侶を伴って家に戻った。戻った家には、彼が妻と共に使った家具、彼女の愛用した品々が、生前そのままに並び置かれていた。女たちは食べものを入れた皿や鉢や麦酒を客間に運びはじめた。

「初七日の次は、四十九日ですな」

親類の誰かが麦酒の泡を口に残しながら言った。この男は葬式いっさいの事務を引き受けた男だったから、今後の処置だけが頭にあるようだった。

「四十九日は来月の何曜日にあたります」

「水曜です」

「皆さんもお忙しいだろうから、ごく内々で済ませますのでどうぞ御放念ください」

「しかし、御住職さん」とまた別の男が住職にたずねた。「仏教じゃ、なぜ四十九日に集りをやるんです」

「それはですね」坊主頭の住職は数珠を膝でいじりながら少し得意げに、「仏教では人間が死にまするとその魂魄《こんぱく》が中有《ちゅうう》という状態になると考えております。中有というのはまだ転生しておらん状態でしてな、ふわふわと人間界をさまよっている。そして七日毎に、一組の男女の体内にもぐりこんで新しい命となって生れかわる。だから、まず初七日があるでしょう」

「ほう」

はじめて耳にする話に男たちは麦酒のコップを手に持ったまま住職を注目した。

「七日ごとですか」

「そうです。そしてどんなにその転生が遅い方でも四十九日目には必ず、どなたさんかのお子になられて新しく生れかわるわけでして……」

「ほう」

溜息とも吐息ともつかぬ声を一同は出したが、この話を誰一人として本気で信じているわけでもなかった。

「なるほどねえ、それで四十九日、四十九日と葬儀のあと、お寺で言うわけか」と誰かがうなずいたが、彼等は心のなかで、どうせ寺の金儲けの手段だと考えていた。その時、「必ず……生れかわるから」磯辺の耳にあの妻の譫言《うわごと》が聞えた。「この世界の何処かに。探して……わたくしを見つけて」

あの声を思い出しながら茫然としている磯辺に、

「お役目もすみましたので、私は失礼します」

と温厚な住職は頭をさげた。

皆が引きあげたあと、病院から持って帰ったボストンバッグ二個を開いた。入院中の妻の使用していた遺品である。ガウン、ネグリジェ、下着、タオル、洗面道具、時計、そんなものにまじって彼女が入院中につけていた手帖がはいっていた。M銀行が年末に宣伝用に客に配った黒革の小さな手帖である。胸つまる思いでその一頁をめくった。

あなたの衣類、冬服（押入れの桐の箱Aにあり）、合服、夏服、礼服（別の桐の箱

Bにあり）
服は必ずブラシをかけ、季節ごとにクリーニングすること
スェーターやカーディガン（やはり桐の箱Cにあり）
これらはすべて母に話してあります
貯金通帳と印鑑、株券、不動産の権利書、その他は銀行にあずけてあります
何かあれば、M銀行の井上支店長さんと杉本弁護士とに相談のこと

眼がかすみ、磯辺は次の頁をめくることを躊躇した。すべての頁に自分の亡きあと、夫が困らぬように日常生活のやり方のひとつ、ひとつが指示されていた。寝る前に必ずガスを点検することや、風呂の掃除の仕方まで、それらはこれまで磯辺がすべて妻に委せていたことである。それを妻は手にとるように教えていた。

「俺が、こんな事、できると思うのか」

彼は茶の間の彼女の位牌と遺影の写真とに怒鳴った。

「いつまでも、家を放ったらかさずに……早く……戻らんか」

手帖のなかには死ぬ二十日程前の日記とも覚え書ともつかぬ記述もあった。

一月二十二日　曇
今日も点滴。腕の血管はもうボロボロで、内出血の青黒い痕が至るところにある。

わたくしは窓の向うのあの銀杏の樹に向って話しかける。

「樹さん、わたくしは死ぬの。あなたが羨しい。もう二百年も生きているんですね」

「私も冬がくると枯れるよ。そして春になると蘇る」

「でも人間は」

「人間も私たちと同じだ。一度は死ぬが、ふたたび生きかえる」

「生きかえる？　どういう風にして」

やがてわかる、と樹は答えた。

一月二十五日
わたくしが去ったあと、誰にも世話されぬ不器用な主人を思うと……気が気でない。

一月二十七日
夕方まで辛かった。痛みは薬で何とか誤魔化せるけど、心が……死の恐怖で疲労した。

一月三十日
ボランティアの成瀬さん、来てくださった。いつも冷静で抑制力のある方だから、わたくしは主人にもうちあけられぬ悩みや心の秘密を洩らしてしまった。

「わたくし、もう駄目だろうとわかっているんです。主人には黙っているけど……」

成瀬さんはうなずいてくれた。口先だけの否定や慰めもしないのが彼女らしかった。

「成瀬さん、生れ変りを信じますか」

「生れ変り……？」

「人間は一度、死ぬと、またこの世に新しく生れ変るって本当」

成瀬さんはこの時、一瞬、わたくしを直視したが、うなずきはしなかった。

「わたくし、生れ変って、もう一度、主人に会える気が、しきりにするんです」

成瀬さんは黙って窓の外に眼を向けた。毎日、毎日、見なれた風景。大きな銀杏の樹。

成瀬さんは呟いた。「わたくしにはわかりません」そして食事のトレイを持って部屋を出ていった。彼女の背中が固い冷たいもののように見えた。


虚ろな毎日が続いた。心の空洞を埋めるため、彼はできるだけ会社に残り、家に戻る時間を遅らせた。残業を続けている部下を連れて、わざと食事や酒をふるまってやることで滅入る気持を何とか誤魔化した。辛いのは、帰宅して妻の使ったものを眼にすることである。スリッパ、湯呑み、箸、家計簿や電話帳に残っている一寸した筆跡。そんなものが眼についた瞬間、鋭い錐《きり》を突っこまれたように胸に痛みが走った。

真夜中、眼がさめることもある。闇のなかで彼はわざと妻が隣のベッドにいると信じこもうとして、

「おい、おい」

と声をかけてみる。

「おい、おい、眠っているのか」

結局、返ってくるのは、黒い沈黙と黒い空しさと黒い寂しさとだった。

「いつ帰ってくるんだ、旅行から。いつまで家を留守にしているつもりだ」

彼は闇のなかで眼をつむり、まぶたの裏に妻の顔を思いうかべる。何処にいる、馬鹿野郎。お前は夫を放って何をしている……。

「必ず……生れかわるから、この世界の何処かに」

「探して……わたくしを見つけて、という妻の最後の譫言はなまなましい残像のように耳の奥に残っている。

だが磯辺はそんな不可能なことがあるとは思えなかった。ほとんど多くの日本人と同じように無宗教の彼には、死とはすべてが消滅することだった。ただ彼女が生前に

使っていた日常の品々がいまだにこの家の中に存続している。（死は俺のずっと向うにあるようだった。（お前が生きている間は）と磯辺は思った。だがお前が両手を拡げて遮ってくれていた死は、お前がいなくなると急に眼前に現われたようだ）

彼にできるのは二週に一度、青山の墓地に出かけては磯辺家の墓標に水をかけ、花をとりかえ手を合わせることだけだった。それが「探して……わたくしを見つけて」という妻の切願にたいするせめてもの答えである。

ワシントンで生活している姪からの手紙で、休暇をアメリカで送らないかと言ってきた。動きまわってもまだ続いている寂しさをまぎらわしたかったから磯辺はその招きに応じた。

ワシントンは独身時代、彼が駐在した街である。姪の車であちこちを走ったが、ほとんど当時と何も変っていなかった。ジョージ・タウン大学医学部の研究員である彼女の夫にヨーロッパの古い大学のような建物に連れていってもらい、そして十九世紀がそのまま残っているような大学町を歩いた。姪の家の食堂には、有名な映画女優シャーリー・マクレーンの書いたベストセラーが彼女の写真のついた表紙で置いてあった。

「ほう、マクレーンか。この女優」と磯辺は言った。「むかし、気に入っていた。日本びいきだってね」

「今、話題の本よ」

と姪は答えた。

「どんな内容だね」

「彼女が自分の前世を探っていく本よ」

「こいつはそんなくだらぬ事を信じてましてね。彼女の書棚にはその種の本とか、ニユー・サイエンスの本でいっぱいです」

姪の夫は皮肉のまじった苦笑を浮かべてみせた。医者である彼は最近、米国で流行している超能力や臨死体験の過大評価は、一種の社会パニック現象だと説明した。

「何でもこの人、合理主義だけで考えるのよ」と姪は不満げに頰をふくらませた。

「合理主義だけでは割りきれないものはこの世にいっぱいあるわ」

「まだ割り切れないだけさ。いずれ科学で解明されるよ」

「しかし」

と黙っていた磯辺が口をはさんだ。

「そのシャーリー・マクレーンの本が——まあ、はっきり言うと、前世なんか私も信じないが――なぜベストセラーになったのかな。そのほうが興味がある」

「でしょう」と姪は磯辺が自分の味方をしてくれたものと思いちがえて、「ベトナム戦争以後、そんな研究が真面目にアメリカの大学でやられるようになったんですって」

「非科学的な心理学者やニュー・エイジの思想家だけですよ」と姪の夫は苦笑した。

「前世研究をヴァージニアの大学でやっているそうですよ」

「やっているわよ。ヴァージニア大学のスティーヴンソンという学者の書いた本は、近所の本屋さんで三位の売れ行きよ」

「誰だね、その学者は」

「まだ読んでいないけど、この先生はスタッフと一緒に、世界中から前世の記憶を持っている子供の例を集めて、その報告が正しいかどうか、徹底的に調査しているんですって」

彼女の作ってくれた水割りを飲みながら夫のほうは肩をすくめてみせた。馬鹿馬鹿しくて話にもならないという合図だった。

コップを片手でまわし磯辺はまたこの時、妻の最後の声を耳の奥で聞いた。

妻は本気で前世とか来世とかを信じていたのだろうか。妻には花や樹と話をかわしたり、予知夢を信じたりする幼稚な部分があったから、あの譫言も彼女の必死の願望から出たのだと磯辺は解釈していた。

ただそう考えると妻がそれほど彼を大事な存在に思って生きていたのかと知って、胸が強くしめつけられる気がする。

彼には来世とか転生などを肯定する気持は毛頭ない。磯辺も姪の夫と同じように、むきになってマクレーンの本の話をする彼女に苦笑したり、うなずいたりしてみせたが、もちろん本気ではなかった。

「女って、どうして、そんな話が好きなんだろう」

と姪の夫があくびをしながらしめくくった。

「うちの死んだ女房も……」

と言いかけて磯辺は口をつぐんだ。信じてはいないが妻の最後の言葉は彼にとって他人《ひと》には洩らせない大事な秘密でもあった。妻が自分にくれた大切な遺品のようなものだった。


帰国の日、ワシントン空港の売店で時間待ちの間、姪の話していたシャーリー・マクレーンの本「アウト・オン・ア・リム」とスティーヴンソン教授の「前世を記憶する子どもたち」がショーウインドーに斜めに飾られてベストセラーという立札が出ていたのを見つけた。それは偶然というよりは、眼にみえぬ何かの力の働きのようで、まだ姪の言うような奇っ怪な話は信じなかったが、亡くなった妻が、彼の背を押してショーウインドーに近寄らせたような気さえする。思わずその本を買った。

機内でこの本をひろげた。飲物を運んできたパンナムのスチュワーデスがマクレーンの本の表紙をちらっと見て、

「とても興味のある本ですわ。わたくしも夢中で読みましたけど」

と言った。姪の話は嘘ではなかった。

もっともマクレーンの本より、スティーヴンソン教授の研究発表のほうが磯辺は気に入った。さまざまな実地調査をあげながら、しかし教授は「こういう現象はたしかにあるが、だからと言って前世が人間にあるとは断定できぬ」と、慎重に、客観的に言っているのも信頼がおけた。説得力のあるその本を読んで彼は、妻の最後の言葉を少しだけ信じる気持にさえなっていた。

五月二十五日付の御書簡を拝受致しました。お問い合せの件につきお答え申しあげます。

我々ヴァージニア大学では、たしかにイアン・スティーヴンソン教授を中心に一九

六二年より死後生存《シータ》の調査を行っております。我々はスティーヴンソン教授を中心に前世の記憶を持っていると主張する三歳までの幼児を各国から探し出し、本人の告白、両親、兄弟の客観的な証言、更に肉体的な特徴について事例の収集を行って参りました。これはベトナム戦争以後、米国において研究成果の進みました臨死体験、幽体離脱現象、超能力などの解明に呼応する研究の一端です。

現在、我々の研究対象となすべき「生れ変り」の条件は左の通りです。

(1) 透視、テレパシー、潜在記憶では説明のできない、事実と確認されるべき証拠がかなりあること
(2) 現世では明らかに学習された筈のない複雑な（外国語を話したり楽器を演奏したりなどの）技能を持っていること
(3) 本人の記憶する前世時代に受けた傷に対応する同じ場所に母斑（あざ）があること
(4) 記憶と称するものが加齢と共に顕著な減少を示さず、催眠のトランス状態で誘発される必要のないこと
(5) 本人が過去の人生における遺族や友人の多くに、その人物の生れ変りであるとして長期にわたって認められていること
(6) 過去の人格との同一視が両親その他の人物の影響では説明できぬ事例であること

（三歳までの幼児を特に重視するのは、それ以後の年齢では大人による出鱈目な話を本人の記憶と混同したり、錯覚する可能性があるからです）

以上のような厳しい条件をそこにつけ加えていますのは、我々の研究がいわゆるオカルト的なものや得体の知れぬ宗教や透視者のそれと同じものではなく、あくまで学問的な客観的な調査であるためです。

したがって現在でも我々は人間の「生れ変り」があるとは決して断定は致しません。「生れ変り」を暗示するような現象が世界各国にあると発表しているのです。

現在まで「生れ変り」の事例は一六〇〇以上、集まっておりますが、そのなかに前世は日本人だったという事例は残念ながら一つしかありません。その例は次の通りです。

ビルマのナ・ツール村に一九五三年十二月に生れた、マ・ティン・アウン・ミヨと言う少女は四歳の頃から、しきりに前世について話し始めました。ある日、父親と散歩している時、飛行機の飛ぶのを見て泣き叫び、怖しがる様子を示しました。その後、飛行機をみるたび非常な恐怖をみせるので、父が原因を問いただすと、撃たれるからと答えました。その後、彼女は沈みこむようになり、「日本に行きたいよう」と訴えました。

彼女が時間がたって語り始めたのは、前世、自分は日本の北部の出身で、結婚して子供がいたそうで（その数は語るたびに違うこともありました）兵隊にとられ、ビルマのナ・ツールに駐屯した時、薪の山のそばで炊事をしようとした折、敵の飛行機が一機、飛んできました。その時、自分――つまりその日本兵は半ズボンに腹巻姿で立っていたが、敵機は急降下して機銃掃射を行い、逃れようと薪の山にかくれたが、弾が鼠蹊部《そけいぶ》に命中し即死したとの事です。

以上がマ・ティン・アウン・ミヨの告白ですが、その後自分は入隊前に日本で小さな店を持っていた気がするし、軍隊では炊事兵で戦死の折は日本軍がビルマから退却していた頃だったと申しております。

ただし彼女の話にはその日本兵の名も家族の名も地名も全く出ておりません。しかし彼女はビルマ風の食事を好まず、甘いものや糖分の強いココヤシからとれるカレーを好んでおります。彼女は子供のいる日本に帰りたいとか大きくなったら日本に行くとしきりに言ったそうです。家族の話ではマ・ティン・アウン・ミヨは家族の者も全く理解できぬ言葉でひとり言を言ったそうですが、それが日本語なのか、単なる幼児語かはわかりません。ふしぎなことに、彼女が前世で銃撃を受けたという鼠蹊部に母斑があり、その点も共通しております。詳しくはスティーヴンソン教授の調査報告をお読みになることをお奨め致します。

更に今後、前世で日本人であった事を語る我々の研究対象の例が出た場合は悦んで御連絡致します。

オサム　イソベ　様

ヴァージニア大学医学部精神科
人格研究室
ジョーン・オシス

二章　説明会

「聖なる河、ガンジスが心を清め、人と動物がひしめく迷路のような市場をさまよう。その昔、インダスのほとりに文化が開花したインド」

スクリーンには、白い碗を伏せたようなタージマハル宮殿や額に赤い印をつけたバラモン老僧の姿、性的な手ぶりの印度《インド》舞踊のビデオが次々と映し出された。半月後に出かける印度仏跡旅行の説明を受けるため二十人ほどの男女が集ったが、大半は年輩者である。

咳の音やかすかな身動きのなかでスクリーンに同じような風景や同じようなヒンズーの寺が出る。群衆の汗と体臭がこもったボンベイやカルカッタの大通り、ルンビニーやカピラヴァストゥやブッダガヤーやサールナートのような仏跡。日本はもう秋だというのにあと三週間もたたぬうち、自分自身がこの暑い光の土地を歩いているのがふしぎな思いである。

あかりがついた。場内の空気に皆の息のにおいのまじっているのを感じて美津子はハンカチをバッグから出した。ハンカチにつけたコロンの匂いに前列の男がうしろをふり向いた。そして驚きの色をみせた。

「楽しく旅行して頂きますために、添乗員の江波から御旅行中の注意事項を申しあげます。お手もとの紙を御覧ください」

すると丸い眼鏡をかけた三十四、五歳の男がさきほどのスクリーンの前にたって挨拶した。

「添乗員の江波と申します。印度には四年ほど留学しておりました。その間も、このコスモス社のお客さまたちを向うで御案内しておりましたので、経験からお客さまに三つのことを御注意申しあげます。三つとは、まず水です。現地で生水は絶対にお飲みにならないでください。必ず煮沸した湯を召し上がるか、コーラやジュースを飲まれることをお奨めします。ホテルでアイス・ウォーターやウィスキーのオン・ザ・ロックを御注文になってその氷でお腹をこわされる方もおられます」

印度における便所の特殊な使い方、左手は不浄なものと言われているから、左手で子供の頭などを撫でぬこと、特別なリクエストをしない限りチップは必要としないこと。盗難への注意の仕方などを彼はひとつ、ひとつ、印刷した紙に書いてある通り説明をした。

「印度にはカーストという宗教的な身分制度があります。ヴァルナ・ジャーティとも申します。それは非常に複雑でして簡単には御説明できません。ただ最も下のヴァルナにも入らない、つまりアウト・カーストとも不可触民ともよばれる人々がいることは知っておかれたほうがよいと思います。不可触民とは、現在ではハリジャンと呼び形式的には神の子などという尊称こそ与えられていますが、実際には昔からの特別の感情を持たれている人たちです。こういう差別を旅行中、目撃され、日本人としては不快な気持になられるかもしれませんが、そこには長い宗教的歴史的背景のあることをお含みおきください」

さまざまな旅行中の注意をのべると、彼は質問を促した。

「おそれ入りますが、お互い、早く顔見知りになって頂くため、質問なさる際、お名前をおっしゃって頂きます」

二、三人の者が挙手した。

「沼田といいます。野鳥保護地区に行きたいのです。そのためアーグラかバラットプルに一人、少し残っていたいのですが」

「このツアーは仏跡訪問ツアーですが、訪問先きで一ヵ所の町にお残りになって、あとで全員に合流なさりたいのなら御自由ですよ。動物がお好きですか」

「はい」

「印度自体が自然動物園のようなものです。至るところに猿やマングースや虎が住んでいます。コブラまでも」

江波は皆を笑わせて、

「でも一ヵ所に特別滞在なさる時は、我々指定のホテルにお泊り願います。外で食事をされる時、特別料金になります」

「わかっています」

この時期の印度の温度や服装について質問する女性につづいて一人の年輩者が手をあげた。

「向うの寺で法要をお願いできるでしょうか」

「寺とおっしゃいますと、ヒンズー教の寺院ではなく、仏教の寺ですね。失礼ですが、お名前は」

「木口と言います」

「木口さん、何か特別の法要でしょうか」

「いや、私は戦争中ビルマで多くの戦友を失ったし、印度兵とも戦ったので、その……敵味方の法要を向うでお願いしたいと思いまして……」

この時は皆は一瞬、黙りこんだ。

「確約はできませんが、たいていできると思いますよ。ついでに申しあげますと、印度は現在、ヒンズー教が圧倒的に多く、次にイスラム教徒で仏教のほうは滅びたと言っていいくらいです。公称では三百万人の仏教徒がいると言われてますが、実際は仏教礼拝は先ほど申しあげた不可触民に多いのです。つまり、いかなるカーストにも属さない最下層の人々が、人間の平等を説く仏教に救いを求めたわけですね。カースト制度は、とにも角にもヒンズー教を支え、印度社会を支える柱だったので、仏教はこの国で衰弱したのです」

それはここに集まった者たちには、意外な話だった。印度旅行で仏跡訪問を第一目的としている彼等には印度は仏陀の国、釈迦の国のイメージが強かった。

「それじゃ、ヒンズー教徒は何を信じているのですか」

と無邪気な老婦人がたずねた。彼女は夫と共にその仏跡めぐりをするつもりだった。

「お名前をどうぞ」

「小久保です」

「有難うございました。ヒンズー教は非常に複雑でして一口には御説明できません。現地で彼等の神々の像を御覧になるのが一番です。その信仰する神も多数ありまして、一寸、スライドで御説明しましょうか」

スクリーンに異様な女性の姿がうつし出された。片足で男の死体をふみつけ四本の手のひとつでネックレスのかわりに数々の人間の首を肩にかけていた。

「これは印度の寺院や家庭でよく飾ってある女神カーリーの絵です。基督教の聖母マリアは優しい母性愛の象徴ですが、印度の女神たちは、たいてい地母神と言いまして優しい神と共に怖しい存在です。たったひとつ、印度の苦しみをそのまますべて引きうけたようなチャームンダー女神というのがあって、これは是非、私は皆さんに御案内したいのですが」

室内が明るくなると、さきほどの小久保夫人が、

「ああ、怖しかった」

と声を出して、皆の笑いをかった。

「では予定の時間もすぎましたので、集まりを終ります。御苦労さまでした」

と江波はふたたび、厚い眼鏡を指でずりあげ不器用に頭をさげた。ホールを出る一同にまじって立ちあがった美津子は前列の男から声をかけられた。

「成瀬さんじゃありませんか」

「はい」

「お忘れですか。妻が病院で看病して頂いた磯辺です」

記憶の底から、あの辛抱づよい末期癌の女性と毎日のように病室を訪れていたこの夫が浮かびあがった。

「あの節は、色々とお世話になりました。しかし、こんな場所でふたたびお目にかかるとは思いもしませんでした」

磯辺は成瀬美津子のなかに妻の思い出を探るような眼つきをしたので、その視線が美津子には重かった。

「印度は御一緒のようですから、宜しくお願いします。偶然ですわね」

彼女が話題を変えようとすると磯辺はうなずいて、

「しかし、成瀬さんが仏跡訪問などに御関心があるとは知りませんでしたな」

「別に仏教に興味があるわけでもないんですけど」

と美津子は曖昧な笑い方をした。まぶたにはさっきの生贄《いけにえ》と血とを求める女神たちの姿がまだ残像のように残っている。彼女は印度で何を見たいか、本当は自分でもわからなかった。ひょっとしたら善と悪や残酷さや愛の混在した女神たちの像を自分と重ね合わせたいのかもしれなかった。いや、それだけではなく、もうひとつ、彼女には探したいものがあった。

「成瀬さんなら、フランスなんかに興味をお持ちだと思いました」

「なぜですの」

「妻がそんな風に申していたのを思い出したんです」

「一度、参りましたけれど、わたくし、あの国、あまり好きじゃないんです」

磯辺は美津子のはっきりした言い方に白けたように黙った。美津子は自分の口調のきつさに気づいて、

「すみません、生意気言って。磯辺さん、印度は観光でいらっしゃるのですか」

「いや、それもありますが……」

磯辺は困った表情をして、

「あることを探りに行くんです。本当に宝探しみたいな旅です」

「皆さん色々なお気持ちで、印度に向われるんですね。動物のお好きな方もいらっしゃったし、戦友の法要で行かれる方もおられるし」

歩道には褐色によごれた街路樹の落葉がもう散っている。出口の前にはタクシーの列が並び、米国人の夫婦が街路の露店の玩具を面白そうに眺めていた。美津子はまだ話しかけようとする磯辺に重さを感じて、

「失礼します。当日、成田の飛行場でお目にかかりますわ」

「十時半、集合でしたね」

「ええ、出発二時間前」

会釈して、彼女は並んでいるタクシーに体を入れた。タクシーの窓から、ぽつんと立っている磯辺の姿がうしろに去っていった。いかにも妻を失った孤独な男という肩と背中をしていた。

タクシーは彼女の卒業した大学のそばを走り、青桐の葉の黄ばんだ四谷の交差点に向った。信号で停車した時、学生時代、よく通っていたアロアロというスナックが昔のままに残っているのが見えた。瞬間、美津子は関西の故郷から出て、いい気で毎日を暮らしていた思い出に引きこまれた。学友から「モイラ」という名前でよばれていた時代。このスナックで「イッキ、イッキ」とボーイ・フレンドたちと酒を飲んでいた、学友たちとのそんな日々を「青春」だと錯覚していた馬鹿な学生。美津子はそんな仲間に囲まれながら彼等を心のどこかで軽蔑していた。その頃から彼女は通俗な今後の生活しか考えぬ同級生とちがって、人生がほしかった。しかしこの二つの違いにまだ気づいていなかった時に、あのピエロが彼女の前に現われたのだ。彼女が弄んだ大津が……。

三章　美津子の場合

あの大学の仏文科の時、美津子は遊び仲間から、「モイラ」という妙な渾名《あだな》をつけられた。その渾名は当時、教室で仏蘭西語のテキストだったジュリアン・グリーンの小説「モイラ」の女主人公の名を冗談半分に取ったのだ。

モイラは自分の家に下宿した清教徒の学生ジョセフを面白半分に誘惑した娘である。美津子の大学はカトリック男子修道会の経営する学校だったため、数多くはないが、洗礼を受けた連中も学生のなかにいた。彼等のなかには普通の男子学生から見ると「話のできない」「うまの合わない」野暮な連中と蔑まれる部分があった。差別こそされなかったが、何となく苦手な相手と思われる者もいた。

コンパの折、美津子は後輩の二、三人の男の子にけしかけられた。

「あのね、面白いかもしれませんよ。大津という奴、からかってみませんか」

「どこの科の人」

「哲学科の男。見ただけでからかいたくなるタイプの奴。女の子に話しかけられぬ奴。きっと、童貞だと思いますよ」

「そんな弱虫？」

「だから、成瀬さん、そいつを砂糖漬けにしてほしいんです」

「なんのために？」

「いつも笑顔をつくって皆に好かれようとしていますからね。でも、あいつをみると、成瀬さんならきっと苛めたくなると思いますよ。わかるでしょ」

その頃はこの大学を一時、ゆさぶっていた学生運動もようやく下火になって、大半の学生が空虚感に襲われていた時代だった。そして美津子も、背のびをしていた年齢だった。地方から東京に来たコンプレックスも手伝って、彼女は娘の我儘を許してくれる父親にせがんで、学生にしては贅沢なマンションの部屋を借り、友人を集め、当時は彼等には手の出ないコニャックを呑みまわったり、スポーツ・カーを運転したりした。そのくせ心はいつも虚ろだった。成瀬さんは酒も強い、車もいかしているなどと男子学生に言われると、胸の底で、自分にたいする何ともいえぬ怒りとも寂しさともつかぬ感情がこみあげた。

「そうね、気がむいたらね」

「とに角モイラがジョセフを誘惑したように誘惑してくださいよ。鍵でも使って……」

小説「モイラ」のなかにはジョセフの部屋の鍵を彼女がわざと乳房と乳房の間に入れる場面がある。鍵をとるためにはジョセフはどうしてもモイラの胸にふれねばならぬ。その場面のことを男子学生たちは冗談半分に口にしたのだ。

あれは大学二年生頃の、お互い無責任な会話のひとつだった。酒を飲むのも煙草を喫うのも、女の子がそんな話を口に出しても、東京の学生たちの間では当然のことだった。

しかし、それっきりで彼女は大津など忘れていた。コンパでの冗談は彼女には、その場限りのことで、いわば幼女時代に祭りの日に買った綿飴のようにすぐ消えてしまった。

そして半月ほどたった。図書館の真中ちかい席で、翌日の講義に訳読せねばならぬ「モイラ」の結末を字引をめくりながら格闘していた美津子は急に背中を指先で押された。ふりむくと、後輩が二人まるで重大な秘密でもうち明けるように顔を近づけて囁いた。

「大津ですよ」

「大津？　誰？　ああ、そうか」

「柱の横で、今、何か糞真面目に書いている奴が見えるでしょう。あいつです」

長い歳月がたった今も美津子はあの時の大津の横顔を思いだす。ほとんどの学生が制服などをもう着ない時代なのに、小肥りの彼は詰襟の、野暮な学生服の上衣をぬいで、白ワイシャツの腕をめくった姿で椅子に座っていた。まるでカウンターに座って大事な札束を一枚、一枚、数えている実直な銀行員のようだった。

「あんな汗くさい人とわたくしがつき合うの」

「でも、わかるでしょ、からかいたくなるのが」

たしかに大学のなかには、女の子が苛めたくなる衝動を起こさせる男子学生が必ずいるものだ。大津の野暮な恰好も女子学生をそんな気分にさせる相手だった。

「コンパの時の約束、忘れていないでしょうね。あいつ、夕方になると必ずチャペルに行ってお祈りしているんです」

「それを悪の道に引きずりこむわけね。考えておくわ」

彼女は自分の背を狎《な》れ狎れしく押した後輩が急にうるさくなり、邪険な言い方をした。この時にも美津子には大津と面白半分で接触しようという気持はなかった。

だが後輩たちは大津をからかうためにもう一つの手を打っていた。

閉館時間になって、彼女が立ちあがり、階段をおりかけると、よごれた風呂敷包みを胸にかかえた大津が出口に立っていた。

「すみません、あの……、ぼくが大津ですが」

と彼は臆病そうに彼女に声をかけた。

「え？」

「何か、用がおありだって。近藤君が言っていました」

近藤とはさっき彼女に大津の席を教えてくれた学生の名だった。

「用なんか、ありません」と美津子は冷ややかに答えた。「みんなは、あなたをかつごうとしているのよ」

「ぼくを？　近藤君たちが」大津はうなずいた。「なんだ、そんなことか」

「あなた、怒らないの」

「馴れているんです、子供の時から。からかわれるのは」

と大津は人の良さそうな笑いを、満月のような丸い顔にうかべた。

「あまり真面目すぎるからよ」

「そうですか。自分ではごく平凡な人間だと思っているんです」

「堅物なんですって、あなた」

美津子は彼の顔を探るように見ながら、急に意地悪な気持に駆られた。モイラと言う娘が清教徒の学生ジョセフを苛めたくなった気持が彼女にはよくわかった。

「みんな、そう言ってるわ」

「そうかなあ」

「そうよ、第一、夏なのにそんな学生服を着ている人なんて、今時、珍しいんじゃない」

「すみません。これ、習慣です。別にわざとやっているわけじゃないんです」

「あなた、信者?」

「ええ、家庭がそうですから、子供の時からです」

「本心から信じていらっしゃるの」

不意に彼女は今まで考えもしなかった質問を口にした。この大学に入りながら美津子はそんなものを信じようとは思わなかったし、そういう話が嫌いだった。

「すみません」と大津は悪いことをした少年のように、「そうですけど」

「わたくしなんかには、とてもわからない。ふしぎな人ね」

彼女はうしろを向いて、大津を無視したまま階段をおりた。大津は縦から見ても横から見ても、女の子の好奇心も関心も刺激しない男だった。だがそんな大津になぜ関りを持ったのか、美津子は今でさえも不思議でならない。強いていえば最初は彼をではなく、彼の信じている神をからかいたいという、いささか子供っぽい気持からすべては出発したのだ。

図書館で出会って数日後、それは夏休み直前の暑い日だった——美津子は一〇九番教室のある建物から出て、同じ仏文科の女の子と日蔭のベンチに座り、紙コップでコーラを飲んでいた。眼の前を通りすぎる男女のなかで、一人だけ暑苦しく黒い学生服の上衣を着て歩いている大津の姿が異様にみえた。

「あの人」と美津子は女友達に言った。「野暮ったいわねえ」

「あの人？　いつもあの恰好よ」と女友だちは答えた。「でもフルート、かなりうまいわ」

「彼、フルート吹くの」

「いつだったか、大学のコンサートの時にモーツァルトを吹いたわ。初めてなんで、みんなびっくりしたわ」

「信じられない」

「あの人のお祖父さん、むかし政界の偉かった人よ」

「なぜあんな学生服、着ているの」

「当人にお聞きなさいよ」

まったく関心のなかった大津にたいし、美津子の好奇心が動きだしたのはその時だった。仏文科の悪い連中は美津子とは違った心理で大津をゆさぶろうとしたのだが。

「あのひと、フルートもうまいって、あなたたち、知っていたの」

となじる美津子に、近藤たちは笑いながら、

「知ってましたよ。だから変じゃありませんか。変な男だから、成瀬さんにからかっ

てもらいたいんだ」

「やめてよ。興味ないわよ」

「あいつ、毎日、放課後、クルトル・ハイムに行くって話ですよ」

「あのクルトル・ハイムに？」

「学校の奥にある神父さんたちの古いチャペル。あの」

「そこで、なにしているの」

「お祈りでもしているんでしょ」

そうか。そんな奴か。美津子が本能的に嫌悪感を感じる世界の男。

「成瀬さん、そういうタイプ好きですか。嫌いですか」

「嫌い」

彼等は四、五年まえの世代を駆りたてていた学生運動のような目標を喪い、虚ろな生活を何か刺激的な事で誤魔化していた。そのくせそれらの行動が、空しさの上に更に空しさを重ねる事も知っていた。

嫌いと言った時、美津子の気持は半分本当で、半分は嘘だった。まだかすかだが、大津が普通の学生たちとはちがった生き方をしている男だという気持と共に、そういう男にあり勝ちな、偽善的な匂いを同時に感じて「嫌い」と言ってしまった。

噂が本当かどうか確かめるために、美津子は近藤たちに放課後、大学の神父たちの住む建物に近いクルトル・ハイムに探りに行くことを遊び半分に提案した。

クルトル・ハイムは、大学のなかで最も古い落ちついた建物のひとつで、壁の半ばを蔦が覆い、一階には幾つかの集会室があり、二階がチャペルになっていた。階段をのぼると、何段目かがギイと音をたてることを今でも憶えている。入学した頃、一度だけ女友だちと見物に来た時、階段がギイと鳴ったのが印象に残っていたからである。その時は、チャペルのなかで外人の神父が跪いて片手で額を支え、祈っていた。

放課後のチャペルは樹木の茂った夏の庭からさし込む強烈な陽をうけていた。静まりかえった建物には誰の姿も見えず、時計のチャイムが遠くで鳴るのが聞えた。その響きは「モイラ」に出てくる米国南部の大学を何となく連想させた。

「いないじゃないの」

と美津子は仲間をとがめた。

「出鱈目、言わないでよ」

「みんなの噂を伝えただけなのに……そんなことに向きになるんだな、成瀬さんは」

近藤たちは美津子の性格を知ってはいたが、今の強い声の調子にたじろいだ。しかし、自分が何かに懸命になっていることに狼狽したのは美津子自身のほうだった。

「男の人がこんな場所に来て、跪いたり、祈ったりするなんて、気色わるいわ」

彼女は吐きすてるように言った。皆は美津子の感情の動きを憶測するように沈黙した。
五、六分たった時、階段で足音とギイと軋む音がした。足音は大津だと、直観的にわかった。彼はまるで光に包まれ、そこにあらわれた亡霊のように一同の視線をあびて入口に立った。
「おお」

と彼は眼を丸くした後、すぐに不器用な笑いをうかべた。

「君たちがここに」

「大津さん」と美津子は先ほどとはうって変ったやさしい声を出した。

「毎日、ここに祈りにくるって本当？」

「すみません、そうですけど。でも君たちは」

「コンパに誘いに来たの。四谷の交差点の近くにあるアロアロという店を知っているでしょ」

「角にある中央出版社の裏？」

「そうよ、これからいらっしゃる気ない？」

「でも、邪魔にならないですか」と大津は困惑しながら言った。「ぼくは遊びなれていないし……」

「随分、気になさるのね。いらっしゃる？　やめる？」

「すみません。伺います」

美津子が先にたってチャペルを出た時、また階下の時計が五つ響いた。彼女を囲んで学生たちは思いがけない展開に騒ぎはじめた。

「奴、本当に、来る気かな」

「来るわ。あなたたちはあの人をからかっちゃ駄目よ。そのかわり、あの人を酔わせて」

「即刻、了解」

美津子たち学生グループの溜まり場でもあるアロアロは、閉店の遅い店だったし、ここに来ると美津子が飲み代の半分を受け持ってくれるので、近藤たちは大悦びだった。

だが半時間たっても一時間すぎても大津の姿はあらわれず、

「逃げたな」

とみなが舌打ちするように扉のほうをたびたび注目した。

「いいえ、来るわ」

なぜか美津子だけは確信をもって断言した。彼女はあの誘いに人の良い笑いを浮かべた大津が、

「伺います」

と約束した時の表情を思い出した。そして彼がジョセフと同じように、どうしても罠に陥る運命《モイラ》にあるような気がした。

来るわと断言した瞬間、スナックの扉がクルトル・ハイムの階段と同じようにギイと音をたてた。そしてバッグを片手にさげた大津が、善良そのものの顔を扉のかげからおずおずと出した。

「駆けつけ一杯。一気でいこう」

と近藤がコップをとり大津に差し出して、

「駆けつけ一杯、一気でいこう」

「そんなに飲めないです、ぼく」

「飲まなくちゃ」

琥珀色の液体を皆に「一気」「一気」とはやされながら大津は、喘ぎ喘ぎ、コップを空にした。意外なその飲みっぷりに皆は少し啞然として顔をみあわせた。

「成瀬さん、返杯して頂けますか」と大津は人なつこく彼女にそのコップをさし出した。「女性だから半分ぐらいにしましょうか」

「なぜ？　女だからなの。なみなみと注いでよ」

自尊心を傷つけられて美津子はコップを強く差し出し、「一気、一気」と叫ぶ喚声をあび、焼けるような液体を咽喉にながしこんだ。不意に、底冷えのような空虚感が突きあげてきた。こんな馬鹿なことをして自分は一体、何を探しているのだろう、皆におだてられ、大津をからかい、これがわたしの生活だろうか。

白けた感情を抑えこむため、それこそ一気にコップを空にして、「もう一杯」と大津に挑んだ。

「やめましょうよ」と大津は首をふって「すみません。ぼくが悪かった」

「なぜよ。何が悪いのよ」と彼女はからんだ。「あなた、変なこと、言うのね」

「負けました。すみません」

「すみません、すみませんて、座が白けるわ」

美津子が腹をたてているのは自分にたいしてだった。自分のなかにあるこの空虚感だった。大津はおそらく、こんな感情を抱いたことはないだろう。

「大津さん、本当にあなた、クルトル・ハイムに行って毎日祈るの」

「すみません、まあ」大津は言葉を濁した。

「あなた、それ本気？」

「すみません」意外にも大津は「信じているか、信じていないか、あまり自信ないんです」

「自信がないのに、よく跪けるわね」

「長い間の習慣か、惰性かなあ、ぼくの一家は皆そうだし、死んだ母が熱心な信者だったから、その母にたいする執着が残っているのかも……。よく説明できないんです」

「惰性なら、そんなのきっぱり棄てなさいよ」

「………」

「わたくしが」と美津子は誘うように大津を見つめた。「棄てさせてあげるわ」

近藤たちのうち誰かが「いよいよモイラか」と呟く声がきこえた。彼女はその時、思い出した。モイラと共にイブのことを。アダムを誘って人間を楽園から永遠に追放させた女のことを。女のなかには自分を破壊しようとする衝動的な力がある。

「もっと飲みなさいよ」

「はい」

素直に大津は応じ、コップに口をあてた。彼が座を白けさせぬよう懸命に努め、従順になろうとしていることが美津子にはわかる。わかるだけに余計に腹がたつ。

「本当に神なんか棄てたら。棄てるって私たちに約束するまで大津さんに酒飲ませるから。棄てるんだったら、これ以上、飲むのを許してあげます」

学生たちにとっては、それはたわいもない悪戯に過ぎなかった。しかし美津子だけは、自分が半ば冗談のように口に出している言葉が、大津の心にはどんなに重大なものかを直観で感じた。

「どっちを選ぶ。飲むの、やめるの」

「飲みます」

大津の顔は耳まで赤くなっている。おそらく彼は酒を飲むと苦しくなる体質にちがいなかった。美津子は信徒たちに踏絵を踏ませることを強制した切支丹時代の役人の話を不意に思いだした。一人の人間から彼の信じている神を棄てさせた時、その役人はどんな快感を味わっただろう。

肩で息をしながら大津はそれでもコップの三分の一の酒を飲んだ。そして突然、立ちあがり、よろめくようにトイレに駆けこんだ。

「よそうよ」とさすがに学生たちは白けて美津子にたのんだ。「あいつ、吐きに行ったんだ。これ以上、飲ますとぶっ倒れちゃう」

「駄目よ」と美津子は意地になって首をふった。「彼が誓うまでは飲ませるべきよ」

「残酷すぎますよ」

「わたくしにモイラの役をやれと言ったのは、あんたたちじゃない」

「そりゃそうですけど……しかし限度があるし……」

やがて、真っ蒼になった大津が、安ものの大きな白ハンカチで口をぬぐいながら、手で壁を支え、戻ってきた。「水をください」と彼は哀願した。「吐いてしまいました」

「水じゃなくて、酒を飲みなさい。それでなければさっきの約束を守って」

腕をくんで、柱に上半身をもたれさせた美津子を大津は恨めしげな上眼使いで見あげた。もう許してくれと哀願している犬のように。それが彼女の残酷な気持を更にそそった。

「でも……」

と訴えた。

「でも、何よ」

「ぼくが神を棄てようとしても……神はぼくを棄てないのです」

啞然として美津子はこの男の、今にも泣きそうな顔を注目した。大津はまた口を押さえて、トイレによろめきながら行った。

「なんだよ。あいつ、飲めなかったんじゃないか」

と近藤たちは自分たちのやましさを弁解するように呟いた。座は大津の努力にかかわらず、すっかり白け、

「帰りましょうか。面白くもない」

と美津子は立ちあがった。しかし彼女はトイレに駆けこんだ不器用な男が、今までに彼女の出会ったことのない存在であることだけはわかった。

後になって、あの頃の自分を考えると美津子はいつも思わず顔をそむける。自己嫌悪にかられる。はじめて東京で大学生活を送った田舎娘が、精一杯、自分を顕示しようとしていたのだ。嫌悪と同時に、ある不可解な糸をも感じる。眼にみえぬ何かが自分を大津に結びつけたような気がする。そんな可能性はありえぬ筈だったのに。

トイレで吐いている大津を古雑巾のように見捨てて美津子たちは引きあげた。翌日、大学に行くまで、毛ほども彼の存在を意識しなかった彼女は、学生会館のそばのベンチにしょんぼり座っている大津を見た時はじめて、昨夜の自分の冷たさを思いだした。

「大津さん」

この時も溝に落ちた野良犬のような恨めしげな眼で彼は美津子を見あげた。少しだけ後悔の念が彼女の胸に疼いた。

「ごめんなさいね、昨日は。あなたがお酒に弱いと思わなかったんだもの」

「すみません。折角、誘ってくれたのに……」と大津は意外にも頭をさげた。「ぼく、いつもこうです。一所懸命、溶けこもうとしているんだけど結局は失敗し皆を白けさせてしまう」

大津の人のよさに憐れみと軽蔑とを感じてそばに腰をおろした。そして彼を覗きこむように顔を近づけ囁いた。

「友だちができる方法があるわよ」

「はい」

「簡単よ。そんなサージの学生服着ないの。夕方にクルトル・ハイムに行って跪いてお祈りなんかしないの。あなたのお母さまは信じていたかもしれないけど、あなたはあんなものを信じないの」

「あんなもの……」

「わたくしも馬鹿な女の子だけれど、宗教についてのマルクスの言葉ぐらいは知っているわ。西洋の基督教が布教の名を借りて多くの土地を奪い、人を殺したことも知っているわ。それなのにあなたがそんなものに宙づりになっているから他の学生は白けちゃうのよ。第一、あなただって自信がないんでしょう」

「自信はないんです。でも、成瀬さんのように理窟で割りきる勇気もないんです。ぼくは子供の時からその雰囲気のなかで育ったし……」

急に美津子は退屈になった。なぜこんなつまらぬ男とベンチに座ってかかわっているのだろう。関心もない男のそばに……。

「きょうからあのクルトル・ハイムに行くのはおやめなさいよ。そうしたら、わたくし、あなたをボーイ・フレンドの一人にしてあげる」

退屈を破るために美津子は心に泡のように浮かんだ思いつきを口に出した。そしてそれを口に出した時、彼女はモイラが堅物のジョセフという学生を誘惑したのは、今の自分と同じ空虚感から逃げるためだったのかと思った。

「いいこと」と彼女は偶然のように彼のズボンに自分の腿を押しつけて、「今日からお祈りなんかに行っちゃだめよ」

一人の男からその信じているものを奪う悦び。一人の男の人生を歪める快楽、腿に力を入れて美津子は大津の表情が沈んでいくのを快感を感じながら見つめた。

そして彼女は授業のある教室に駆けていった。

午前中も午後の授業も彼女は自分の思いつきを心に浮かべて独り笑いを洩らした。午後、暑い光のなかで十七世紀文学を教える仏蘭西人神父のだみ声をききながら、彼女は信じてもいない神に話しかけた。子供が空想の友だちを作って話しかけるように。

「神さま、あの人をあなたから奪ってみましょうか」

この考えが美津子を退屈な授業から救ってくれた。やっと、白髪頭の神父が教科書をかかえ教室を出ると、胸のなかから突きあげてくる期待感と好奇心との入りまじった感情で、クルトル・ハイムに出かけた。

蔦のからまった古い建物には、湿気と漆喰の臭いとがかすかにこもっている。二階にのぼる古い階段は、この間と同じようにギイと鳴った。

チャペルのなかには誰もいない。彼女は一番奥の、出入口からは視線の届かない席に座って、二十分だけここに座っている決心をした。十五分ごとに階下にある大きな時計が荘重なチャイムの音をたてて刻《とき》を告げることは知っていた。

祈禱台には使い古した聖歌集や祈禱書や聖書があちこちに置かれている。彼女は欠伸をしながら自分の祈禱台におかれた大きな聖書の一頁を拾い読みする。

彼は醜く、威厳もない。みじめで、みすぼらしい
人は彼を蔑み、見すてた
忌み嫌われる者のように、彼は手で顔を覆って人々に侮られる
まことに彼は我々の病を負い
我々の悲しみを担った

美津子は口に手をあて、また欠伸をした。実感のない言葉。大津はどうしてこんな実感もない言葉を読んだり信じたりできるのだろうか。その途端、彼女はさっきの彼の自己嫌悪にみちた言葉を思いだした。「ぼく、いつもこうです。一所懸命、溶けこもうとしているんだけど結局は失敗し皆を白けさせてしまう」聖書のこの頁を大津は

読んだことがあるだろうか。

　それが合図のように階段が軋んだ。姿をあらわしたのは大津ではなく、夏用の白い修道服を着たこの大学の神父だった。彼は美津子に気づかずに祭壇に近い祈禱席で跪き手を組みあわせた。奇異な異星人でも見る思いで彼女はしばらくそのうしろ姿を眺めたが、それにも飽きて視線を祭壇の右端においてある痩せた男の裸体とその十字架に向けて話しかけた。

「来ないわよ、あの人は。彼からあなたは棄てられるのよ」

　信じてもいない醜い男に彼女は話しかけ、そして階下の時計が十五分を経過した事を告げる響きを聞いた。

　たちあがってチャペルから出た。静寂そのもののクルトル・ハイムの扉をあけると突然、クラブ活動をやっている学生たちのバンドの練習や運動部の連中の叫び声が潮のように耳に飛びこんできた。そして彼女は先ほどのベンチで、大津がしょんぼり、本の束を膝において腰かけているのを見つけた。

「大津さん」と美津子は待合せ場所で恋人を見つけた時のようにはずんだ声を出した。「わたくしとの約束を守ったわね」

「はい」と大津は顔をあげて苦しそうなつくり笑いをうかべた。「でも、……」

「わたくしも約束を守るわ。あなたをボーイ・フレンドの一人にしてあげるから。行きましょう」

「行くって……どこに」

「わたくしの部屋」

美津子は加虐的な気持で自分の獲物をみた。何でも言うことをきく男、わたしのために神さまさえ棄てる男、そんな男だからもっともっと苛めたい。大津の膝の上におかれた本を奪うように素早やくとりあげると、中村元の著作だった。

「へえ、こんなもの読むの」

大津はのろのろとベンチから立ちあがり、困惑しながら背後からついてくる。

「早く歩けないの。あなたは仏教にも興味あるの」

「そんなんじゃないんです。哲学科のベル先生から、この本についてレポートを書かされるんです」

「ベル先生って、座禅をくんでいる神父さんでしょ。でもあの神父さん本心はヨーロッパでこり固まった人間じゃないの。あの外人がそんなことを言うの」

「そうです」

「それが嫌なんだ。ここの神父さんたちは仏教や神道にいかにも理解ありげなことを言って、そのくせ心のなかではヨーロッパの基督教だけがただ一つの宗教だと思っているんだから」

入学以来、いつも少しはまともな学生と話していたことを美津子は口に出した。まともな学生とはこの基督教の大学に入学しても、洗礼など受けない者たちを、彼女たち仲間ではそう呼んでいた。

「そうですか、そうかもしれません」

気が弱そうに大津は曖昧な返事をしながら、時々、背後をふりむいた。無意識に彼が何を探しているのか、美津子は気がついていた。

「ぼく一人だけでしょうか」と大津はためらいを眼にうかべた。「成瀬さんの部屋に行くのは」

「そうよ、一人よ。近藤君だって田辺君だって、みんな今日はいないわ」

あなたはもうわたしのボーイ・フレンドでしょ、と言いかけて胸の奥にしまった。それはもっと後になって、この男をからかう時、使うための貯金だった。貴方はもうわたしの罠にかかった獲物でしょ。

麴町二丁目のマンションの鍵をあけて、

「さあ」

と促し、

「何、ためらっているの。靴、おぬぎなさいよ」

と大津の肩を軽く押してみた。大津は、

「すみません」

　と喘ぐような声を出した。

「ジョセフと、そっくり」

「誰、ですか」

「ジュリアン・グリーンのモイラに出てくる学生。あなたと同じように野暮で、女の子の前で震えている学生」

「ぼくはこわいです。初めてだから」

「でも結局、ジョセフはモイラという女に誘惑されたのよ」

「………」

　大津は斜視のような眼つきをして美津子をじっと見つめた。いつも懸命に笑いを作る彼とはまったく別人のような表情だった。

「そして……」と彼は唾を飲みこんでたずねた。

「そのジョセフはどうなったんです」

「ジョセフは」美津子はこの時はじめてグリーンの小説の結末を鮮やかに思いだした。「自分を誘惑したモイラを殺したわ」

　そんな勇気が大津にない事はもちろん、わかっていた。わかっていたから快感があった。

沈黙がしばらく続き、

「本気ですか」

大津はまた上眼使いに彼女を探るように窺った。男って、どうして結局は皆、同じなんだろう。彼女は自分がこの大津に他の学生たちと違ったものを期待していたのに気がついた。ほかの男性たちにないもの。木の夢、水の夢、火の夢、砂漠の夢。

彼女は冷蔵庫から缶ビールをとり出して大津にわたした。わたす時、わざとよろめいて切掛けを作ってやった。だが大津は美津子の体を支えて、何ひとつしなかった。

「臆病者ねえ」と彼女が言った時、はじめて彼は長い間、抑えつけていた欲情が一挙に破裂したように彼女の体に武者振りついた。彼が吐きかけた息には学生食堂でたべたにちがいないカレーの臭いがした。自分自身を目茶目茶にしたい衝動に美津子はかられた。

「待ってよ」

美津子は彼を両手で押しながら、

「シャワーぐらいあびさせて」

そこには嫌悪感と共に自分をよごしているという快感とが入りまじっていた。汗くさい彼の体臭、カレーの臭いのするその息、はじめて若い女性の乳房にふれる不器用で下手糞な手つき。大学生になってから数人の学生たちと接した美津子は、いつものように冷やかに大津の動きを見つめた。

「本当に何も知らないのね、あなた」

と彼女は胸を上下する大津の頭の動きを見ながら言った。

「すみません」

彼女はいらだちながら、しかし心の奥でさめている自分を意識する。どんな男友だちを相手にしても他の娘たちのように陶酔できないのだ。

マンションのどこからテレビの野球中継が聞こえる。彼女は大津の愛撫を受けたが、接吻や本当のセクスは決して許さなかった。そしてわざと訊ねる。

「今度の日曜日あなた、教会に行くの」

「………」

「行かないの」

「行きません」

彼女は眼をつぶり胸に這う大津の唇に耐えた。花冷えのような空虚感のまじった感覚。つむった眼の奥でクルトル・ハイムの祭壇におかれていた痩せた男の醜い裸体が蘇る。

（どう）と彼女はその痩せた男に言った。（あなたは無力よ。わたくしの勝ちよ。彼はあなたを棄てたでしょ。棄ててわたくしの部屋に来たわ）

彼はあなたを棄て……と心のなかで言いかけて美津子は突然、自分が大津を棄てる日が来ることを思った。

この時、彼女は既に知っていた。大津から受ける快楽は少しも肉体的なものからではなく、彼があの男を棄てることに由来していることを。やがて引き潮のように去っていく満足感。獲物が息たえだえになる瞬間、美津子の狩猟の悦びは急速に冷え、終る。

（そのあと彼を、どう、なだめようか）

瞬間、彼女の眼には、驚きとりすがり泣く大津の顔が見えるようだった。初心で生真面目で、はじめての愛欲だけに、彼は他の男子学生たちのように、これを学生時代の遊びとは受けとらないだろう。「モイラ」の主人公ジョセフはその時、怒りに駆られ、自分を悪に誘った娘の頸をしめて殺した。

「やめてよ。飽きたから」

夕暮、彼女は白けて、まだすり寄ってくる大津の体を突き放した。夕暮で、さっきまで聞こえていたオートバイの音や騒音が静寂に変っていた。そして一人の少女が窓の下で唄を歌っていた。

ゆすろう、ゆすろう　夢の木を
あおい野原のまんなかに
一本はえてる夢の木を

美津子はその歌声を聞くと、遠い昔失った少女時代を思いだした。

「帰って」

「ぼくが……何か、気に障ることを」

「そうよ。疲れたの」

大津は決して逆らわない。背中を向うにむけて、すごすごと衣服を身につける彼を見ながら、

「あなたは卒論のテーマを決めた？」

美津子はさすがに憐れになってお義理に話しかけた。

「うん、現代におけるスコラ哲学」

「何、それ」

彼女はたった今、自分の胸に少年のように武者振りついていた男の口から気どった題が出たのに吹き出しそうになりながらたずねた。

「それもベル先生の指図なの」

「すみません。ベル先生は、スコラ哲学を多少でも知らなければヨーロッパはわからないって」

「そんなもの、遺物じゃないの。神父さんたちが黴くさい自分の宗教を守るために使いつづけた武器だわ。わたくしにはわからないけど、そんな古臭い研究なんかやっている人は日本にはいないんじゃない」

「ヨーロッパを知っている日本人は少いからやりなさいってベル先生はおっしゃるんです」

「ふしぎね、女の子の部屋に来ている人に基督教の哲学を書けなんて」


腐った無花果の臭気のする日曜日がそれから三回続いた。大津の頭の動きを見ながら美津子は別のことを考えていた。夢中になり、のめりこんでいるのは大津だけで、彼女のほうは部屋にかけてある月めくりのカレンダーをぼんやり眺めていた。何処かに行きたい、何か求めて何処かに行きたい。確実で根のあるものを。人生を摑みたい、日本各地の風景を写真にしたカレンダーはいつの間にか東北の雪の冬景色を写した十二月の頁になっていた。

「冬休み、バンコックにでも行こうかなあ」

と彼女はあらわな胸のあたりに顔を伏せている大津にではなく彼女自身にむかって呟いた。

「え」

と大津は顔をあげた。額が汗ばみ、唾液がその口のまわりを汚しているのが醜かった。

「あなた冬休み、何処で送るの」

「ぼく」血走った彼の眼にあの善良そのものの笑いがうかび、「東京にいます。東京に家があるから」

「スキーなんか行かないの」

「運動神経が鈍いからスキーは苦手です。成瀬さんは」

「バンコックか、グァムに行こうかしら」

「一人で？」

「冗談でしょう。近藤君たちも行く、と言っていたから」

「近藤君たちと」

大津の表情が苦しく歪むのを美津子は楽しんだ。その時も彼をこの部屋に連れてきた最初の日の夕暮のように窓の下で少女が唄を歌っていた。それを耳にしていると彼女は大津を棄てる時が来たのを感じた。

「近藤さんと出かけてはいけないの」

「彼のこと、好きなんですか、成瀬さんは」

「わたしは誰のものでもないわ。近藤さんだって、あなただって」

「近藤君とセクスしたこと、あるんですか」

「したわよ」と彼女は挑戦的にこたえた。「高校生じゃないのよ、わたくしたち」

「じゃ」と彼は怯えてたずねた。「ぼくを好いてくれているんじゃないんですか」

「子供みたいなことを言わないで。あなたも充分、楽しんだんだから。こういうこと、そろそろ終りにしない」

身を起こし、大津は屈辱感にみちた眼で美津子の表情を探った。

「ぼくは成瀬さんを……近いうちに父親や兄に紹介するつもりでした」

「親って？　ああ、やはり信者でしょ」

「でもぼくにはいい父親です。成瀬さんのことも、わかってくれると思います」

「大津さん、わたくしにはあなたと結婚する意思なんてないわよ。あなただけでなく、今、交際している人たちの誰とも」

座りなおして彼女はきっぱり宣言した。

「でも成瀬さんはぼくをボーイ・フレンドにするって……」

「言ったわ、でもボーイ・フレンドの一人一人と結婚できるわけないでしょ」

「ひどい」と大津は声をあげた。かれにしては珍しい怒りを含んだ声だった。「ひどい。ぼくはあなたを殺したいぐらいだ」

「殺したら」

ジョセフは怒りに委せてモイラの頸をしめた。しかし大津にはその勇気さえない事を美津子は見抜いていた。

「帰ってよ」と彼女は冷静な声を出した。「もうイヤ」

黙ったまま大津はうなだれていた。

ゆすろう、ゆすろう　夢の木を

あおい野原のまんなかに

一本はえてる夢の木を

窓の下で少女がいつかも聞いた童謡を歌っている。

「帰ってよ」

大津の丸い善良そのものの頬がゆがんだ。そしてうしろを向くとかすかな音をたてて靴をはき、かすかな音をたててドアをあけ、姿を消した。

数日後、大津から哀願の手紙が来た。美津子はそれを一読するとすぐ屑籠に捨てた。電話もかかってきたが、声をきくと黙って受話器を置いた。学校で一人、待ち伏せしている彼には、「今日は、元気?」と何も起らなかったかのように声をかけ、あとは仲間たちに囲まれて通りすぎた。

昔の学友たちが驚いたほど、美津子の結婚相手はまともで、月並な男だった。

「遊びと結婚とは違うのよ」というのが、彼女の口癖だったが、ホテルオークラの披露宴に招かれた仲間たちは、見合いで決めたという新郎や両親や仲人と金屏風の前に立って、客たちに会釈をしている彼女を見て、囁きあった。「要領いいよ、あいつ」

「新郎の奴は彼女を処女と思っているんだろう」

見合いで決めた夫は、東京に次々と高層ビルを建てる建築業者の息子で、まだ二十八歳なのにもう役員の席を与えられていた。だから祝宴が終ったあと、同じホテルの酒場で開かれた二次会に集ってきたのは、同じような有名実業家や政治家の二世で、話題というと、ゴルフの話と新しく手に入れたスポーツ・カーや青年会議所の出来事ばかりだった。そして彼女の夫もそのなかで、短い婚約期間の時とはまったく違った、いきいきとした表情をした。そばで口数少く微笑して聞き耳をたてるふりをしているのは美津子のほうだった。

婚約をした直後から、美津子は自分と夫になる人との感覚があまりに違うのも承知していた。はじめの頃はルオーの版画展やウィーン室内楽団の演奏会に誘ったが、彼が義理で従いてきていることはすぐわかった。

「駄目なんだ。絵は弱いんだよ」

森下洋子のバレエを見に行った時、体を彼女のほうに倒して居眠りをしているかすかな鼾《いびき》にひやひやしたが、それを正直に告白するこの男の人のよさがあの大津を思い起こさせた。

（わたしがこの人と結婚するのは）とその時、美津子は真面目に考えたものだ。（自分の我儘な衝動を消してしまうためだわ）

学生時代に体内を駆けぬけたあの、自分を汚したいという衝動がどんなに愚かしいものなのか、社会人になって彼女は悟った。心の奥には、何か破壊的なものが息をひそませている。それがはっきり形をとらぬうちに美津子は黒板消しですべての文字を消すように消滅させたかった。その破壊的なものを刺激するようなもの――ワーグナーのオペラ、ルドンの絵――そんないっさいと無縁で無関心な男性と結婚し、普通の主婦となり、夫と同じような男女のなかに自分を屍のように埋めてしまいたいと本気で真面目に望んだのである。

「やっちゃん、あのベンツは買いかえろよ」

　と二次会の席で夫は友だちにしきりに言われていた。

「今時、ベンツを使うのはヤクザだよ。国産の新型だっていいのがあるさ」

　と自動車会社に勤めている友人が美津子に眼を向けた。

「今度、うちの車に試乗してくださいよ、美津子さん」

「わたくし、車のこと、よくわかりません」

「そりゃそうと」その男は急に思いだしたように、「美津子さんは大津っていう男、御存じですか」

「ええ、わたくしと同じ大学に大津さんという人がいましたけど」彼女は顔色を変えずに答えた。「その大津さんなら……」

「僕の姉が彼の兄と結婚してましてね。姉が言ってましたよ。義弟は成瀬さんという女子学生にのぼせていたって」

「本当ですか。でも彼は同じ科じゃないんです」

　この時も美津子は声を変えることなく皆を笑わせた。

「ちいとも気づかなかったわ。気づいていたら、この矢野とは結婚しなかったのに」

　夫も皆の前で苦笑してみせたが、表情は得意気だった。

「駄目ですよ、もう」と友人は言いかえした。「その大津さんは、仏蘭西のリヨンの神学校に入ったんです。神父になるためです」

「神父って、一生、女と接しられないんだろ」と誰かが口を入れた。「その人も生涯、童貞なのかな」

うつむいて彼女はテーブルのシャンペングラスをとり、唇にあてた。大津が神学校に入った。そして神父になる。この自分の胸に赤ん坊のようにしがみつき、頭を上下させていたあの男が。彼女はかつての一気呑みの時のように、グラスの酒を呑みほした。

「強いんですねえ、美津子さんは」と矢野の友達は驚きの声をあげた。

「強い、強い」と夫は得意そうに言った。「俺でさえ、負けるぐらいだよ。ドライ・マティーニを四杯飲んでケロリとしてるんだから」

「実家の父が大酒飲みでしたの」

大津のことから話題をそらせるように努めて、彼女は午後のクルトル・ハイムを思いだした。白い修道服を着た外人神父が祈っていたあのチャペル。階下から聞こえる時計のチャイムの音。祭壇の十字架に向かって彼女が挑んで口にした言葉「あの人をあなたから奪ってみましょうか」

だが両手を拡げ、痩せた無力なあの男は、大津をいつの間にかとり戻していた。しかし、わたしが勝ったことには変りない。神はわたしが棄てた男を貪欲にも拾いなおしたにすぎぬ。

妻の心の動きに夫の矢野は気づかず、友人の持っているクルーザーの話に聞き入っていた。その横顔を見て美津子は、自分がこの男と送る生活のイメージを考えた。これでいい。この嬉しげな単純な顔に自分を埋没すればいい。

新婚旅行は美津子の発案で仏蘭西だけを選んだ。矢野はこれまで何度も出かけたアメリカの西海岸を希望したが、彼女は自分の考えを実行させた。

「仏蘭西だけかい」と矢野は拍子ぬけしたように言った。「ロンドンにもローマにもスイスにも行かないのか」

「仏蘭西だけをじっくり見たいの、それがわたくしの前からの願いだったの」

巴里のホテルはセーヌ河に近い夫の好きそうなアメリカン・スタイルのインターコンチネンタルだった。美津子としてはもっと仏蘭西的な古風で小さなホテルを選びたかったのだが、これは妥協した。

コンコルド広場に近いホテルからマドレーヌ教会も印象派美術館もルーブルも歩いて行けた。

だが、覚悟していたとはいえ、失望は巴里に着いた翌日から始まった。

「この広場が革命広場だったのよ。革命の時、マリー・アントワネットもルイ十六世もここでギロチンにかけられたの」

と彼女がはずんだ声で夫に説明しても、

「そうか」

と夫は義理でうなずくだけで、仏蘭西革命もマリー・アントワネットも関心の対象ではなかった。出発前、彼が友だちから仕込んだ巴里散歩の知識は、リドのショーとサルカのネクタイを買い集めることとエッフェル塔に昇ること、モンマルトルのシャンソン酒場に行くことぐらいだった。

ルーブルで日本で出た巴里案内を広げ、この美術館で必見の絵だけを急ぎ足で駆けまわりながら、

「モナリザか、なるほどねえ」

と満足げにうなずく夫を見て美津子は、仏文科を卒える時卒論に使った小説に、これとまったく同じ場面が出ていたのを思いだした。

それはフランソワ・モウリヤックというノーベル賞作家の「テレーズ・デスケルウ」という作品だった。主人公のテレーズはボルドオに近いランド地方の地主の娘で同郷のやはり同じ地主の息子ベルナールと結婚する。ベルナールは、この地方の青年には珍しく巴里大学の法科を出て、彼女の家と同じようにカトリックであり彼女の家にとっても申し分のない婿だった。

だが地方風な盛大な結婚式のあと、巴里に新婚旅行に上った彼女は、美津子と同じ

ように、夫に早くも疲労を感じだした。

テレーズの夫は決して悪い男ではない。ものの考え方は平凡で、あえて言えば、きわめて普通の常識人なのだ。世間一般の道徳や常識からはずれないことをいつも心がけ、軌道からはなれることを怖れる心理の持主であり無難な一生を心がける人間の一人である。そしてそんなさし障りのない男だからこそテレーズはそばにいると、理由の見つからぬ疲れをいつも感じるのだった。

残酷なまでにそんなベルナールの姿を冷静に描き出したモウリヤックは、新婚旅行でテレーズ夫婦がルーブル美術館をたずねる場面を点描する。そしてベルナールはミシュランのガイドブックを開きながら、「見ねばならぬ名画」だけを部屋から部屋に駆けまわった。モナリザもその絵のひとつだった。

「広すぎるな。疲れたよ。ぼくは絵が苦手でね」

と矢野は途中で諦めて館内の喫茶室で妻を待つと言いはじめた。一人になった時、美津子は解放されたような楽しささえ覚えた。そしてベルナールと夫とを、人妻テレーズと自分とを、思わず重ねあわせた。自分がなぜ卒論に「モイラ」ではなく「テレーズ・デスケルウ」を選んだのかを思い、それを怖しい予告だとさえ感じた。

その日、彼女はホテルに近いパレ・ロワイヤルの本屋で、懐しいグラッセ版の「テレーズ・デスケルウ」を買った。大学時代、字引を引きひき、グリーンの作品よりは難解な仏語で書かれたこの原書を読んだ日を思いだした。あれは、大津と別れ、自分の愚行に気づいて、本気で勉強に身を入れた頃だった。

隣りで眠りこけている夫を見ながら、彼女はテレーズの新婚旅行の夜の箇所を再読する。ベルナールは飼桶に鼻面をつっこむ豚と同じ仕草のようにテレーズの肉体を求める。美津子の夫もむかしの大津もそうだった。

「まだ起きてるのか」と寝がえりをうって眠むそうに矢野は見た。「もう本なんか読まずに、寝なさいよ」

「ええ」

あの大津が神父になる。そして今、この国のリヨンにいる。彼女が棄てたものを、痩せ細った男が拾いあげた。幼い子供が、溝に落ちて泣いている泥まみれの仔犬を拾うように。

「巴里はもう飽きたよ」

翌朝、ホテルで朝食をとっている時、夫は悲鳴に似た声をあげた。

「毎日、毎日、美術館や芝居めぐりでは」

「あなたはリドやモンマルトルのショーを見に行きたいんでしょ」

「まあね。折角、巴里に来たんだから、話の種にも見物したいよ」

「困ったわ。わたくしは女だし、そんな場所、興味ないの。誰か、殿方の悦びそうな処をあなたに案内してくれる人はいないかしら」

「いるさ、会社の取引先の巴里支店もあるし」

「じゃ、そこの人に案内して頂いたら。わたくしは一向にかまわないから」

珈琲茶碗をおいて、「ね、そのかわりわたくしは一人で地方に旅行にいって、四、五日で巴里に戻ってくるから、その間、あなたはお好きな場所でうんと遊んでいらっしゃいな」

「君が一人で？　地方って、何処に行くの」

「昔から行きたいと思っていた場所があるの。ここに来て、夜、ベッドで読んでいる小説があるでしょ。わたくしの卒論だった本なの。折角、仏蘭西に来たんですもの。その背景になった土地を見てみたいのよ。ボルドオの近くだけど」

「新婚旅行なのに、四、五日でも行き先を別にするなんて不自然じゃないか」

「だから面白いんじゃない」と彼女はこのアイデアに興がっているように、眼を大きく開いて「おたがい、この旅行を楽しみましょう。あなたは巴里で、おいしいものを食べて、面白いショーを見て」

「ボルドオ近くって何処だ」と矢野はやはりこだわった。

「ランドとよぶ地方。砂地と松林が何処までも拡がる荒地よ。そんな風景が見たいの、わたくし」

矢野は彼女一人、行かせることをしばし渋ったが、結局は新妻に押し切られてしまった。そう決まった時、美津子はルーブル美術館でと同じような、あの時以上の解放感が胸いっぱいに拡がるのを感じた。(あなたは)と美津子は自分を責めた。(まだ自分の心を棄ててないわ。この人のなかに埋没するつもりじゃなかったの)

そして彼女は口を動かしている夫から眼をそらせて心のなかで呟いた。(わたしの最後の我儘。たった一度だけ。そのあとは平凡な主婦になるから)

巴里を出る日は少し曇っていた。ボルドオ行き列車の同じコンパルトマンに編物をしている老婦人と中年の父親と小さな娘が乗っていた。娘はじろじろと美津子を見て「マダムは中国人《シノワ》」とたずね、父親はその失礼を詫びたが、彼のとりすました視線はたえず美津子のひざの間と、彼女が開いている「テレーズ・デスケルウ」に注がれた。

忘れた単語はあったが、大体の筋は頭に既に叩き込まれているので、そう苦労せずに頁をめくることができた。ベルナールは決して世間でいう悪い夫ではない。日曜のミサも欠かしたことのない彼は妻を裏切るような行為など考えもしなかっただろう。ランド地方の小さな町のブルジョワに育った彼は町の人から蔭口をきかれるような行為は決してしない。世間体が何よりも大事なフランスの田舎町でベルナールは模範的な夫だった。

それなのにテレーズは夫のそばにいると疲れた。新婚旅行の時から感じていたその疲労感は旅行からランドの町サン・サンフォリアンに帰り、新しい生活が始まると、眼に見えぬ埃が溜まるように彼女の心に積もっていった。特に妊娠の兆《きざ》しが出てから――それは暑い夏のせいもあったが、テレーズは体に鉛がはりついているような重さを感じた。

そこまで読んで顔をあげると、向い側の父親が眼をあわててそらせた。窓の外はようやく晴れ間もみえ、褐色の屋根の農家や牛が草をはんでいる牧場や、教会のある村を幾つも通りすぎていった。

巴里で夫が今、何をしているのかと、ふと思った。しかし夫にたいする懐かしさは、一向に起きない。美津子は窓硝子にうつる自分のやや険しい表情や大きな眼を見つめ、テレーズの心が痛いほどわかる。（むかしはモイラ、今はテレーズ）頭の奥で誰かの声が――むかしのボーイ・フレンドたちの声が――そう歌っていた。美津子は自分が他の女性たちとちがって、誰かを本気で愛することができないように思った。砂地のように乾ききって、枯渇した女。愛が燃えつきた女。

（一体、あなたは何がほしいの）

美津子はまだ物珍しそうに彼女を見ている同室の少女にむかって心のなかで呟い

た。しかしそれは美津子が自分自身に問いかけた質問でもあった。（一体、あなたは何を求めているの）

ボルドオに一泊。翌朝、ホテルでサンドイッチをこしらえてもらい、フロントの男に教えられた通り、ランゴン行きのバスに乗った。これもフロントの人が親切でくれた案内パンフレットをめくって、テレーズの住んでいたサン・サンフォリアンには、小説に出ている鉄道はとっくに廃止され、そのかわりバスが走っていることを知った。

人影のない真昼の路に陽が当っているランゴンの町。

「鉄道はなくなったのですか」

と彼女はバスを待っている中年の女性に聞いてみた。

「鉄道？」と彼女は肩をすぼめた。「ずっと前、松の木材を運んだ貨物トラックの線路はあったけれど、あれは人間を乗せませんでしたよ」

美津子はテレーズを闇の森のなかに運ぶ小説中の汽車がモウリヤックの創作だと知った。そうしてみるとテレーズは現実の闇の森を通りすぎたのではなく、心の奥の闇をたどったのだ。そうだったのか。

そうだったのか、と気づいて美津子は巴里に夫を残してこんな田舎にたどりついたのも、実は自分の心の闇を探るためだったと気がついた。

バスは深い松の森に囲まれた道を走りつづけた。大きな羊歯《しだ》が延々と傘のように拡がり、松が群衆のように立っている森。

夏にはこの森は、晴れた日があまり続くと、乾燥した枝と枝とがふれあい、山火事を起し、その煙が白い円盤のような太陽をよごすこともある。森のなかで時折、眼につく掘立小屋は山鳩を撃つ男たちが一夜をあかす場所である。はじめてみるランド地方の風景なのに美津子は「テレーズ・デスケルウ」のお蔭でそんなことまで知りつくしていた。

サン・サンフォリアンの町の砂漠のように乾いた広場で美津子は数人の客とおりた。その広場にあるレストラン・ホテルに入ると、ゲームをしていた若者たちが怯えたような眼で、日本人の女を見つめたのは、観光すべき何ものもないこんな町に訪ねてくる東洋人など滅多にないからだ。彼女は食事を頼み、部屋をとってもらった。

「日本の方ですか」とエプロンをした女主人が、彼女のパスポートを見て言った。「五年前に日本人が一人、泊りましたよ。ええ、憶えています。リヨンの留学生だと言っていました」

リヨンという名を耳にした時、大津の名が意識にのぼった。ここから巴里に戻る途中、リヨンに寄ってみようかしら、と戯れのような気持を、彼女はわたされた鍵で部屋をあけた時、思った。

夕日の強く残っている町を汗ばみながら歩いた。この広場をテレーズはベルナールと、いかにも淑やかな婚約者のように腕をくんで通り、広場に近い教会で結婚式をあげたのだ。諦めと疲労とのまじった生活。その存在が彼女を疲れさす善良な夫。世間的にいえばこの男はどこにも非難すべき点はない。ないからこそテレーズは彼にも自分にも苛立ちを感じる。苛立ちは彼女の意識下に積り、やがてランドの笠松の森のようにいつか燃えはじめる瞬間をじっと待っている。

その夜——オートバイの音が時々、聞え、消え去ったあと作者が「地の果ての沈黙」と書いたサン・サンフォリアンの夜が来た。灯の暗い部屋のベッドで、彼女は眼を大きくあけて天井を見つめて自分に問うた。

(本当に何がほしいの。なぜ、一人でこんなところに来たの)

電話に手をかけ、巴里のホテルの番号を廻した。矢野の声を急に聞きたくなったからではない。ランドの闇のなかで自分までテレーズになりそうな心理が怖しくなったからだ。矢野と結婚したのは、自分のなかの空虚感を消し去るためではなかったのか。仕事とゴルフと自動車の話しかしない彼の友人たちのなかで人間らしい生活に身を埋めるためではなかったのか。ホテルの交換台は、何回もコールをしたが返事はないと答えた。夫は彼の巴里探訪から戻っていないらしかった。

テレーズは現実には存在しない汽車に乗って心の闇に入っていった。美津子も意味のない、何も発見できぬランドの旅を終えてリヨンに向った。

午後二時、リヨンに到着。ベルクール広場に面したホテルに部屋をとってもらう。ここでもフロントの従業員にリヨンのなかに美津子や大津の出た大学の修道会があるかを調べてもらったが、あっけないほど簡単に住所も電話番号も判明した。リヨンで一番古い地区であるフルビエールの一角を、市街地図で指さしながら、口髭をはやしたフロントの男が教えてくれた。その修道院だと美津子がすぐ思いついたのも、彼女も大津も通った大学がこの修道会の経営だったからである。

電話をかけると、

「オオツ、オオツ」と大津の名をくりかえす男の声がしてやっとわかると「おお、オウギュスタン・オオツ」と声をあげた。長いこと待たされ、やっと受話器の向うで忘れもしない大津の心細げな声が聞えた。その声を聞いた途端、美津子はあの男の丸い顔やカレーの臭いのする息を思いだした。

「わたくしです。な、る、せ」

彼女はわざと朗かな調子で話しかけたが、向うはしばらく沈黙していた。

「大津さん、わたし仏蘭西に来ているの。主人と一緒に。そして今、わたしだけリヨンに着いたの。ここはホテル・ベルクールよ」

「本当ですか」

「本当よ。あなたがリヨンにいらっしゃると噂に聞いて、お電話したんですけど、やっぱり、そうだったのね。御迷惑だったかしら」

「いいえ」

「あなた、神父さんになるんですって」

ふたたび沈黙。返事に困っている。あのおどおどした表情が眼にみえるようで、美津子はわざと甘い声を出した。

「すると女のわたくしなんかに会っては駄目かしら」

「いいえ、そんなことは」

「明日、巴里に戻ろうと思うの。今夜は」

「すみません。夜は駄目です。でも明日なら午前中にプラ町のカトリックの大学に行きます。十一時でしたら授業が終わるから、あなたのホテル・ベルクールに伺います」

「御存知」

「知っています。リヨンでは、有名なホテルです」

電話のあと、美津子はガイドブックを見ながら、ソーヌ河にそって歩いた。河の水は黒く、荷をつんだ舟の上に水鳥が舞っていた。次に訪れたフルビエールの丘には古代ローマの劇場が復元されて残っていた。フルビエールの丘はリヨンのなかでもっとも古い地域のせいか、壁のはげた家があちこち、虫歯に蝕まれた口のように建っていた。彼女は丘から街を見おろすことのできる石段に立った。曇空のように蹲る灰色のリヨンの街を遠望した。来る予定もなかったのに、偶然こうして立ち寄ったリヨンは、美津子の眼から見ると巴里のような活気のない、哀しい街だった。

階段をおりて彼女は大津が住んでいる修道院を探した。それはフルビエールの他の家々と同じように古く、黒く、風雪によごれた建物のひとつだった。しばらくそれを見ていると、ベレー帽をかぶり、昔の旧制高校生のようなマントをはおった神学生が二、三人、出口から姿をあらわし坂をおりていった。彼等は彼女には理解できない異人種たちのように見えたが、大津はそんな異人種のなかに、今、生きているのだ。

翌日十一時半近く、約束通り大津はホテルにたずねてきた。フロントからの連絡をうけてロビーにおりた美津子は、着飾った紳士や女性たちの端に昨夜の神学生と同じようにベレー帽をかぶり黒い貧しげな修道服に身を包んだ大津の姿を見つけた。溝から這いあがった野良犬のような彼の姿はこのホテルのロビーには不似合だった。

「しばらく」と美津子が声をかけると大津はおどおどした微笑を顔に浮かべ、あの口癖の「すみません」を口に出した。

「その恰好で……お変りになったわね」

「成瀬さんも……すみません、今は名が変ったんでしょう」

「矢野というんだけど、どうでもいいわ、そんな事。外に出ません。それとも女と歩くことは神学生に禁じられているんですか？」

「大丈夫です。修道院長には事情を話してきました」

二人はベルクールを横切ってソーヌ河の黒い澱んだ川岸に出た。今日のソーヌ河も陰気で、船荷をつんだ舟がゆっくりと北に向って上っていった。

「悪いけど、巴里にくらべて活気のない街だわね、リヨンって」

「巴里の人は皆そう言います。保守的だって」

「まだこの街にずっと、いらっしゃるの」

「卒業まであと二年あります。でも、ぼくの事ですから、卒業できるかどうか」

川岸の手すりにもたれて二人は荷舟と水鳥とを眺めていた。美津子も大津も、過去の交りについて話を避けていた。よごれたベレー帽の下の、貧弱な兵士のような大津。昔、その顔が彼女の胸を赤ん坊のように求めたのだ。

「学生時代に貴方に無理矢理、お酒を飲ませたことがあったわね」

「…………」

「あなた……あの時、神を棄てたんじゃない」と美津子は大津の古傷に指を入れた。

彼女の邪悪な心は大津のおどおどした顔をみると触発される。「それなのに神学生にどうしてなったのかしら」

大津は眼をしばたたきながらソーヌ河の黒い流れに視線を落としていた。川面《かわも》には石鹼のような泡が幾つも浮かび、それが流れている。

「わかりません。そうなったんです」

「理由をわたくし、知りたいの」

「あなたから棄てられたからこそ──、ぼくは……人間から棄てられたあの人の苦しみが……少しはわかったんです」

「ちょっと、──そんな綺麗ごとを言わないで」美津子は傷ついた。大津を追いつめたい気持は更に強くなった。

「すみません。でも本当にそうなんです。ぼくは聞いたんです。成瀬さんに棄てられて、ぼろぼろになって……行くところもなくて、どうして良いか、わからなくて。仕方なくまたあのクルトル・ハイムに入って跪いていた間、ぼくは聞いたんです」

「聞いた？　……何を？」

「おいで、という声を。おいで、私はお前と同じように捨てられた。だから私だけは決して、お前を棄てない、という声を」

「誰」

「知りません。でも確かにその声は、ぼくにおいで、と言ったんです」

「そして、あなたは」

「行きます、と答えました」

突然、彼女は午後の、窓から陽のさしこむクルトル・ハイムを思いだした。階下で時計のチャイムが鳴り、誰もいない祭壇におかれていた痩せこけた男と、祈禱台に忘れられた聖書の頁に書かれていたあの言葉。

「彼は醜く、威厳もない。みじめで、みすぼらしい」という、あの言葉。

「じゃ、大津さんが神学生になったのも……わたくしのお蔭なのね」

そう言って美津子は笑ってみせた。しかし無理矢理に作った笑顔のなかに引きつったもののあるのを感じた。

「そうです」

とはじめて大津の頰に嬉しそうな微笑がうかんだ。

「ぼくはそれ以後、思うんです。神は手品師のように何でも活用なさると。我々の弱さや罪も。そうなんです。手品師が箱のなかにきたない雀を入れて、蓋をしめ、合図と共に蓋を開けるでしょう。箱のなかの雀は真っ白な鳩に変って、飛びたちます」

「あなたがそのきたない雀」

「ええ、惨めだったぼくが……です。成瀬さんに棄てられなかったなら……ぼくは……こんな生き方をしなかった」

「大袈裟ね、たかが女と別れたぐらいに、そんな意味づけするなんて」

「すみません。でも、ぼくの場合、本当にそうなったんです」

大津の横顔は煙突のついた古い褐色の屋根屋根に向けられていた。それらの家の塊りのなかからリヨン名所の一つであるサンジャン大聖堂の黒ずんだ尖塔が巨人のように突ったっていた。負け惜しみで大津が過去を弁解しているとは思えなかった。ただ神など信じぬ美津子には彼の述懐は無理矢理に辻褄をあわせたようにしか思えなかった。理解できたのは、このみすぼらしい男が、今の美津子やかつての旧友や美津子の夫たちの世界とはまったく隔絶した次元の世界に入った、ということだった。

「あなた、変ったわね」

「そうかもしれません。しかしぼくが……変ったのじゃなく、手品師の神に変えさせられたのでしょう」

「ねえ、その神という言葉やめてくれない。いらいらするし実感がないの。わたくしには実体がないんですもの。大学の時から外人神父たちの使うあの神という言葉に縁遠かったの」

「すみません。その言葉が嫌なら、他の名に変えてもいいんです。トマトでもいい、玉ねぎでもいい」

「じゃ、あなたにとって、玉ねぎって何。昔はよく自分にもわからない、と言っていたけど。神は存在するのかと誰かがあなたにきいた時」

「すみません。正直、あの頃は、よくわからなかった。でも今はぼくなりにわかっています」

「言って」

「神は存在というより、働きです。玉ねぎは愛の働く塊りなんです」

「なお気持わるいわ、真面目な顔をして愛なんて恥ずかしい言葉を使われると。働きって何よ」

「だって玉ねぎはある場所で棄てられたぼくをいつの間にか別の場所で生かしてくれました」

「そんなこと」と美津子はせせら笑った。「別に玉ねぎの力じゃないわ。あなたの気持が自分をそう仕向けたんじゃないの」

「いいえ、ちがいます。あれはぼくの意志など越えて玉ねぎが働いてくれたんです」

この時だけは大津は断乎とした口調になり、それまでそらせていた眼を美津子に向けた。彼は彼女が知っていたどこか弱気の、善良だけがただ一つの取柄だった男とは違っていた。

「いつまで、わたくしをここに立たせておく気」

彼女は話を変えた。

「もうお昼をとっくに廻っているのよ。折角、リヨンに来たんですもの、どこかで食事をしましょうよ」

「すみません。ぼく、神学生ですから、そんなところを知らないんです」

「わかっているわよ。わたくしが御馳走するから。もう一気飲みはさせないから」

彼は散歩に連れていかれる犬のような無邪気な嬉しそうな顔をした。

ベルクール広場まで戻ったのは、ルイ十四世の銅像のある広場の一角に手頃なレストランのあるのを彼女がホテルの窓から見ていたからだった。鏡をはった朱色の壁にかこまれ小さなピラミッドのように置かれたテーブルナプキン。その前に坐った汚れた修道服姿の日本人の神学生を、ボーイたちは戸惑った眼で遠くから見ていた。

そのすりきれた修道服を大津はスープの滴りで一、二度、よごしながら吐息をついた。

「おいしいなあ。何年ぶりだろう」

「今みたいな人生を選ばねばよかったのに。東京にだってこれくらいのものを食べさせる店はいくらでもできているのよ。悪いけど、自分をそんな生活に追いこんだのも玉ねぎの働きなの」

大津は子供のようにスプーンをしっかり握りしめ、笑いをうかべた。

「おかしな人。日本人でしょ、あなたは。日本人のあなたがヨーロッパの基督教を信じるなんて、わたくしにはむしろ歯の浮く感じがするわ」

「変ってないんですね、成瀬さんは」

「そう、でも本心よ」

「ぼくはヨーロッパの基督教を信じているんじゃありません、ぼくは……」

スープの滴りがまた彼の服をよごした。スプーンを握りしめて大津は美津子に子供のように訴えた。

「成瀬さん、仏蘭西に来てみて……違和感、感じませんでしたか」

「違和感? わたくしまだこの国に来て十日しかたっていないのよ」

「ぼくはね、三年目です。三年間、ここに住んで、ぼくはここの国の考え方に疲れました。彼等が手でこね、彼等の心に合うように作った考え方が……東洋人のぼくには重いんです。溶けこめないんです。それで……毎日、困っています。仏蘭西人の上級生や先生たちにうち明けると、真理にはヨーロッパも東洋もないって戒められました。すべてはお前のノイローゼかコンプレックスだろうって。玉ねぎについての考え方も……」

「相変らずあなたって野暮ね。女の前で、折角の食事の間も、そんな辛気くさい話しか、できないの、あなたは」

「すみません。でも……久しぶりに会った成瀬さんに……三年間、心に鬱積していたものをしゃべりたいものだから」

「じゃあ、お話しなさいよ、好きなだけあなたの玉ねぎについて」

「ぼくはここの人たちのように善と悪とを、あまりにはっきり区別できません。善のなかにも悪がひそみ、悪のなかにも良いことが潜在していると思います。だからこそ神は手品を使えるんです。ぼくの罪さえ活用して、救いに向けてくださった」

フォークとナイフとを両手で握りしめながら、憑《つ》かれたようにしゃべっている大津。学生運動に参加していた連中が愚にもつかぬ議論を飲屋でやっているのと同じ表情だ。そういう連中を大学時代、美津子たちはどんなに馬鹿にしただろう。

「でも、ぼくの考えは教会では異端的なんです。ぼくは叱られました。お前は何事も区別しない。はっきりと識別しない。神はそんなものじゃない。玉ねぎはそんなものじゃないって」

「じゃ、棄てちゃえばいいじゃないの、そんなややこしいもの」

「そう簡単にいかないんです」

「話してばかりいないで、召し上がれよ。ボーイが次の皿を運びかねて困っているわ」

「すみません」

素直に大津は口を動かし、彼をじっと観察している美津子に子供のように笑いかえした。

「この玉《オニオン》ねぎのスープは……おいしいです」

この男と結婚していれば、幸福だったろうか、それとも矢野以上に退屈だったろうか、と美津子は思う。

「それに、ぼくは玉ねぎを信頼しています。信仰じゃないんです」

「あなたは……破門にならないの」と彼女はからかった。「今でも破門ってあるんでしょ」

「修道会からは、ぼくには異端的な傾向があると言われますが、まだ追い出されません。でもぼくは自分に嘘をつくことができないし、やがて日本に戻ったら……」彼はしゃぶるようにスプーンを口に入れた。「日本人の心にあう基督教を考えたいんです」

「わかったわ。それより早く食事をすませてよ」

正直いって美津子は彼の終りのない話にうんざりしていた。まるで一人よがりの作曲を聞かされているようだった。役にもたたぬ幻影のために人生を無駄にしている男。彼女には縁遠すぎる世界。美津子にわかるのはあの「テレーズ・デスケルウ」の妻が善良な夫に抱いた言いようのない疲れやかすかな憎しみだった。その疲れや憎しみは胸の奥にしまいこみ、今後はベルナールに似た矢野のそばで生きていこう。

レストランを出ると彼女は仏蘭西人のように大津の手を握った。

「さようなら、日本でまたお会いしましょうね」

「すみません」と大津はうなずいて、「御馳走さまでした」

「破門にならないでね、大津さん」と美津子はからかった。「少しは上手にお生きなさいよ」

夕暮、巴里に戻り、駅からタクシーに乗ってホテルの名を告げた時、彼女はまるで遠くから故郷にかえったような気さえした。灯のうるむセーヌ河の岸も照明に浮かびあがるノートルダム教会も、黒々とした陰気なコンシェルジュリーも何だか長年、見なれたもののようだった。

(仏蘭西に来てみて……違和感を感じませんでしたか)

不意に大津の訴えが頭に蘇ったが、

「ちっとも、違和感なんかないわ。できれば日本なんかに戻りたくはないぐらい」

ちびた煙《メ》草《ゴ》を口にくわえた運転手がこちらをふりむくほどの声で彼女はひとりごちた。

ホテルについたが、思った通り矢野は外出中で、彼女は入浴して化粧し、夫の帰りを待った。ベッドに入ってテレビを見ているうちに何時《いつ》か一人旅の疲れが出て眠ってしまった。

扉をあける音で眼がさめると、酒気を帯びた矢野が入ってきた。

「戻ったのか。戻ってくると知らせてくれればホテルにいたのに」

「ごめんなさい。新婚旅行なのに我儘を許してくださって」

「楽しかったかい」

「ええ、ボルドオからリヨンをまわったの。リヨンの大聖堂や古代ローマ劇場は素晴らしかったわ」

と彼女はわざと夫の興味をそそらない場所を次々とあげた。「見たかったランド地方も見られたたし、松の森と貧しい村しかない地方だけれど、あなたが行ったら一時間ともたなかったでしょうね。それであなたは」

「M商事の高林さんに連れていってもらった」

「殿方用の巴里?」

「まあね。モンマルトルもリドも……まあ、想像ほど面白くなかったがね、でもこんな新婚夫婦は珍しいって高林さんが笑っていた」

とはいえ矢野は別に不満げな顔をみせなかった。単純な夫は妻に引きずりまわされて、予備知識のない美術館めぐりや、わけのわからぬ音楽会に連れていかれるよりは、「殿方用の巴里」を日本人たちと享楽したことを悦んでいるのだった。

そのくせその夜は、桶の餌を貪る豚のように、彼は美津子の肉体を貪った。女を抱いている時の男の表情は――美津子の今までの経験では――どれも似かよっていた。血走った眼や荒い息づかい。心のさめているのは美津子だった。陶酔できない彼女は自分が本質的に人を愛せぬ女かと思った。しかし愛とは何だろう。大津は玉ねぎとは無限のやさしさと愛の塊りだと言ったが。

この時、ふしぎに心に甦ってきたのが、見すぼらしい修道服で大きな編上靴を動かしながらベルクール広場を歩いていた大津の姿だった。こちらの気持に気づかず玉ねぎの話ばかりしている大津。ゴルフと新型の車しか話題がない夫と同じように退屈だが、大学時代の友人や矢野たちとはまったく対照的な男。

（一体、何がほしいのだろう、わたしは……）

彼女は新婚旅行の間、それぱかり考えた。

四章　沼田の場合

デリー行きの日本航空の機内では免税品販売がはじまり、それまで令嬢風の表情をしていたスチュワーデスが急にデパートの女子店員のような顔になってワゴン車にのせた酒や煙草を売りはじめた。沼田は家に残した妻のために香水を求めようと思ったが、彼女の好きな品物が何かわからず隣席の磯辺にたずねた。

「香水について御存知ですか」

「香水」磯辺は苦笑をうかべ、「知らんですな」

「女房をおいて、一人で印度旅行に来たもんですから……まあ、罪滅ぼしに」

と沼田は弁解した。

「そうですか、奥さんにお土産ですか。それはいい。スチュワーデスに相談されては如何ですか」

「磯辺さんも奥さんに何かをお求めになりますか」

「女房は亡くなりました」

「失礼しました」と沼田はあやまった。「存じませんでしたので」

スチュワーデスは沼田に妻の年齢をたずねアンバサダーという品を奨めて、職業的スマイルを浮かべ、

「円でお払いですか。それともドルで」

香水を手に入れた沼田は磯辺に遠慮して、そっと手さげ鞄のなかにしまった。磯辺は眼をつむって眠っていた。背後の席で新婚旅行の三條夫婦があたりをはばからぬ声で品物を買いあさっていた。

「ブランディを二本も買うの」

「印度じゃ、酒はなかなか手に入らないそうだから」

「そんなら、わたしだって香水を追加するわ」

スチュワーデスは沼田に話しかけた。

「ひょっとして、童話を書いていらっしゃる沼田先生でいらっしゃいますか」

沼田が照れて、黙ったままうなずくと、彼女は、

「わたし、大学の時、児童文学科にいましたの。それで先生の童話を何冊か読みました」

「ぼくのは……児童文学というより犬や鳥を主人公にした話でして」

「わたくし猫きちがいなんです」

磯辺は眼を閉じたまま、その会話をきいていた。そして彼はもし妻が生きていたら、自分は決して印度などには行かなかったろう、と思う。

幼少時代を沼田は、当時、日本が植民地化していた満州の大連で送った。憶えている大連は、至るところにそこを日本より先に占領していたロシヤの臭いが残っていた。日本には滅多にない煉瓦づくりの建物や住宅が並び、広場を中心に放射線状に道路がひろがり、北海道を除くと、あまり日本には見られぬアカシヤやポプラの街路樹が植えられ、そのなかで成りあがり者の下品さと横暴さとを持った日本人たちが、前からここに住んでいた中国人を見くだして生活していた。

中国人たちの住む地区は子供の沼田から見ても貧しく、みじめだった。父母に連れられて彼等の市場に行くと、ニンニクの独特な臭気がこもり、豚の首や毛をむしった鶏がぶらさがっていた。

朝になると籠をかついだ中国人の女や少年が日本人の家に行商に来る。籠のなかには、悲鳴をあげて騒ぎまわる鶉《うずら》が入っていたり、色彩の濃い瓜や西瓜がつまれている。そんな重いものを女や少年が天秤を肩に食いこませながら運んでいるのだ。それを日本人の主婦たちが当然のように値切りに値切ってやっと買ってやる。

沼田の母親はそんな中国人の少年の一人をボーイに雇った。大連では日本人は煙突のついたロシヤ風の住宅に住んで、家事、雑用仕事を手伝う中国人の子供を雇う時がある。その少年たちのことをボーイと言うのである。

沼田家に雇われたボーイは李という十五歳の少年で、かたことの日本語をしゃべり、不器用な手つきで母の台所仕事を手伝い、晩秋になると石炭をストーブにくべた。優しい性格で六歳年下の沼田が両親から叱責されると、懸命に庇ってくれたり、学校の帰りが遅くなると、沼田の身を案じて途中まで迎えにきてくれた。

学校からの帰り道、沼田は眼やにのいっぱい溜って泥だらけの捨て犬をひろった。毛は真黒で、舌まで紫色の満州犬だったが、あまりの汚さに母親は捨ててこいと命じた。「一日だけ」と沼田は半泣きになって哀願し、李に犬を洗ってもらうと藁を入れた木箱を台所の土間においた。

その夜、寂しさのあまり仔犬は悲鳴のような声をあげて鳴きつづけた。沼田が頭を撫でに台所に行くと寝巻姿の父親が、

「やかましくて仕方がない」と怒った。「明日は捨てるんだぞ」

翌日、学校の授業中も沼田は仔犬のことばかり考えていた。授業が終ると沼田は家に走って戻った。庭で薪割りをしていた李が彼を見て、口に指をあて、ついてくるよ

うに合図をした。李に従って沼田は家の塀ぎわにある石炭小屋まで行った。黒光りのする石炭の山の蔭に紐でつながれた仔犬が沼田を見て、小さな尾を懸命にふり、あたりかまわず尿を洩らした。

「これ、坊っちゃん、奥さんに言わない」

と李は狡さとやさしさのまじった微笑をうかべて沼田に教えた。

「坊っちゃんと李だけ知っている」

「わかった」

その日から石炭小屋は二人だけの秘密の場所となった。学校から戻ると沼田は缶に李の入れた残飯を犬の食事にそっと運んだ。名前はクロとつけたがやがてクロの眼やにが治り、一人で温和しく眠ることもわかった時、李はクロを庭に連れもどして沼田の母に言った。

「奥さん、あの犬、戻ってきた。もう鳴かないね、大丈夫」

母親は李の嘘に気づいたようだったが、沼田がしきりにせがむので、最後は根負けして、飼うことを許した。

半年ほどたって、李は解雇された。石炭小屋の南京錠が開けられて、石炭がいつの間にか半分も消えていたからである。日本人の巡査がきて、李の仕業だと疑った。李が石炭小屋のちかくで他の中国人の少年たちと相談していたのを見かけた人がいたというのである。

「とに角、奥さん、鍵を自由に使えるのは、あいつだけだからね」

と巡査は玄関のあがり口で大きな音をたてて茶をすすり、母親に説明した。

「あいつらを信用しちゃいけんよ。いくら温和しそうに見えたからと言って、あいつ等、何を企んでいるのか、わからん」

父親の詰問に李は首を振って否定した。沼田は障子のかげから父親の怒声や、それに弁解するしどろもどろの李の姿を盗み見して息がつまりそうだった。

結局、李は沼田家を追いだされた。かわりになるボーイや阿媽《あま》（お手伝い）は大連のなかに、いくらでもいたからだ。

別れの日、李の持ちものは本当に小さな汚い包みだけだった。

「坊っちゃん、さよなら。坊っちゃん、さよなら」

と李は出ていく時、台所の戸をあけて沼田にくりかえした。「坊っちゃん、さよなら。坊っちゃん、さよなら」

その時の李の諦めたような微笑を沼田は長い歳月がたった今も思いだす。

クロは大きく成長した。尾をちぎれんばかりに振った。仔犬時代とちがって、むっくりとした大人の満州犬に変った。むっくりとしているだけでなく、沼田が友だちと遊んでいる時、アカシヤの樹の下でむっつりとその遊びが終るまで待っていた。沼田の登校、下校の時も、背後をのろのろと従いてきた。沼田が、「勉強は嫌いだ。学校なんかなくなるといい」などと話しかけると、クロは遠いものを見るような眼つきで彼の顔をじっと見あげた。

小学校三年の秋、沼田の両親の仲が悪くなり、別れ話が持ちあがった。沼田には想像もしなかった突然の出来事だった。それまで彼は父親と母親と自分とが別々の世界に生きることなど考えたこともなかった。

夜、酒気をおびて戻った父は、応接間で母と長い間、言い争っていた。時々、父の怒声や母の泣く声がきこえ、その声を聞くまいとして、沼田は布団を頭にまで引きあげ、時には耳に指を入れて眠ろうとした。

その頃は学校から家に戻るのが辛かった。陽が落ち、少し寒くなった部屋に、あんなに明るかった母がひとり座って窓を見ながら、何か考えこんでいる姿を眼にせねばならなかったからだ。学校から家までの、さほど遠くない路のりを沼田は時間をかけて、のろのろと歩き、蜘蛛の巣に秋蟬の死骸が糸にからまれてぶらさがっているのを眺めたり、赤煉瓦の塀に白墨で落書きをしながら一分でも帰宅を遅らせようとした。辻では中国人の焼栗屋の呼び声がながれ、路ばたに客をまつ馬車のラバが、たかってくる蠅を尾と耳を動かしながら追っていた。彼がそんなものに気をとられている間、クロも立ちどまり、脚で首をかいたり、壁を嗅ぎまわったりして、主人を待っていた。

「帰りたくないよ」

沼田はクロにだけ話しかけた。わが家の事情を学校の先生や友だちに打ち明けられない彼には、鬱積した辛さを話せるのはクロだけだった。

「もうイヤだ。夜になるのがイヤだ。父さんと母さんの喧嘩の声をきくのがイヤだ」

クロはじっと沼田の顔を見て、当惑げに尾をかすかに振った。

（仕方ないですよ。生きるって、そんなもんですよ）

とクロはその時、答えた。大人になってから沼田は当時のことを思いだして、クロがたしかに少年だった彼に話をしてくれたと思っている。

「父さんは母さんと、別々に住むと言っているんだ。ぼく、どうしよう」

（仕方ないですよ）

「父さんと住めば、母さんに悪いし、母さんと住めば、父さんに悪い気がするけど」

（仕方ないですよ。生きるって、そんなもんですよ）

クロはあの頃の彼にとって哀しみの理解者であり、話を聞いてくれるただ一つの生きものであり、彼の同伴者でもあった。

秋が終り、冬が過ぎ、大連にも五月、遅めの春がきた。そして母は彼を連れて日本に帰ることとなった。アカシヤの街路樹には、少女の耳飾りのような白い蕾《つぼみ》が葉の間に垂れている。歩道では一台の馬車が、大連港に向う母と子とを待っていた。父は沈黙を守ったまま、奥の部屋に引っこんで、彼等を送って出なかった。クロだけが尾で虻《あぶ》を追っているラバの前をうろついていた。

沼田は馬車が動き出すと、ふりむいて、自分を追いかけてくるクロを見つめていた。泣くまいとしても目がぬれ、それを母に見られぬため顔をそむけた。クロは通りを曲っても、まだ駆けるのをやめない。まるでこれが沼田と自分との最後の別れだとわかったようだった。だがやがて、疲れたクロは足をとめ、去って行く沼田を諦めのこもった眼で見ながら少しずつ小さくなっていった。そのクロの眼も沼田は大人になっても忘れていない。彼が別離の意味を初めて知ったのは李とこの犬によってだった。

（もし、クロがあの頃、いなかったなら）と後年、沼田は思う。（俺は童話なんか書いていなかっただろう）

クロは動物が人間と話を交せることを彼にはじめて教えてくれた最初の犬だった。いや、話を交すだけではなく、哀しみを理解してくれる同伴者であることもわからせてくれた。それができるのは、今の時代にはメルヘンという方法しかないことを知った沼田は、大学時代から童話を書くことを生涯の職業として選んだ。そしてその本のなかで彼は子供たちの哀しみを——子供たちにもそれぞれの人生の哀しみが、既に始まっているのだ——理解している犬や山羊や仔馬のことを好んで書いた。そう、鳥たちの事も……。

童話作家になって沼田は犀鳥という奇妙な鳥を飼った事がある。飼ったというよりは、近くの町のデパートに淡水魚や小禽《ことり》の販売店を出している親爺に押しつけられたのだ。

その親爺は彼自身も鳥のような顔をした妙な男だったが、沼田が童話作家だと知ると急に好意を見せるようになり、勝手に彼のため水槽やグッピーを一揃えそろえてくれたり、家まで押しかけて、小禽の飼い方などを熱意をこめて教えてくれた。

その彼がある日、作業着を着た青年と大きな風呂敷包みを持って現れた。「彼はわしの友人ですが、やはり小禽や小動物を売る店を渋谷で出しているんです。ところが犀鳥を手に入れましてね。わしはこう言ってやったんだ。沼田先生ならこんな鳥を欲しがるだろうって」

沼田にはなぜ、犀鳥の飼い主として自分が選ばれたか解《げ》せなかったが、親爺はお構いなしに風呂敷包みの結び目を解《ほど》いた。

金網の鳥籠のなかに五、六十糎ほどの黒い鳥が止まり木にしがみつくようにとまっていた。嘴《くちばし》は大きく上嘴に犀の角のような赤い突起があって、その容貌は鼻の高いピエロのようだった。

「こいつ、アフリカで捕れたんです」と親爺は友人に説明を促した。「な、そうだろ」

「へえ、熱帯にしかいない鳥です。面白い顔をしています」

「こいつ、先生の童話に使えますぜ。キテレツな顔をしてやがるから」

なぜ親爺は、こんな奇妙な鳥が沼田の童話の主人公になると考えたのだろう。彼の小さな童話集に出てくるのは、平凡で子供たちに馴染みのふかい犬や猫や兎や豚たちなのに。

「まあ、いいじゃないですか。一週間ほど置いておきますから、ためしに飼ってください よ」

戸惑う沼田の気持を無視して、親爺とその仲間は鳥籠を仕事部屋において、そのまま引きあげていった。

彼等がいなくなると、沼田と犀鳥だけの部屋は急に静寂になった。静かな空間のなかで、ピエロのような顔をした鳥は止り木に脚をかけ、虚空の一点を見つめている。その顔が滑稽なだけに余計に哀れに思えた。

「どこから来た、お前は」と沼田はたずねた。「本当にアフリカからなのか」

沼田はアフリカに行ったことはない。それは彼の訪れた米国や英国にくらべれば余りに遠い、手の届かない世界である。そのアフリカの密林に生まれたこのピエロは、自分が見も知らぬ日本に連れてこられると思っただろうか。鳥にだって人間と同じようにそれぞれの運命があるのだ。

沼田の妻は、夫がこんな厄介な鳥を飼った事にいい顔をしなかったが、子供たちは悦んだ。彼等は犀鳥をピエロちゃんとよび、毎日、籠を覗きこんでいたが、半月もしないうちに飽きたらしく、あまり近よらなくなった。犀鳥はカナリヤのように可愛い声で鳴きもしなければ、籠のなかでそれほど動きまわらなかったからである。それに鳥籠から漂う臭気もかなり強かった。

「ピエロ」と沼田は彼に話しかけた。「ここではお前は、あまり歓迎されていないぞ。また小禽屋に戻るか」

しかしピエロは何の反応もみせず、剝製の鳥のように虚空の一点を見つめ、かすかに体を動かし向きを変えただけだった。

ある日、籠の出口をあけて沼田はピエロを外に出してやった。遠いアフリカの密林から来たこの鳥に僅かな自由を与えてやりたかった。だが、戸惑ったようにピエロはゆっくりと歩き、硝子戸のそばでじっと静止した。そして窓の外をじっと凝視している。

沼田は仕事にかかった。犀鳥は音も立てず外に顔を向けつづけている。夕暮が近く、窓の陽が翳りはじめた。聞こえるのは、草稿を書く沼田の乾いたペンの音だけだった。

その時だった。何ともいえぬ哀しい一声が聞こえた。まるで蠟燭の炎がぱっと燃えて消えるように、すべての悲しみをこめた、せつない声だった。犀鳥が鳴いたのだ。万感の思いをこめてピエロが「寂しいです」と、たったひとこと叫んだように沼田には思えた。彼はその時はじめて、この滑稽なピエロに連帯感に似たものを感じた。

その日から彼とピエロとの新しい結びつきが始まった。日中、沼田は林檎を小さく切って、仕事に飽きると、その一片を窓のそばにいるピエロに投げてやると、ピエロは頸をのばし、実に巧みにそれを大きな嘴で受けとめる。その遊びは、執筆中の沼田をしばしば慰めて、それはまるで仲のいい兄と弟との戯れのようだった。

そして夜、家族が寝しずまった時間、彼が机に向っていると、突然、ピエロは不作法に羽をひろげ、そばの本棚まで飛んできて、棚の上から仕事をしている沼田を見おろすのだった。

「何をやっているんだ。お前」

とピエロは沼田に言った。

「童話を書いている」

「どんな童話だ」

「子供の頃の夢を自由に描いている。その童話では……人間の子供でも犬やお前のような鳥と話をする。犬の名前はクロといい、クロは彼の主人である少年と……」

「くだらん。そんなことはお前の勝手な夢だろう。俺をみろ。こうして仲間のいる遠い森から見知らぬ土地に連れてこられ、お前の慰みものになっている」

「そうかもしれぬ。しかし子供の時からぼくは君のような鳥や飼犬によって、どれほど慰められたかしれない。今夜だって……君がこの部屋にいてくれることで……助かっているのだ」

沼田は生命あるものすべてとの結びつきへの願望をどう説明していいのかわからなかった。少年時代、クロの存在が与えてくれた種がやがてふくらみ、彼に童話のなかでしか描けぬ理想世界を作りだしたのだ。その童話のなかで、少年は花が囁く声がわかり、樹と樹との会話も理解し、蜜蜂や蟻がそれぞれの仲間とかわす信号を読みとることもできる。一匹の犬や一羽の犀鳥が大人になった彼のどうにもならぬ寂しさを分ちあってくれた……

だがピエロはそんな沼田の感傷を無視したように、本棚の上から羽ばたくと再び部屋の隅に去っていった。やがて沼田がその方向を見ると、ピエロは片脚をもちあげ頭の毛を少しそば立てて眠っていた……

「部屋を汚してかなわないわよ。それに糞《ふん》を床でするし」

沼田の妻は夫が犀鳥を彼の部屋のなかで放し飼いにしているのにたびたび腹をたてた。夫婦の口喧嘩はほとんどこの鳥のために起った。たしかに妻の言う通り、沼田の部屋は窓をたびたび開けるにかかわらず、鳥特有の臭気が漂ってきたし、黒いカーペットに点々とピエロの白い糞が染みをつけた。家をとりしきる妻としてはこの奇妙な顔をした鳥は、イエスが当時のユダヤの祭司たちにとってそうだったように迷惑で邪魔な存在にちがいなかった。

あんな鳥をイエスに例えるのは比喩として可笑しいが、沼田にはそれなりの理由があった。沼田はルオーの絵が好きで、その版画に幾つも描かれているピエロの顔に犀鳥のそれに似たものがあったからだ。ルオーにとって道化はイエスを象徴していることを彼は知っていた。妻には、夜ふけて仕事を続けている沼田とそれを凝視している犀鳥との魂の交流を理解できる筈はなかった。沼田はどんな夫婦であっても、相互に溶解できぬ孤独のあることを結婚生活をつづけながら知った。しかし彼自身の孤独とこの鳥の孤独とは夜の静寂のなかで通じあう。

二ヵ月たった。犀鳥を運んできたペット屋の親爺はそれっきり顔を見せぬ。そうしてみると、彼等はこの鳥を輸入はしたものの、何時までも売れなくて困っていたのかもしれぬ。そして沼田の気持にもそれに寄りかかっているところがあった。

その頃から沼田は午後になると微熱が続き、何ともいえぬだるさを覚えるようになった。近所の開業医に診てもらうと、ラッセルが聞えると言い、レントゲン室に連れていかれて、

「むかし結核をおやりになったことは……」

と開業医は遠まわしにたずねた。レントゲンの写真の結果はその言葉通り、黒だった。出版社の紹介で再検査を受けた大学病院では、ただちに一年ほどの入院加療を命じられた。

予想もしなかった出来事で、沼田も妻も不意の天災にあったように狼狽し、途方にくれた。青年時代、たしかに結核に冒されて、当時、それしか治療法のなかった気胸療法で、一応、治癒したと思っていた空洞がいつの間にか再発していたのである。

入院前、準備のため色々なものを用意しはじめた妻は、

「ところで……あの鳥、どうするの。あなたが入院したあと」

と真剣な顔で言った。

「わたくし一人じゃ、とても世話できませんよ。ペット屋に引きとらせてくださいな」

彼女の言うのは、もっともだった。「そうしよう」と沼田はうなずいた。

書斎に戻ると、ピエロを鳥籠から出してやった。ピエロは例によって窓のそばまで歩き、葡萄酒色に染った夕暮の丹沢山塊を眺めていた。

「さよなら」

と沼田はポケットに手を入れたまま、彼を上から見おろして呟いた。ふと少年時代のクロとの別離が甦った。あの時も子供の沼田には抗うことのできぬ事情が、クロと彼とを引き離した。今度の場合も病気という不慮の事態で、夜を慰めてくれたピエロとも別れねばならなかった。

沼田は結局、一年どころか二年も入院した。この間にやっと開発されたばかりの抗生物質も効果をあげ、外科手術を行ったのだが、その手術も、昔の気胸療法をうけた沼田の肋膜が癒着していたため、二度、失敗をした揚句、肺炎でシューブを起した。回診にくる主治医も、週一回、若い医師たちを連れて現われる教授も何も口に出して言わなかったが、処置に困っていることは、当惑したようなその表情でわかった。沼田にしてみれば今後、十年も十五年も生きているだけで、何の活動もできぬ状態になるのは嫌だった。当時、手術に失敗した気管支漏の患者が生ける屍のような病床生活を送っているのを沼田たち患者はよく知っていた。

「思いきって、切ってください」

と彼は主治医に哀願したが主治医は「ええ、考えてはいるのですが……」と言葉を濁した。医者たちは二回の手術で更に癒着した沼田の肋膜を剝がすことで、出血が多量になることを怖れていた。

この頃、沼田は一人でよく病院の屋上にのぼり、西の夕焼けを見ながら、そんな自分の姿勢があの犀鳥とそっくりなことに気がついた。鳥籠から出されると犀鳥もまた書斎の窓から葡萄酒色の丹沢や大山の夕焼けを見つめていた。その気持が沼田にはやっと痛いほどはっきりわかる気がした。

今頃、あの鳥、どうしているだろうかと思った。できればふたたびあの犀鳥と病室で夜を過したかった。彼はもう医者や看護婦や妻の前で元気を装うことに疲れ、昔と同じように心の通いあえる相手として人間ではなく犀鳥が欲しかったのだ。ルオーの描いたようなみじめで滑稽なピエロを……。

しかし、そんな事は妻にはとても言えなかった。手のかかる子供の世話と家事の合間に病室を訪れてくれる妻に余計な負担をかけることはできなかった。

だがある日、新聞を見ていた彼が渡り鳥の写真を妻に見せて何げなく呟いた。

「何処にいるんだろうな、あの犀鳥」

その時、妻は黙っていたが、三、四日ほど経った時に大きな風呂敷をぶらさげて病室に現われた。

「はい、これ」

ふしぎそうにその風呂敷包みを見る夫に彼女はいつになく陽気を装った声をかけた。

「あけてごらんなさい」

結び目をほどくと、木作りの四角い鳥籠のなかに黒くうるしを塗ったような九官鳥があわてて羽ばたきをした。

「君」

と沼田は妻の優しさに感動した。

「犀鳥はもういないから、九官鳥で我慢してね」

「俺はね、別にそんな意味で言ったんじゃないんだ」

「いいのよ、欲しかったんでしょ。わたくしにもそのくらいわかるんだから」

沼田は妻にうしろめたかった。少年の頃から沼田は心の秘密をいつも人間にではなく犬や鳥にうちあけてきた。今度の場合も、度重なる手術の失敗で滅入った気持をあの犀鳥のような鳥に告白したい願望が心のどこかにあるのを、妻はいつの間にか見ぬいていた。

しかし、その方がいいという気持も胸にある。どうにもならぬ悩みを妻に話しても彼女が苦しむだけだ。徒《いたず》らに彼女を辛くさせ、重荷を負わせるだけではないか。しかし相手が鳥ならば……沈黙して受け入れてくれる。

「少しは気が晴れた?」と妻は得意げに言った。「久しぶりで嬉しそうな顔をして……」

面会時間の終了を告げるチャイムがなって、ふたたび荷物を持って病室を出ようとした妻は彼に片目をつぶってみせた。

籠のなかの二つの止り木を九官鳥は飽きもせず交互に往復していたが、一度も鳴かない。小鳥屋でもこの人間の言葉を真似る鳥にまだ「おはよう」も「こんにちは」も教えこんでいないようだった。

だが夕食をすませて、そろそろ就寝時間が近くなったころ、鳥籠のなかから「は、は、は」という奇妙な声がした。初めて鳴いたのである。

「はは、はは」という声はこの鳥の性来のものではない。沼田はしばらく考えて、やっとそれが笑い声であることに気がついた。

たぶん人間の言葉をしゃべる別の九官鳥のそばにおかれたため、見物人の笑い声だけを憶えたのだろう。

真夜中、沼田は眼をさまし、ベッドの上から鳥籠にかぶせた風呂敷をそっととると、九官鳥は止り木に両脚をかけて、じっと沼田を見た。その眼は本棚にとまって、彼のペンの動きを見ている犀鳥と同じようだった。

「治るかなあ、肋膜は癒着して、今度、手術すれば」と沼田は妻にも語れないことを鳥に話しかけた。

「今度、手術すれば、出血が多い。医者はそれを怖れている。でも俺は寝たきりになるのは嫌だ。どんな事をしても手術をしたい。その気持、わかるだろう」

九官鳥は首を少し傾け、止り木から止り木に飛んだ。そして、

「は、は、は、は」

と人間の笑い声を真似た。

毎夜、彼はその九官鳥にだけ自分の悩みや後悔をうち明けた。ちょうど少年の頃、クロにだけ自分の孤独を訴えたように。

「女房には辛い思いをさせたくない。だからお前にだけうち明けるが……死ぬのはやっぱりこわい。生きて、もっといい童話を書きたかった」

「心配なのは、もし俺が死んだら、女房と子供とが、どのように生活するかだ。……どうすればいいんだろ」

どうすればいいんだろと言った時、沼田は自分の声の響きがあまりに芝居じみていたのに恥ずかしくなった。しかしそれは嘘偽りのない本心だった。

「は、は、は、は」

九官鳥は笑い声を出した。それは弱虫の彼を嘲笑するような笑いかたでもあり、励ますような笑い声でもあった。沼田は病室の灯を消し、人生のなかで本当に対話をしてきたのは、結局、犬や鳥とだけだったような気がした。神が何かわからなかったが、もし人間が本心で語るのが神とするならば、それは沼田にとって、その都度、クロだったり、犀鳥だったり、この九官鳥だった。

賭にも似た三度目の手術は師走に行われた。病室のなかのスチームがいつもより大きく音をたてる朝、麻酔をうたれた沼田を乗せたストレッチャーは、看護婦に押されて長い廊下を手術室に向った。(ここを戻る時)天井の無影灯をみながら沼田は思った。(生きているだろうか)

四時間にわたる手術後、彼はふたたび自分の病室に連れていかれたが、麻酔からさめたのは翌日の朝で、鼻にはゴム管が入れられ、腕には点滴の針が刺しこまれていた。時々、看護婦が来て、まだ半覚醒の彼の血圧をはかり、モルヒネの注射をうった。すべて二度の手術と同じだった。

数日後、やっと息がつけるようになってから彼はつき添っている妻にたずねた。

「九官鳥は」

「…………」

と妻は口ごもった。

「あなたの事で手がいっぱいで、病院の屋上においたまま忘れていたの。気がついて見に行ったら……もう死んでいた」

今更、妻を責めるわけにはいかなかった。死ぬか、生きるかの夫の看病に必死に専心するため、屋上においた九官鳥の面倒まで見きれなかったのだ。

「ごめんなさい」

沼田はうなずいたが、せめてその鳥籠だけは見たかった。

「鳥籠は」

と彼は妻の気持を傷つけないようにさりげなく、

「いつまでも放っておくと、看護婦に叱られる」

「夜に捨てておくわ」

「いや捨てるのは勿体ない。あの鳥籠、気に入っていたんだ。治ったら、文鳥なんか飼えるかもしれない」

会話を続けると息苦しく、切開した胸の傷も痛んだ。彼は黙りこんだ。

夕方、妻は屋上に寄って鳥籠を病室に持ってきてくれた。

「そこに、おいて」

「汚ないわよ。何かに包むから」

「いや、そのままでいい」

妻が看護婦室に行き、病室に一人残されてから沼田はじっと鳥籠を見つめることができた。止り木にも底にも九官鳥の白褐色の糞がこびりついていた。その糞に黒い羽毛が二本くっついている。その羽毛を見ているうち、毎夜、彼の愚痴を、辛さを聴いてくれた鳥が死んだことを切実に感じた。突然、沼田はあの九官鳥に「どうすればいいんだろ」と叫んだ時の自分の声を思いだした。

(それで、あいつ……身がわりになってくれたのか)

確信に似た気持が、手術した胸のなかから熱湯のようにこみあげた。彼自身の人生のなかで、犬や鳥やその他の生きものが、どんなに彼を支えてくれたかを感じた。医者たちが憂慮した経過は奇蹟的といっていいぐらい良かった。一番、心配されていた気管支漏の検査もパスした時、

「好運だったですねえ」

と主治医は沼田と握手して言った。

「安心しました。今だから言いますがね」

「知っていました」と沼田はうなずいた。「五分五分の賭けだったんでしょう。危険率が高くて、先生たちも迷っておられたんでしょ」

「実は……沼田さんの心臓……手術台でしばらく停止したんですよ」

この時も沼田のまぶたには「は、は、は」と笑う九官鳥と本棚の上から彼を馬鹿に

したように見おろした犀鳥とが浮かんだ。

五章　木口の場合

　木口は隣にいる添乗員の江波が成田を出るとすぐ眠り、食事が運ばれるとよく食べるのに感心していた。その江波はフォークをおいた木口を見て、

「おや、肉は召し上らないんですか」

「年齢のせいですか。入歯では肉は嚙みきれんのです。そのせいか魚のほうを好むようになりました」

　木口は皿から目をそらせて窓を見おろした。もちろん、ここからは何も見えないが、この下は密林で覆われているのだろうか。

「この下はジャングルですかね」

「さあ」江波は腕時計をみて、「時間から言うとタイの上空を飛んでいるかもしれませんね、ジャングルの可能性はあります。ジャングルに興味がおありですか」

「戦争中、ビルマのジャングルで戦いましたのです」

「へえ、ぼくたちの世代はよく知りませんが、あそこの戦争はひどかったそうですね」

ひどかった、という言葉に木口は苦笑した。あの退却、あの飢え、あの毎日の豪雨、あの絶望と疲労――それらは江波の世代には絶対にわかりはしまい。木口も話す気にはなれない。たずねられれば苦笑するより仕方がないのだ。

雨が叩きつける樹海。そのなかの退却。マラリヤ。飢餓。絶望。

(あの時、俺たちは死にむかって夢遊病者のように歩いていた)

印度にも雨期があると聞いたがその雨期がどのようなものか木口は知らない。だが印度の東にあるビルマの雨期なら、彼のような日本兵は骨の髄まで味わったのである。英国兵と印度兵とに追われながら、彼の部隊はポーパ山を退却してシンズエまでたどりつく間にビルマの雨期がやってきた。

五月のある朝、突然――それは突然と言っていいほど、気温が急激にさがった。そして空気のなかに湿気を感じた。昨日まで晴れあがっていた空を鉛色の雲が覆った。それがやがてくる雨期の始まりだった。以後、毎日、まず霧雨が降り、霧雨が豪雨に変った。

豪雨は日本の梅雨などとはまったく違った。頭上を覆う樹海の蒼黒い葉の蓋《おお》いにすさまじい音が反響して、その間から滝のように水が注いだ。

木口や塚田の部隊はペグー山系の東側から西に向って歩いていた。いや、あれは歩いていたのではない。ただ生きたい一心で足を必死で引きずっていたのだ。

この頃全員、栄養失調に苦しんでいた。半分以上の兵隊はマラリヤにかかっている。ボウカン平地はコレラが流行しているので絶対に水を飲まぬようにと大橋軍医が兵隊たちを戒めたが、赤痢ともコレラともつかぬ血のまじった便をたえず垂らす兵も多かった。

食べものらしい食べものを口にしたのは三日前、小さな集落のはずれで見つけたマンゴー林のマンゴーだけだった。青く固いマンゴーは、皮をむき白い実をうす切りにして、塩をかけて食べたが、それは日本の漬物を兵士たちに思い起こさせた。「青酸があるかもしれぬ。気をつけよ」と餓鬼のように手と口を動かす兵士たちに大橋軍医は言ってまわった。それでも彼等はむさぼり食った。

その結果が多くの兵士の腹痛になって現れた。一人、また一人、隊列から離れ、樹海のなかでたびたび下痢をせねばならなかった。便の色は黒く、そしてすさまじい臭気を伴った。糞便をしたまま動かなくなる者も出てきた。彼等は叱咤する古参兵に、全く力のない声で、「歩けません。ここで死なせてください」と訴えた。やがて訴える声が樹海のあちこちで聞こえた。

時折、雨がやむ。そして、僅かな間だが雲が白む。あちこちで小鳥が急に鳴きはじめる。あかるい、朗らかなその鳴声のなかで「ここで死なせてください」という人間の呻き声が右からも左からも聞こえる。

日本兵たちの列は退却する戦闘兵というよりはまるで百鬼の夜行のようだった。手製の松葉杖をついて必死に隊列に遅れまいとする将校の姿をみても、兵隊たちはまったくそれが見えぬように空虚な眼でそばを通りすぎた。陛下より下賜された尊いものとして兵士には「命より大事」な筈の銃も帯剣も捨て、腰につけているのは飯盒《はんごう》と手榴弾だけという兵隊も多かった。飯盒はその日にする「ほたる粥」というジャングルの雑草に僅かな米粒のういた雑炊を入れるため。手榴弾は力つきて動けなくなった場合、自決をする最後の道具である。事実、前方や後方の森のなかで突然、手榴弾の炸裂する音が時折、きこえた。誰かが自決した音である。しかしそれが聞こえても、襤褸《ぼろ》をまとい夢遊病者のように歩いている他の兵たちの表情は変らなかった。

木口は復員した後、あの地獄を二度と思い出したくなかった。誰にも語りたくなかった。語ったところで日本で生きてきた女、子供たちにわかる筈はない。女、子供たちだけではなくたとえ軍隊にとられたとしても、安全な基地で悠々と終戦を迎えた連中に理解できる筈はない。それを身をもって知っているのは、樹海を通りぬけ、「死の街道」と後になって兵が呼んだ街道を共に歩いた戦友だけだった。そして塚田は木口にとってその地獄を通りぬけた大事な戦友だった。

疲労困憊して、ただ足を引きずっている時、夢をみているのか、意識があるのかさえよくわからない状態になる。木口は、そばに、もう一人の自分が歩いているのを見たことさえある。

「歩け、歩くんだ」

もう一人のその自分が、ともすると体の崩れそうになる木口を叱りつける。

「歩け、歩くんだよ」

あれが幻覚だとは、生き残ってからも木口にはとても思えない。たしかに全く同じ、もう一人の自分が傍らで彼を叱責していた。

「死の街道」に入った時、木口や塚田たちは慄然とする光景を眼のあたりにした。路の両側に日本兵の死体が累々と連《つ》らなっていた。死体にはもちろんのこと、まだ僅かに呼吸している兵隊の鼻や唇にさえもうじ虫が這いまわり、「殺してください」と彼等の声が右から聞こえた。左からも聞こえた。まるでひくい合唱のようにすべてが「殺してください」と言っている。だが誰も助けてやることができなかった。それなのに雨がやむと、小鳥たちが楽しげに囀《さえず》るのだ。木口たちにできることはただ眼をそらせ、

（すまん、……すまん）

心のなかで言うことだけだった。と、突然、

「牟田口の馬鹿野郎」

上半身だけを起こし、肋骨の浮き出た将校が、最後の絶叫のように叫んでいた。牟田口とは、この無謀な作戦を各師団に命じたビルマ日本軍の司令官だった。「本作戦は軍の最大の責務なり。必勝の信念を堅持して、最後の一兵となるといえども死力をつくして突進せんことを望む」という布告を全将兵に出した男である。
三、四軒の家のある谷の斜面にやっとたどりついたが、住民はすべて逃亡していた。兵たちは必死になって一軒、一軒、食べものを探したが、口にできるものは何ひとつ見つからなかった。先にここを通過した部隊がすべてをあさり尽し奪っていた。
一軒の小屋のなかでは先発隊に置きざりにされた病兵が一人、虫の息で死を待っていた。毛布を体にまきつけているのは、その兵がマラリヤの悪寒に苦しんでいる証拠で、彼は小屋の壁にもたれ、木口や塚田たちを物憂げに見て、眼をつむった。ものを言う気力さえ残っていないのだ。

「捨てられたのか」

と木口が近よってたずねた。

かすかにその兵はうなずいた。しかし彼はもうすべてを——死ぬことさえ——諦めたらしく、助けを求めもしなかった。おそらく今夜か明日、体力のすべてを使い果して息を引きとるにちがいない。

（やがて……俺もこうなる）

その兵を憐れむより木口は同じ悲惨な姿になる自分を思った。その気持が、まだ残っている気力を奮いたたせた。

「頑張れ。必ず助けがくる」

と塚田はその兵隊に気休めの言葉をかけて、逃げるように木口と小屋を出た。入口の奥は真暗で、病兵からは何の答えもかえってこなかった。

小屋のなかの病兵を見て、怖れたことが、木口に襲いかかってきたのはその翌日である。

翌日の午後、木口は言いようのない悪寒が波のように背すじに寄せてくるのを感じた。間もなく、関節という関節がすべて外れたようになり、隊列のつづく中隊のなかに交じっていることができなくなった。

「塚田」

と彼はそばに寄ってきた戦友に恥も外聞もなく弱々しい声を出して、

「マラリヤにやられた。歩けん、行ってくれ」

塚田は何かを言ったが、木口にはそれがよく聞こえなかった。（このまま死ぬだろう）彼はそこに倒れて朦朧としてくる意識のなかで思った。やがて雨滴が樹葉の間から頬をぬらし、それで眼をあけた時、その眼にうつったのは塚田の、これも頬肉のそげ落ち、細くなった首で、咽喉仏がとび出ている髭だらけの顔だった。

「残ってくれたのか、お前」

木口は泪ぐみながらたずねた。塚田と彼とは一年前にアキャブで機関銃中隊が編成されてからの戦友である。

「ああ」

「中隊は」

「先に行った。歩けるようになったら、クン川までおりてこいという分隊長殿の命令だ」

「俺は……、とても無理だ」

「これを食え」

飯盒のなかに彼等が「ほたる粥」とよんでいる僅かな米と雑草を入れたものが入っていた。

「この米は」

「行き倒れになった兵隊が持っていた」

と塚田は答えた。

「これが最後だ」

「持主にはやらんのか」

「もう食べる力もないじゃろ。そんな事、考えるな。眠って、俺が探してきた食べものを食え」

うなずいて木口は泪と眼糞の溜った眼をつむった。飢えと病と疲労とに日本兵の誰もが苦しんでいるこの退却では、たとえ戦友でも力つきた者を見棄てても、ふしぎではなかった。見棄てねば自分の生命が保証できぬからだ。しかし塚田は戦友の木口を棄てなかった。

朦朧とした意識のなかで英国軍の偵察機のかすかな爆音と、日本の九二式の重機関銃の重々しい射撃音を耳にした。遠くのどこかで戦闘が続けられているような気さえしたが幻聴かもしれぬ。

朝がた、樹海のなかで眼ざめた鳥の声で、木口はふたたび悪寒に五体を震わせ意識をさました。塚田は見えなかった。

（やはり見棄てられたか）

あとで思い出すと、ふしぎだが、その時は妙に心は静かで、恨みも怒りも起らないのは、それがこういう状況では当然の掟だったからである。傷ついた鳥や虫がこのジャングルのなかでひっそりと死ぬように、自分もここで息絶え、腐り、大地に戻っていく、そんな気持だった。

生命にみち溢れた小禽の声。それを耳にしながら、眼をつむった。このまま、すべてが終りになる。枯葉を踏む足音がきこえ、彼のそばに近づいてきた。塚田だった。

「ああ」

木口は思わず泣きだした。泣きながら、

「お前も中隊に戻ったと……そう思っていた」

「食べろ」

塚田は飯盒から黒い塊りを出し、箸で木口の口もとまで運んだ。

「肉だ」

「肉？　肉など手に入ったのか」

「夜、この谷をおりて村を見つけた。無人だったが、牛が一頭、死んでいた。まだ食える。焼いてきたから心配はいらん」

「すまん」

しかし体力の衰えた木口には「ほたる粥」は咽喉に通っても腐った肉を呑むことは、ほとんどできなかった。

「食わねば……死ぬぞ」

と塚田は怒って彼の口にその小さな一片を押しこみ、

「無理しても食べるんだ」

と怒鳴った。しかし木口は臭いに耐えきれず吐き出した。

凄惨な敗走を木口は今も思い出したくない。復員したあともほとんど戦争の経験を誰にも語らなかった。

しかし復員して、妻や小さな子供との生活がはじまると、彼は時折、こみあげる感情に狂った。さいわい長野市に近い温泉町にある実家は空襲で焼けもせず、妻子はそこに疎開していたが、子供が、雑穀の入った米ばかりだとか、菓子がなかったと不平などを口にすると彼は父親としては、度をこした暴力を振るった。昔の温和な木口を知っている妻は人が変った夫をただ茫然として眺めた。そんな時、彼は彼で、部屋に戻り、布団を頭からかむり呻き声をあげて泣いた。まぶたのなかには死屍累々としたあの「死の街道」——うじ虫が鼻や口のあたりを這いまわっている、まだ生きている兵隊の姿が眼にうかんだ。彼はその苦しみをまったく無視してすべてを裁く日本の「民主主義」や「平和運動」を心の底から憎んだ。

終戦後三年たって、ようやく木口は東京にもどった。小さな運送屋をはじめたが、これが朝鮮戦争の軍需景気のお蔭で順調に発展した。

東京が何とか街らしい街に復興をした頃、木口は地下鉄のホームで一人の男が訝しげにじっと自分を見つめているのに気がついた。戦友の塚田だった。おたがいが誰かとわかった時、思わず「おお」と動物のような叫び声を二人はあげ、走り寄った。

その夜、木口は塚田と飲み歩いた。焼鳥屋で塚田は、いつの間にか憶えた九州弁で九州宇土の細君の実家に寄宿し、今はそこの国鉄に奉職して、その出張で上京したことを語った。二人はさまざまな話を交したが、あの「死の街道」のことには絶対にふれなかった。塚田がその話題を口にしない気持は木口には痛いほどわかる。

「そんなに酒を飲んで大丈夫か」

あおるような塚田の酒の飲み方に木口は不安をおぼえた。飲み続けるうち、眼の光が次第に暗く沈み、ふっと沈黙する。何かを抑えつけるように、またコップの酒を咽喉に流しこむ。その気持も木口には理解できるような気がした。

「送ろうか」

と言ったが、塚田は首をふって店を出ると、人影も少なくなった渋谷駅に消えた。

それが戦後、最初の再会だったが、更に歳月が流れた。十年後、塚田は木口に東京で仕事はないかと手紙で頼んできた。手紙には「むかし、あの街道で苦楽を共にした小生を何とぞ宜しくおねがい申しあげる次第です」と書いてあった。木口はその言葉のなかに、行き倒れになった彼に「ほたる粥」を食べさせ、肉を運んだ行為を思い出させようとする塚田の心を感じて、かすかな不快感をおぼえた。しかし彼は知人にたのみ、マンションの管理人の仕事を探してやった。

塚田は細君と上京してきた。東京駅のホームに迎えに出た木口に、亭主のうしろに匿《かく》れてただお辞儀ばかりする女が彼の細君だった。

「なあに、木口より、こん俺のほうが半年、早う入隊した古兵じゃ。軍隊では一ヵ月違うても、新兵と古参兵とでは位が違うもんよ」

と塚田は細君に説明した。そのわざとらしい威張った口調に木口は塚田の自分にたいする劣等感を感じ、

「御主人には……戦場では色々、世話になりました」

と丁寧に礼を言ったが、彼女はひたすら恐縮して頭を何度もさげるだけだった。


軍隊時代と全く同じように塚田は命ぜられた勤めを忠実にやる男だったので、彼をビルのオーナーの知人に紹介した木口も面目がたった。

難といえば――と、その知人は苦笑しながら呟いた。「マンションの駐車規約に違反する出入り業者や押売りを怒鳴りすぎるんだ」

木口はそれは軍隊の頃からの塚田の性格だと弁解した。「真面目すぎるんですよ」

知人は笑ってうなずいた。「真面目すぎる奴は折れやすい」

真面目な奴は折れやすい。東京に移ってから一年ほどたって塚田は吐血した。

「本当に申しわけなかです。昨夜も、酒ば飲みすぎました」と電話をかけてきた細君はおろおろしながら、あやまった。「木口さんには黙っとれと主人は申しますが……救急車で入院ばしました」

「入院、どこの病院ですか」

木口は東京に来た塚田を二、三回、酒亭に誘った事もある。そんな時、何か狂気じみた塚田の飲みっぷりに、いささか忠告めいた言葉も口にしたが、

「俺はなあ、戦争から帰ってから、木口さんのごと社会でうもう立ちまわれんもんね。酒でも飲まんと、気の晴れんよ。わかってくれるじゃろ」

そう答えられると、あの凄惨な地獄を一緒に体験しただけに木口は何とも言えなくなる。

病院に駆けつけてみると、細君がエレベーターの前で彼を待っていた。塚田は一応、集中治療室に入れられ、今、眠っているという。すさまじい吐血で、便所で昏倒したのだ。

「そりゃ、胃の吐血ですよ。癌じゃ、そんなに血を吐くことはありませんから」

何も知らぬ細君は何よりも胃癌を心配していたので、木口はそう言って慰め、一

応、一人で主治医となった中年の医師に会った。

「まだ検査できる状態ではありませんがね。触診しただけでも右腹部に瘤《かたま》りがありました。肝硬変からくる食道静脈瘤かもしれませんな」

と医師は廊下の隅で声を低くして語った。

「奥さんにうかがうと、随分、酒を飲みつづけられたようですな」

「ええ」

木口はこの時、この見栄えのしない中年の医者に何でも話しておこうと思った。

「どうもアルコール中毒のような飲み方をします」

「酒を飲まねばならぬような心理的要因でもおありですか」

「心理的？」

「たとえばです……」と医師は手にしたカルテに目をやって、「御家庭の不和とか、会社内で面白くないことがあるとか」

「そんなものはないと思いますが……」

「もし飲酒が心理的なものだとすると、アルコール依存症を治すため、肝臓の治療と共に心療科の先生に診て頂くほうが宜しいかと思うんですがね」

「私が聞いてみましょうか。我々は戦争中、一番、親しい戦友でしたから」

「ほう、戦友でいらっしゃる」

廊下に出て木口は今まで漠然と感じていたことが、やはり本当だったと思った。しかし何が塚田の眼を暗澹とさせ、酒に溺れさせているのか、皆目わからなかった。細君に会うために集中治療室の方向に歩き出すと、眼鏡をかけた背の低い外人青年が、老患者の車椅子を押してエレベーターに向かっているのとすれ違った。青年は下手糞な日本語で老人を笑わせていたが、その顔は馬のように長く、木口が若い頃、無声映画でみた喜劇俳優の——そう、あれはフェルナンデルとかいった役者によく似ていた。

五日ほど経って、ふたたび病院を訪れると、塚田は集中治療室から普通の病室に移されたばかりで、陽のさしこむ大部屋の窓ぎわのベッドで、古ぼけたパジャマの胸をはだけて、細君に背中をふかせていた。鎖骨が浮き出ていて随分、痩せたと思った。肝硬変になると体重がみるみる減るという話は本当だった。

「木口さん、あやまる。あやまる」

と塚田はあぐらをかいた両膝に手をおき、何度も頭をさげた。

「折角、世話になったのにこげんことになって。……なに、一ヵ月も入院したら良うなる。医者は肝臓が一寸、わるかと言っとるが、もう元気、元気」

「今後は禁酒せにゃ、いかん」と木口はわざときびしい顔をした。「あんたの病気は深酒のしすぎだ。もう一滴も飲んじゃいかんぞ」

「それは、できんよ。こんわしから酒ばとれば、生き甲斐のなかじゃもんね」

「医者から聞いただろう。今後、酒を飲みつづけると命取りになるって」

塚田がみるみるうちに不機嫌になっていくのがわかった。彼は肩をふいている細君の手を邪険に払いのけて、

「もう、ええ」

不機嫌に言うと、仰向けになって毛布で顔の半分まで匿した。妻が、

「あなた、失礼じゃなかですか。折角、見舞いば来なさったのに」

とたしなめても返事ひとつしなかった。

その時、大部屋のなかに、あの馬面《うまづら》の外人青年が入ってきた。医者と同じように白い上っ張りを着ているが、空色の前掛けをしている。

「ガストンさんは、今日は忙しそうだね」

と部屋の患者が声をかけると、ガストンという奇妙な名をよばれたこの青年は、

「ふぁーい、忙し。仕事たくさん、あります。手ふたつ、足りない」

大袈裟に両手を拡げてみせた。

彼の仕事のひとつは厨房から運んできた食事を患者たちにくばることだった。食事

はそれぞれの病状によって内容がちがう。

「ツカ……ツカダさん」とガストンは盆の上においたカードのローマ字を見ながら、塚田のベッドの前に立ちどまった。「塚田さん、これね」そして実に人のよい笑顔で粥とスープの載った盆を細君の手にわたした。「お茶、すぐ持って来ますです」

彼が部屋を出て行こうとすると、患者の一人がまた声をかけた。

「転びなさんなよ、ガストンさん。あんたは不器用だから」


「君は奥さんに酒をそっと持ってこい、と命じたそうだが、医者の言葉は勿論、知っているだろう」

木口の説教に顔をそっぽ向けた塚田は、強情に返事をしなかった。

「このまま酒を飲みつづけていると、食道静脈瘤といって血管の瘤が爆発する。そうなると命とりになるそうだ。この際、辛かろうが、絶対、禁酒だ」

不機嫌に黙りつづけている塚田は、最後にはやけになったような答えをした。

「放っとけ……もう死んでもかまわんぞ」

「何を言う。それじゃ、なんのためにあの戦争で生きながらえたんだ」

「あんたにゃ、わからん」

「君が酒をやめられぬ事情がか。酒を飲まずにおられぬ事情があるのか。あるなら話してくれ」

「もう、よか」

塚田は壁のほうに向きを変えて、何も答えなかった。諦めた木口は病室を出て、主治医に報告した。

「強情を張っていますがね。どうやら言いたくない理由があるようです」

「やはり、そうですか」

「彼の病気は、どうなのですか」

「心配していた通り、食道静脈瘤が発見されているのです。今後、いつ塚田さんがもう一度、大吐血なさってもふしぎではありません」

「吐血すれば、駄目になるのですか」

「その可能性がない、とは言えません」

暗澹とした気持で診療室の窓を見つめた。あの「死の街道」で蛆に食べられながら死んでいった仲間の兵士たちのことを思うと、木口は彼や塚田の今の人生は余生にすぎぬと思う。しかしこうして自分が生きながらえたのも戦友の塚田が、体力つきた自分を棄てなかったお蔭なのだ。どんなことをしても塚田を助けねばと彼は思った。

週に一度か二度、彼は塚田を見舞う。ボランティアのガストンが時々、片言の日本語で塚田と話をしていることがあった。この外国青年は渋谷のベルリッツ外国語学校に勤めながら、非番の日には病室にくるそうだ。愛嬌はあるが、運動神経のなさそうな不器用な男に、患者たちの多くは親しみを感じていて、塚田さえも彼にだけは笑顔をみせていた。

「この病院で、ガストンさんだけ、父さんは気に入っとるとです」と彼の細君は何か重大な秘密でもうち明けるように言った。「ほかの医者や看護婦さんのことは悪か言言うのですが。好かんと言うとりますけど」

「あん若者は偉かぞ」と塚田は木口に説明をした。「外人のくせに患者の尿器や便器でも嫌な顔ばせずに持っていきよる。金かせぎのアルバイトかと思うておったら、看護婦の話では一円もとらんそうな」

「彼はボランティアさ」

「よう、やってくれるとね」

塚田がガストンに好意を持っているのを木口が気づいたのは、そんな訪問日のある一日のことだった。

「食いはぐれて、日本に来たのかとガストンにたずねたら、返事に困っとったぞ。ありゃ、俺が菓子をくれてやると、こんな格好をしてから食べておる」

「珍しくないね。それは十字を切るといって、アーメンがやる仕草だから」

「俺もこげん元気になったゆえ、そろそろ家に戻りたかね」

「戻ってまた酒を飲むのなら、ここに居たほうがいい。君が禁酒を約束しなければ、退院は許されぬと思うよ」

「そげんこと、他人が決めることではなか。誰が何ば言おうと、俺は退院するもんな」

「そして酒を続けるのか。昔の戦友だった俺が、こんなに頼んでもか」

ふたたび壁のほうに体の向きを変え、塚田は黙りこむ。木口は肉のそげたその背中を長い間、見つめて呟く。

「帰るよ」

苦い諦めが木口の胸に突きあげ、何とも言えず寂しかった。立ちあがり、去ろうとすると、

「待ってくれ」

とかぼそい声が背後でして、

「木口さん、すまん。怒らんでくれ」

「怒ってはおらん。ただ、あんたの健康を思って、うるさく言ってしまった」

「わしが酒ば飲むんはな……わしが酒ば飲むのは……その理由を木口さんに話す」

木口が塚田のそばに座ると、塚田の老いた眼から泪が肉のそげた頰に落ちた。

「あの時……英国兵と印度兵とに追われてわしたちが逃げとった時、あんたがもう動けんようなった時、わしは、あんたばどうしても連れて原隊に戻ろうと思うた」

「言ってくれ」

「いつも感謝している。一日も忘れたことはない。だからこそ、今が恩返しと思っている」

「衰弱しとるあんたに食べるもんを運びとうても運ぶもんはなか。仕方のう死にかかっている兵隊が、手に握りしめとる僅かの米で粥を作った」

「それも憶えているよ。あんたは俺を棄てなかった」

「二日目、こんわしも飢《ひも》じゅうて、何か口に入れねばあんたのごとなるとおもうた。うじ虫の湧いとる死体ば足でころがしては、何か食うもののなかかと探しまわっとった。だが……何も見つからんじゃろ。遠くで……爆音が聞こえ、わしはあわてて樹海に逃げこんだが、途端に蠅の羽音が渦のように聞こえた。脚絆《きゃはん》だけの泥まみれになった兵隊の片足が半分、転がっとった。あんたもよう知っとるように、とり残された兵隊が手榴弾で自決して、片足だけが飛んだんじゃ」

彼はなぜか話さねばならぬ核心を避けて、木口も熟知している二度と思い出したくない光景をもぞもぞと語った。廊下からきこえる看護婦のあかるい笑い声。塚田は空虚な眼で天井を見ながら口だけを動かしているようだった。

「小屋があってな」

木口は彼等が逃亡した街道にそって散在していた印度人やビルマ人の小屋を苦しい気持で思い出した。床が高く木の古びた階段がついている、そんな小屋にも力つきた日本兵が壁にもたれ、首を落とし、糞便にまみれて死を待っていた。

木口は塚田が何を言いたいのか待っていた。話の中心部に近づくとあわてて遠くに逃げる塚田の心の苦しさを彼は察した。彼には塚田が言おうとして言えぬことの予想がつきはじめた。

「蠅の羽音がしてな、金蠅がテソケ草でふいた壁に何匹もとまっとった。憶えとるじゃろ、ビルマの蠅は日本のより大きか」

「もういいんだ」とたまりかねて木口は言った。「もういい、話すのが辛ければ、それ以上、話さんでもいい」

「話す」

木口は眼をつむり、塚田の苦しみに共に耐えた。

「その小屋でわしは休んだ。しばらく居眠りばしたとね。何かの音で眼ばさますと、兵隊が二人入ってきた。見知らん顔じゃったな。おれが食いものはなかかとたずねると、今頃、来てもある筈はない、と笑いおった。そしてトカゲの肉ならビルマ人から十円で手に入るが、とひとりごとのように言いおった。十円をわたすと小屋を出ていった」

木口はあの時のことをはっきりと心に蘇らせた。「食わねば……死ぬぞ」と強い声で言った塚田の声も、彼の予想していた通りだった。

「衰弱した俺の胃は受けつけなかったけど」

「あんたは吐きだした、食うとらん。あんたは食うとらん。だがこん俺はあの肉ば食うた。食わねば、わしもあんたも共倒れになると思うてな」

漠然とした不安は、噴出した火山の黒煙のように大きくひろがった。

「わしが食うた肉は、南川上等兵の……憶えとろうが、南川を」

木口の記憶の底から同じ内務班にいた南川という兵隊の顔が浮かんだ。こわれた眼鏡のつるの代りを紐で耳にかけた学徒兵の彼には出征前に式をあげた若い細君がいてその女の手紙を塚田も木口も見せてもらったことがある。

「南川の肉……なぜ、わかった」

「肉ば包んだ紙は、あいつがいつも持っとった女房の手紙じゃった」

「しかし、君はそれをトカゲの肉と思って口に入れたんだ」

木口は自分の慰めの言葉に何の力もないのを感じた。それは萎えて宙に浮いただけだった。

「復員して、そんよごれた便箋ば、南川の遺族に送った。せめての詫びのつもりじゃったよ。二ヵ月ほどして奥さんが小さか子供ば連れてわしの住んどる宇土にたずねてこられて」

「宇土に」

「ああ」

「子供は男の子ね。南川の忘れがたみじゃと奥さんの言うとられたが……そん子が、わしば南川にそっくりの眼でじっと見た」

「…………」

「憶えとろうが。あの南川の臆病げな眼。紐で耳にかけた眼鏡の奥から、いつもおどおどと古参兵の顔色ば窺っとった眼。あのままの眼でわしばじっと見たんじゃ」

「…………」

「その眼ば今も忘れられん。まるで南川が……わしを生涯、その眼でじっと見つめているごとある。酒で酔いつぶれねば、その眼から逃げることはでけん」

話しながら彼はタオルを口にあてて嗚咽した。その肩においた木口の手が小きざみに震えた。隣のベッドには誰もいなかったが、嗚咽の声は他の患者の耳に届いたかもしれぬ。木口のうるんだ眼には、病室の窓の彼方、灰色の空に三羽の鳥が三角形をつくって飛び去っていくのがうつった。その鳥たちが木口には、まるで何か人生の深い意味を教える象徴にさえ思えた。

この日の動揺が烈しかったのか、夕方、塚田は血便をだしている。血便がでる以上、食道と胃の何処からか出血していることは確かだった。

数日後、内視鏡の検査があった。だが、結果は、

「それが……出血の場所のどこかわからんとです。先生も困っとられました」

と塚田の細君からそんな心細い電話がかかってきた。

しかし下血はその後も時々、続いた。木口は原因が、塚田に告白を迫った自分にあるような気がして、仕事の合間を縫って出来るだけ病院をたずねた。

ボランティアの外人青年ガストンが塚田のベッドの横に座っていることがよくあった。

「塚田さん、石の話をしてくれました」

とガストンは嬉しそうに語った。

「石の話」

「塚田さん、川に行って石を探しました。富士山の形をした石」

「この外人に盆石の話ばしとった。盆石のごと風流なもんは、異人さんにわかるまいね」

と塚田も下血の不安を忘れたように答え、気をほっとさせた。いずれにせよ、この馬のような顔をした外人青年と塚田とはいつの間にか親密になっている。

「ただ、こん若者には、気に入らんところがひとつ、ある」

塚田は例によって威張った口調でガストンに説教をした。

「本気で神がいると言うとる」

「はい」

「どこにいる。いるなら見せてみよ」

「はぁい、塚田さんのなかに」

「俺ん心のなかにか」

「はぁい」

「わからんね。今時《いまどき》、そげん愚かしかことば言う者は。衛星ロケットが月の世界にも飛んだと言うのに」

ガストンは肩をすぼめ笑った。塚田の容態が良くないことをガストンは配膳の食事によって知ったようだ。一時は普通食になりかけた塚田の食事はふたたび流動食に変った。馬鹿にされたり、からかわれたりしてガストンが患者たちにわずかな慰めを与えているのを木口は感じた。雲間から洩れる弱々しい冬の陽ほどの慰め。それでもガストンは毎日、苦しむ多くの患者たちの一時の気晴らしになる。サーカスの道化師《ピエロ》の役をガストンはこの病院で演じている。

下血がやっと止って、周りの愁眉を開かせた。木口は塚田の告白の一部を主治医だけにうち明けた。南川の名は伏せ、漠然と敵兵の肉を食べたという言いかたをした。

「そうですか、あなたも塚田さんもビルマに行かれたのですか。それは大変でしたでしょう。ぼくは当時、疎開児童でしたが、日本でも食べものに困りました」

「そんな程度じゃ……ありませんよ」

木口は思わず怒りのまじった声を出した。日本の食糧事情の悪さは、復員して彼も体験し、家族からも聞いたが、あの雨にずぶぬれになって死の街道を夢遊病者のようにさまよった日本兵のそれとは比較にもならなかった。木の皮、土のなかの虫、すべて食べ、食べつくした飢えと、僅かでも米の配給のあった飢餓とでは次元がまったく違うのだ。

木口は自分たちの世代とこの主治医の世代との違いを、痛切に感じながら、おそらく彼もこの病院の心療科の医師も、塚田の苦しみはわかるまいと思った。

「塚田をこれ以上、刺激しないほうがいい、と思うのです」

「刺激と言われると」

「心の奥にかくした秘密をまた口にさせるのは、よくないんじゃないでしょうか。今度の下血もそのせいだと思いますが」

「かも、しれません。しばらく、様子を見てみます」

「いえ、少くとも入院している間は、飲酒していないんですから、その習慣をつけるだけでも良いんじゃないでしょうか」

医師はボールペンを指先で弄びながら、わかったようにうなずいた。いずれにせよ食道静脈瘤は当時、治療方法のない病気だった。

そして怖れていたことが遂にやってきた。二度目の大吐血を塚田は土曜日にやった。急報を受けて、木口が病院に飛んでいった時は、吐血を何とか処置したあとで、塚田は大部屋から個室に移されていた。病室をあわただしく看護婦が出入りして、廊下のあたりまでただならぬ空気が弓弦のように張っていた。

当人はバルーン・チューブという風船状のものを入れられて苦痛の唸り声をあげていた。彼の吐いた血の痕がまだ床に点々と残っていた。

「その時ガストンさんが抱きおこしてくれました。ガストンさんの服まで血で汚してしもうたとです。ガストンさんの……」

と狼狽のあまり塚田の細君は、木口にどうでもいい事をくりかえした。

「一時はこれで鎮まりますが、しかし峠です」

と主治医は病室のドアの蔭で疲れたように木口にそっと囁いた。

五日後、ようやく止血が成功しバルーン・チューブをはずされた。

塚田も死を予感したようだった。

「ほんに、あんたには次から次と迷惑ばかけ続けじゃ」と彼はいつになく、しんみりと言った。「申しわけなか」

彼は妻にも二人だけで何かを話していた。細君のすすり泣きの声が廊下に立っている木口の耳にもきこえた。便所に行く患者たちが塚田の病室の前を通る時、不安げな眼をして扉の前においてある注射器具や酸素ボンベを見た。

「主人がガストンさんば呼んでほしか」と話を終った細君は泣きはらした眼で木口に言った。「しきりにそげん言うとります」

「ガストンさんを」

「はい」

その日ガストンは教えているベルリッツ外国語学校の授業があるらしく、病院に姿を見せなかった。

「ガストンは」

と塚田は何度も木口にガストンを求めて、

「わしはガストンに聞きたかことのある」

連絡をうけたガストンがやっと姿を現したのは、六時をすぎて、患者が夕食を終えた時間だった。病室のなかにも外にも、まだ緊張感が消えてはいなかった。ガストンはナースセンターの許可をえて塚田の病室をおずおずと開けた。

「ツカダさん。わたし、祈る。わたし、祈る」

とガストンは両手を前にくみあわせ、大きな馬づらに哀しそうな表情をうかべた。彼は安易な慰めが病人に何の役にも立たぬことを知っているようだった。口さきだけのいたわりや患者が信じてもいない励ましは、かえって彼等を孤独にさせることを、この不器用な青年は何処で学んだのだろうか。彼は背広のまま床に跪いた。

「木口さん」

病室から出ようとする木口を塚田はとめて、

「あんたも聞いてくれんかね。ガストンさん」

と喘ぐような声でたずねた。

「ガストンさん。あんたのいう神は……本当におるとか」

「ふぁい」

とガストンはいつもの間のびのした声を出し、

「ツカダさん、そのこと、嘘でない。本当のこと」

「ガストンさん、わしはな……むかし戦争の時……ひどかことばしたとよ。それば思うと、辛か。ほんに」

「大丈夫、大丈夫」

「どげん、ひどかことでも……」

「ふぁーい」

「ガストンさん、俺は……戦争ん時」

塚田は喘いだが、ひきしぼるような声で、

「ビルマでな、死んだ兵隊の肉ば……食うたんよ。何ば食うもののなか。そげんせねば生ききらんかった。そこまで餓鬼道に落ちた者ば、あんたの神さんは許してくれるとか」

うつむいて夫の告白を耳にしていた塚田の細君が、

「お父さん、お父さん……長いあいだ、ほんと苦しかったじゃろね」

と低い声で言った。彼女は既に夫の秘密を知っていたのだ。

ガストンは眼をつむって黙っていた。まるで修道士が孤独に祈っているような姿だった。彼が眼を開いた時、いつもの剽軽な馬づらに今まで木口の見たことのないきびしい表情が現われた。

「ツカダさん。人の肉を食べたのはツカダさんだけではない」

木口も塚田の細君も茫然としてガストンの口から零《こぼ》れるたどたどしい日本語を聞いていた。

「ツカダさん。四年か、五年むかしに飛行機がこわれて、アンデスの山におりたニュース、知っていますか。飛行機は山にぶつかり怪我の人たくさん出ました。アンデスの山、寒いです。助けの来るまで六日で、食べものはなくなりました」

木口は思いだした。たしか四、五年前、アンデス山中にアルゼンチンの飛行機が遭難したニュースを新聞かテレビで見た記憶がある。写真には水に映った影のように、ぼやけた飛行機らしい胴体を背景に捜索隊や、生存した男女の姿が写っていた。

「その飛行機に一人の男、乗っていました。ツカダさんのようにお酒が大好きで、飛行機のなかでも酔って眠ってばかりでした。アンデスの山で飛行機、故障した時、その酔っぱらいは腰と胸とをうって、大きい怪我でした」

たどたどしいガストンの話を要約すると次のようになる。

彼は三日間、看病してくれた生き残りの男女にこう言ったという。

「もう皆が食べるものないだろ。俺はもう死ぬから、死んだ俺の肉を皆で食べてくれ。食べたくなくても食べてくれ。救いは必ずくると言いました」

木口もこの話はかすかに憶えていた。七十二日目に救出された生存者たちが正直に告白したからだ。彼等が奇蹟的に生き続けえたのは、既に息を引きとった者の肉を最後の食べものにしたからだった。

「死んでいった者たちが、それを我々に奨めてくれたのです」

と生存者の一人は語っていた。このニュースはビルマのジャングルを徘徊逃亡した木口にはあまりに身近かでなまなましかったので、今でも記憶の底に残っていたのだ。

「この人たち、生きてアンデスから戻った時、皆、悦びました。死んだ人の家族も悦びました。人の肉を食べたことを怒る者はいませんでした。酒のみの男の妻もこう言いました。あの人ははじめて良いことをした、と。彼の町の人たちはそれまで彼の悪口を言っていましたが、もう何も言いません。彼が天国に行った、と信じています」

ガストンは自分のたどたどしい日本語のすべてを使って塚田を慰めた。以後、毎日のように塚田の病室に来て、病人の手を自分の掌の間にはさみ、話しかけ、励していた。その慰めが塚田の苦しみを癒したか、どうかは木口にはわからない。しかしベッドの横に跪いたガストンの姿勢は折れ釘のようで、折れ釘は懸命に塚田の心の曲りに自分を重ねあわせ、塚田と共に苦しもうとしていた。

二日後、塚田は息を引きとった。顔は想いもしなかったほど安らかだったが、しかし、どんな死者の死相も最後は平和なものだ。「父さん、まるで寝てるごとある」と塚田の細君が呟いたが、木口には安らかなデス・マスクはガストンが塚田の心からすべての苦しみを吸いとったためだ、と思えてならなかった。

そう言えば、その臨終の時、ガストンはいなかった。どこに消えたのか、看護婦たちも知らなかった。

六章　河のほとりの町

十月二十五日　デリー着　市内観光
十月二十六日　午後　デリー発
　　ジャイプル着
　　夜　ホテルにて民族舞踊
十月二十七日　アーグラ到着　タージマハルとアーグラ城見物
十月二十八日　アーグラ出発　アラーハーバードよりヴァーラーナスィに向かう

夕暮れ、アラーハーバードの飛行場を出ると、湿気のこもったなまぬるい風が吹いていた。そのなまぬるい空気に、日本の地方都市さえすっかり失った土の臭い、樹々のなまぐさい臭いがまじり、それをかいだ瞬間、木口は戦争中、駐屯していたビルマの小さな町を思いだした。

木蔭から四、五人のタクシー運転手が日本人観光客をめがけて駆けよってきた。彼等は執拗にヒンディー語をしゃべる江波に食いさがったが、日本人たちが観光バスを予約していると知ると、今度は小馬鹿にしたように唾を地面に吐き、あちこちに散っていった。

それと交代に少し離れたところでこちらを窺っていた痩せこけた子供たちが、「バクシーシ」という声を出しながら、手をさしだした。日本人たちが知らん顔をしたのは、デリーの旧市街を買物に歩いた時、これとおなじような少年少女たちに何度も出会ったからだ。息もたえだえのその哀願の表情や身ぶりが実は演技であり、一人に金を与えると、他の子供たちにいつまでもつきまとわれると江波から聞かされていたので、視線をそらせてバスの来る方向に眼をやっていた。

「ひでえ国だな」

と新婚旅行で一行に参加している三條というカメラマン志望の青年が不快げにハンカチで口をおおった新妻に言った。

「子供たちに物乞いさせても、大人たちは平気で見ているんだから」

そういって彼は人前にもかかわらず妻の手をとって愛撫した。その時、古ぼけた——というより日本ではとっくに廃車になるようなバスが埃をあげてやっと広場に入ってきた。

「こんなバスに乗るの」と三條の妻は露骨に嫌な表情で夫を見た。

「だからヨーロッパにしようと、いったでしょ」

「ヨーロッパなんかはいつでも行けるさ。樋口さんが、印度はいい、写真を撮るには印度に限ると奨めたこと、君も憶えていただろ」

背後のそんな会話をききながら、木口は戦争で焼けただれた日本を知らぬこの若夫婦が不快だった。日本だって終戦直後、同じように飢えた子供たちが米国兵を囲んでガムやチョコレートを至る所でねだっていたのだ。そんな飢えや貧しさをまったく知らないこの若夫婦は、飛行機のなかでも平気で凭れあったり、肩に手をかけ合った。もしビルマのジャングルで彼と悲惨な退却をした戦友たちがここにいたら、きっと撲りつけたろう。

バスのシートも座席が象皮病の皮膚のように皺《ひび》が入っている。のみならず扉のノブがこわれているので印度人の運転手はそれを紐でくくりつけた。

「だから」と後部の席で三條の妻の半泣きのような声がまたきこえた。「ドイツのメルヘン街道に行こうと言ったのよ」

しかし彼女の聞こえよがしの声を他の日本人たちが黙殺し、バスは凸凹ゆれながら走り出した。

痩せた牛や黒い羊の群が農夫に追われながら家畜小屋に戻る時刻である。ぶらさがった裸電球が光をともした下で、瓶にさまざまな色の香料を入れ、乾いた辛子をぶらさげた香料屋がある。旧式のミシンを踏んでいる洋服屋も見える。ニューデリーとはまったく違った地方の町の夕暮れには、何ともいえぬ哀しさがあり、一同は村祭の縁日を見る少年のように、この光景を眺めていた。

「皆さん」

と運転席の傍らから江波がマイクに口をあてて、

「これが印度の田舎の典型的な夕暮れです。牛が寝そべっています。そばで皆がお茶を飲んでいるでしょう。お茶に入れるミルクは、あの寝そべっている牛からしぼるんです」

「いいな……久しぶりだ」

と江波の真うしろに座っていた沼田が、心の底から感じ入ったようにひとりごとを言った。

「動物と人間とが一緒に生活している風景、昔は日本にもありましたよ」

「そうか、沼田さんは動物や鳥をご覧になりに印度にいらしたんですね」と江波はうなずいた。「印度には鳥類保護地区や動物保護地区は、わんさとありますよ。このバスの走っている路の途中にも小さいがたしか、あった筈です」

「そこまで、どのぐらいですか。教えてください」

「ホテルに行けば政府観光局の」と江波は、「動物保護地区の案内地図がある筈です
よ。そこにも……この近くの保護地区は載っている筈です。何しろ印度には四百ヵ所
も存在するんだから」
「江波さんは、どうして印度に留学したんです」
「結局は、惚れたからですよ。印度は一度来ると、徹底的に嫌いになる御客さまと何
度も来たいとおっしゃるお客さまに分れるようです。私など後者の人間で……」
それから彼はそっと後部座席にいる三條夫婦をふりかえって、マイクを口から離し
て声をひそめ、
「三條さん御夫婦はきっと前者でしょうね」
鬼灯のような夕陽が村の空におちかけていた。夕陽が少しずつ黄昏に変りつつある
時刻で、バスのあけた窓から、なまぬるい風でなく木々や土の臭いのする涼風が流れ
こんできた。
「皆さん、北印度は夜になると、この季節、急に涼しくなります」
江波はまたマイクを口に当てて、
「上着やカーディガンをお持ちなら、お召しください。もうすぐガンガーとジャムナ
ーとの二つの河の交るところを通過しますから、よく御覧になってください。二つの
河の合流点はヒンズー教では聖地と言われ、毎年一月か二月に催されるマーグ・メー

ラーの祭りには、数十万人の巡礼客がその川原にテントをはって野宿し、沐浴するのです。ほら、窓の外を見てください。今は何もありませんが、下に見える川原がその日は無数の人で埋まるのです。無数のヒンズー教徒で、ここは押しあい、へしあい、みな沐浴するんです」

「川はきれいなんですか」

と誰かが質問をした。自分の存在を示すための三條の高い声だった。

「日本人から見ると、お世辞にも清流とはいえません。ガンガーは黄色っぽいし、ジャムナー河は灰色だし、その水が混りあってミルク紅茶のような色になります。しかし、奇麗なことと聖なることとは、この国では違うんです。河は印度人には聖なんです。だから沐浴するんです」

「日本の禊《みそぎ》と同じですか」と三條は、またかん高い声を出した。

「違います。禊は罪のよごれ、身のよごれを浄化するための行為ですが、ガンジス河の沐浴はその浄化と同時に輪廻転生からの解脱を願う行為でもあります」

「今の時代に輪廻や転生なんかを、信じているんですか」と三條は聞えよがしに、

「本気なのかしらん、印度の人たちは」

「本気ですとも。いけませんか」

江波の声には、この時、添乗員としてではなく、印度を軽薄に嘲笑する三條のよう

な観光客への不快感があった。急に見せたこの元留学生の真剣さに美津子は好感を感じた。おそらく彼は身すぎのためにやっている添乗員としての仕事の間、あまたの日本人観光客から、今の三條のようなヒンズー教を愚弄する質問を何度も受けたのだろう。

「本気でなければ、何十万の人がこの河原に集まるもんですか。今から皆さんの到着するヴァーラーナスィでは毎日、死体を灰にして流したガンジス河で、体を浸し、口をそそいでいる人たちを、あまた御覧になるでしょう」

「不潔ねえ」と三條の妻が驚きの声を出した。

「不潔じゃありません」江波はむきになった。「印度を不潔と思うなら、ヨーロッパの楽しいツアーをお選びになるべきだったんです。印度を御旅行になった以上は……ヨーロッパや日本とまったく違った、まったく次元を異にした別世界に入ってくださいいや、違いました。言いなおします。我々は忘れていた別の世界に今から入っていくんです。そのおつもりで印度を旅してほしいんです。もちろん、これは、ぼくの個人的考えですが……」

今まで職業的な愛想のよさを見せていた江波が、突然、留学生時代の熱中した顔をむき出しにしたので、三條夫婦を含めてバスの全員は、沈黙をした。それに気づいて江波は、

「失礼しました。添乗員にあるまじき生意気なことを申しました」

とあやまった。乗客たちは薄暮から闇にかわる森のなかに今、バスが入っていくのを、黙ったまま、それぞれの思いにふけりながら、眺めていた。

バスに暗い灯がともった。両側は深いガジュマルのジャングルらしく、灯も何ももうみえない。暗い灯でバスの窓にはそれぞれの顔がかすかに映っている。磯辺はさっきの話から、いよいよ転生の国に自分が入ったのを感じた。転生など本気で信じてはいない。しかし、彼の耳の奥の奥には妻の最後の譫言が聞こえていた。「わたくし……必ず……生れかわるから、この世界の何処かに。探して……わたくしを見つけて……約束よ、約束よ」

磯辺は窓にうつった自分のくたびれ老いた顔に眼をやった。白髪まじりの頭、頬についている染み。彼は日本人の夫の癖として、その妻の声にやさしく答えるのが照れくさかった。答えなくても、この印度まで旅行したことで妻はすべてわかってくれるだろう。「だからこそ、このツアーに参加したんじゃないか」と心のなかで呟き、胸のポケットに入れた米国からの手紙を確認した。

美津子は美津子で身じろぎもせずに、窓外のあまりに濃い闇を凝視していた。闇の上に別の闇を更にもうひとつの闇を幾重にも重ねて塗りつぶしたような暗黒。仏教でいう無明の世界とはこれだと彼女は思った。今日までこんな闇を自分は見たことがあったろうか。ここからは「別の世界に今から入っていくんです」と江波は言った。そうだ。同じことを、あのテレーズ・デスケルウも呟いていた。夫を巴里において美津子が一人旅をしたランドの森の夜。心の奥の闇に旅をしたテレーズを考えながら、彼女の場合は善良な夫に毒をのませたこの女の不可解な心を探ろうとしたのだ。同じように美津子も……

彼女は大津のことを心に思いうかべる。同窓会でみんなが会社の話や子供の話ばかりしていた時、誰かが何げなしに呟いた大津の噂。彼がヴァーラーナスィで生きているという噂。

木口も木口で月も見えず、星もみえぬほど、空を覆っている森がさっきからもう半時間も続くのを眼にしながら、ビルマのジャングルのことを考えている。英国兵と印度のグルカ兵とに追われ、総崩れになって、退却したあのジャングル。

「沼田さん」と江波が座席からふりかえった。「このあたりですよ。たしか鳥類保護地区に指定されているのは。御覧の通り、右も左も森ですからね」

真暗な樹のトンネルをしばらく通ると、突然、遠くに光の一点が見えはじめた。臨死体験者たちは闇のトンネルの奥に光の一点を見るが、その体験と同じように闇の遠くで蛍火のような明りが少しずつ大きくなる。

「お疲れさま」と江波は座りなおし、マイクを口に当てた。「やっとヴァーラーナスィの灯が遠望できたようです」

人々は窓に顔を押しあてた。飛行機をおりてこわれかかったこのバスに乗り、もう三時間たった。乗客のそれぞれは江波の言う別の次元の領域に足を踏み入れていた。成瀬美津子はテレーズ・デスケルウの暗夜の旅に自分を重ね、木口はビルマの凄惨なジャングル逃亡を嚙みしめ、磯辺は妻のあの声を耳の奥で聞いた。

蛍火のようにみえた小さな灯が少しずつ両手をひろげる。空に反射する光の拡がり。美津子はその光の一点に彼女とはまったく別の生き方をしている大津がいるのだと思った。大津のことなどなぜ、昔も今も気になるのだろう。それが彼女にはよく、わからない。蜘蛛の巣にひっかかった虫の残骸のように大津の存在が美津子の心のどこかにぶらさがっている。(会う必要はない)と彼女は何度も自分に言いきかせた。

(ヴァーラーナスィに行っても、わたしはあんな人を探したりしない)

彼女の背後に座っている磯辺は急に妻と過ごしたある夜を思いだす。会社から戻り、入浴してくつろいだ姿になって、小鍋じたての湯豆腐を肴に酒を飲みはじめた時のことだ。

「日本食を召し上がる時……あなた、本当においしそうね」

と妻は小鉢を彼の前において笑った。

「よく、アメリカで独身生活ができたわね」

「大学では英語が得意だったんだ。若い頃はウィスキーがうまかった。年をとると結局、日本酒党になる」

「あなたは芯の芯まで、日本人よ」

「そうさ、おれが先に死んだら、墓には日本酒をかけてくれ。辛口じゃなきゃ嫌だぞ」

そんな忘れ去った会話が、突然、痛みを伴って、心に甦ってくる。

「その俺が……この年齢では外国の飯が口に合わぬ俺が……ほれ、見ろ。印度まで来ている」

彼は上衣の内ポケットに入れた——そして数え切れぬほど読みかえしたヴァージニア大学からの二通目の手紙を、大事なパスポートでも確めるように右手で押さえた。

彼の印度への旅はすべてその手紙に書かれたことに依るものだった。その手紙には、かつて親切に返事をくれたジョーン・オシス研究員のサインが入っていた。

「記憶が正しければ、あなたは前世が日本人だったと語る幼児が現れたらすぐ連絡してほしいと、我々に依頼されました。残念ながら、かつてビルマ中央部、ナ・ツールのマ・ティン・アウン・ミヨという少女（彼女は前世がグラマン機に銃撃をうけた日本兵であると申しております）以外にそのような事例は、我々研究所では入手できませんでしたが、二ヵ月前に北印度のカムロージ村で日本人として前世を生きたという少女の話が報告されました。ただし彼女がこの告白を兄姉にしたのは四歳の時であり、我々が前世記憶者の条件に入れている三歳までの年齢を過ぎていますので、調査対象からはずしましたが、万一を考慮し、あなたの御要望に従って連絡します。彼女の名はラジニ・プニラル、彼女の生家のあるカムロージ村はガンジス河のほとりヴァーラーナスィの近くにあり……」

路が悪いのでバスは上下にゆさぶられた。雨がふったのか、あちこちに水溜りが光っている。喧騒が次第に近づき、左右にリクシャー(人力車)や車が走った。そして印度の町のどこにでも彷徨している痩せこけた牛も見えた。バラックのような店。樹の下で裸電球をぶらさげ、茶を飲んでいる男たち。バスは町の中心には向わずカント駅の北に迂回した。

やがて広い茂みに囲まれた荘園のような建物がみえた。それが今夜から日本人たちが宿泊するホテル・ド・パリだった。

洗いざらした白い詰襟をきたボーイが二人、入口から走り出てきた。デリーからここまで長い乗物旅行に疲れた一同は、ぐったりとしてロビーの椅子に腰を落とし、首をまげたり欠伸をしながら、江波がフロントで全員のチェック・インを終えるのを待っていた。

「ではルーム・キーとパスポートをお渡しします。荷物はあとでボーイがそれぞれの部屋にお届けします」

美津子は磯辺と階段をのぼりながら、庭園の広さにくらべて建物が古ぼけ旧式なのに少し驚き、

「随分、旧式なんですね。このホテル」

顔みしりのくせに二人はデリーでも飛行機でも、あまり口をきく機会がなかったのは、美津子に彼を避ける気持がどこかあったからかもしれぬ。

「ここは英国統治時代に」と磯辺が答えた。「英国人のクラブだったそうですよ。ガイドブックにそう書いてありました。まあ、四流、五流ではないが、現在ではAクラスには入らないでしょうな」

それから彼は立ちどまり、しげしげと彼女を見て、

「すぐお休みになりますか。シャワーでも浴びたら、私は庭で少し涼みたい。庭園だけが売物のホテルらしいから」

「伺うかもしれません。」とも角ひとまず、汗をながしますわ」

部屋は同じ階だったが、かなり離れていた。扉をあけて、なるほど磯辺が教えてくれたようにBクラスのホテルであることがよくわかった。浴槽もくろずみ、栓の鎖が

切れていたし、ベッドのそばには電気スタンドもなかった。シャワーをあびると体の芯から一日の疲れがにじみ出た。トランクの奥から、成田で買っておいたコニャックを出し、紙コップで一口飲んだ。

コニャックと紙コップ二つを持って彼女は階下におり、虫のすだく庭園に出た。白い籐椅子が幾つも並べられ、樹々の匂いが強かった。美津子はその匂いを存分に吸いこみ、ああこれが印度の匂いだと感じた。ブランコの軋む音がしたのでそちらを見ると、磯辺が一人で乗っていた。大の男が一人でブランコを動かしているそのうしろ姿はわびしかった。

「召し上りますか」

彼女はナポレオンの瓶をみせた。ふりかえった磯辺は嬉しそうに、

「おお、これは」

「磯辺さん、日本酒がお好きなんでしょ」

「誰からお聞きになりました」

「奥さまですわ。あの頃、奥さまが磯辺さんの話をなさる日は、御気分がお宜しい日だと看護婦室でも噂していたんです」

「つまらん話をしやがって、成瀬さんや看護婦さんには御迷惑だったでしょうな。でも折角ですから飲ませてください。バスの間中、アルコールが欲しかったし、フロン

トで聞いたら、この時間は食堂もバーも閉まっていると言うし」

紙コップに注がれた液体を眼を細めてゆっくり味わい、

「やはり、日本酒でなくてもいい酒はいい酒だ。うまいですな」

と磯辺は呟いた。

「しかし、印度であなたと再びお目にかかれるとは、あいつが病気の頃は、夢にも思っていなかった。本当に人生、わからぬ事が多い」

磯辺の言葉には実感があった。人生には予想もつかぬこと、わからぬことがあるのだ。自分だってなぜ、印度に来る気になったのか、確実にはわかっていない。彼女は時々、人生は自分の意思ではなく、眼にはみえぬ何かの力で動かされているような気さえする。

「成瀬さんのほうは、なぜ、印度に」

「いけませんか、印度じゃ」

「いや、女性の方なら、イタリアとかポルトガルとか選ぶんじゃないですか」

「わたくし、アッピア街道やファドォに心ひかれるほど、若くありませんもの。でも、そうおたずねになる磯辺さんこそ、どうしてこのツアーに参加なさったんです」

コップから顔をあげて磯辺は少年のように照れた表情をした。

「仏教の聖地を巡礼なさるおつもりですか」

美津子がそう訊ねたのは、今度のツアーの大半の客は仏跡訪問を目的にしている人が多く、なかには僧侶の夫婦もまじっていたからである。

「いや、そうじゃなくて……」

と磯辺はためらったが、思いきったように、

「女房を最後まで、看病してくださったあなただから……白状しますが」

と内ポケットに手を入れた。とり出した二通の封筒は皺くちゃで、磯辺がもう何度も読んだ事を示していた。

「お読みください」

「よろしいんですか」

庭園灯の光を頼りに美津子は手紙の上に視線を走らせた。二人が沈黙すると、庭園のなかの虫の声が一段と大きくなった。

「わたくし、あの頃」と美津子はぽつんと言った。「奥さまに聞かれたことがありますの」

「何を……」

「人は死ぬと……また生れ変るだろうかって」

「そんな事、申しましたか、あいつが」

「土曜の夕暮、お食事の後片《あとかた》づけをした時です」

「で……何とお答えになりましたか」

「聞えぬふりを致しました。何と答えていいか、わたくしには、わからなかったものですから」

嘘だった。夕暮の病室のその情況を今でも憶えている。彼女は磯辺の妻がなぜ、そんな質問をするのか、即座に、痛いほどわかった。質問する声音のなかに、磯辺と死後もまた再会したい願いがこめられていた。

その時、美津子は食事皿をトレイの上に片づけていた。心の奥にいつも疼く、何かをぶちこわしたい衝動が、この時、刺激された。夫にたいする妻の感傷的な愛情が、厭《いと》わしかった。

「生れ変り？　わたくしにはわかりません」と美津子はその時一語一語を区切って心のなかでゆっくりと自分自身に言った。「死ねばすべては消える、と思ったほうが楽だわ。色々な過去を背負って、次の世に生きるよりも」

磯辺の妻の顔がゆがんだのも記憶にある。

「もう一杯、頂けるでしょうか」

磯辺は胸にこみあげた感情をふり切るように紙コップをさし出した。美津子はコニャックの瓶をわたした。

「それで……磯辺さんはこの名前の村に探しにいらっしゃるんですか」

「転生を信じていらっしゃいますの、ヒンズー教徒のように」

「わかりません。妻が死ぬまでは、そんな死後のことなど、まったく無関心でした。死のことさえ考えた事もありません。でも、あいつが息を引きとる前日、言ったひと言が……心の糸に引っかかって、落ちないんです。生きかたをきめました。馬鹿ですな、私も。人生にはわからぬことがあるんです」

磯辺が立ちあがったあとも、ブランコは軋んだ音をたてて独りゆれた。ちょうど彼の妻が死んでもその言葉が夫の心をふり動かしているように。我々の一生では何かが終っても、すべてが消えるのではなかった。

「滑稽でしょう、こんな老人が、宝さがしのように印度まで来た」

「いえ、わたくしだってこの国に探しものをしに来たのかもしれませんので」

「あなたは何を探しにいらっしゃるんですか」

「自分でも何か、わからないんです。ただこのヴァーラーナスィに学校時代の友だちがいます。ただ町のどこにいるのか、知らないんですけれど。彼を探すのが目的のひとつかもしれません」

磯辺は美津子の言葉をそのまま受けとったようだった。

「御馳走さまでした。とても助かりました。明日があるので、年寄りは早く寝ますよ」

彼がホテルに消えたあとも、美津子は虫のすだく庭園に残っていた。ブランコの軋んだ音がまだかすかに残っている。印度の夜は考えていた以上に涼しく、いや涼しいというより孤独だった。

睡眠薬を二錠飲んで、彼女は固いベッドに身を横たえ、電気の暗さを気にしながら、「ある印度留学生」という持ってきた本を読み、睡魔のくるのを待った。本のなかには幾つもの写真が挿入されていたが、関心をとりわけ惹いたのはシヴァの女神たちの写真だった。それらの女神はヨーロッパの聖母マリアの像とはまったく違って、水牛の上に乗り、魔神を刺しているものもあれば、夫シヴァを踏みつけて蛇のような長い舌を出している女神カーリーの兇暴な姿もあった。

美津子は二日前に訪れたニューデリー国立博物館に飾られたこのカーリー女神の写真をじっと見つめた。他の日本人客はほとんど眠りに落ちたのか、庭園も廊下もまったく静寂である。別の頁では女神カーリーは柔らかな眼差しで、両手をひろげ、こちらを見ている。口もとにも心なしか微笑をたたえている。そんな微笑みをたたえた女神カーリーが裏頁では、血まみれの魔神ラクタヴィージャから生血を吸いとっているのだ。切りとった生首をかかげ持ち、口唇には血がつき長い舌をだしている。

美津子はこの二枚の写真と絵とを交互に見つめて、そのどちらも自分だと思う。彼女はさきほど磯辺に「わたくしだってこの国に探しものをしに来たのかもしれません」と答えたが、探しているものとはあの落伍者の大津だろうか。それともテレーズ・デスケルウと同じように、自分の心の奥にある何かだろうか。

睡眠薬が少しずつ頭を痺らせた。立ちあがって扉ちかくのスイッチを消し、ふたたびベッドに横たわり幾重にも塗りこめた闇を見つめる。ボランティアをしていたあの病院では、まだ患者の顔をそっと照らす看護婦の小さな懐中電灯の光ぐらいはあったが、しかしこの国の闇は、文字通り無明の闇、魂の闇である。美津子には魂の闇の一端ならわかる。情感の燃えつきた女の一人として。テレーズ・デスケルウの同類の一人として。

二時間ほど眠った。闇のなかで鳥の羽ばたくような音がきこえる。ベッドのサイドテーブルに手をさしのべ、スタンドを探したが、すぐ気がついた。スタンドなどこの古い部屋にはないのだ。

急に怖しくなる。先ほど開いた「ある印度留学生」のなかに著者が部屋で勉強中、さあっ、さあっと庭を掃く箒のような音が窓の外できこえ、やがてそれが自分の部屋の隅で始まったので、ふり向くと、真黒なコブラが頭をたてていたという話を読んだからだ。

鳥の羽ばたく音は壁のほうでしきりにする。灯をつけるためにはドアまで歩いていかねばならぬ。その途中でコブラに飛びかかられたら……

美津子はとび起きた。ぐずぐずするのは彼女の性格にあわなかった。反対の壁づたいに手を動かし電灯のスイッチを探す。ようやくスイッチにふれた。灯がついてみると壁に大きな穴があいていて、その穴が見えぬようにふさいだ紙の一部分が剝がれ、風で鳴っていた。印度のホテルらしくて可笑しかった。

苦笑したまま美津子は座り心地の悪い柿色の椅子に腰をおろして、手さげ袋に手をのばした。一度、眼がさめると、次の眠りが訪れるまで時間がかかる。手さげの鞄のなかから茶色い紙袋を引きずりだして、それをテーブルにおいた。茶色い紙袋のなかには大津と彼女との何通かの手紙が入っている。なんのために、そんな手紙をわざわざ持ってきたのか、それが美津子には自分でもよくわからずふしぎなくらいだ。

男性として魅力もなければ、心ひく容貌などどこにもなく、彼女にいつも侮蔑の感情を起こさせるあの男。しかしそのくせ美津子やその知人の生活とはまったく隔絶した別世界で玉ねぎにすべてを奪われた男。美津子の心の奥は大津を否定しながら無関心ではいられない。なぜか知らぬがゴム消しで消しても消えないのだ。

その大津の、下手糞な（まるで中学生のままのような）筆跡で書かれた手紙。たしかに義務的にそれにたいして一、二度返事を書いたがなんのためにそんなものを大事に保存してきたのだろう。その理由も美津子にはわからない。わからないが、自分をこえた何かが彼女にそうさせたのだ。その何かがひそかに段取りをつけて、彼女を大津の住むこのヴァーラーナスィまで連れてきたとも言える。彼女はコニャックの残った褐色の液体を咽喉に流しこみながら、漠然と思う。

「馬鹿よ。お前は」

と彼女は小声で自分に言う。

「馬鹿よ、こんなこと。どうでも、いいじゃないの」

美津子からの走り書きの写し

あけましておめでとうございます。四年前、リヨンでお目にかかった時の住所でこの年賀状を出しますが、まだあのフルビエールにお住いですか。わたくしは事情あって離婚しました。現在、実家に住んでおります。離婚の理由は……たまたま年末に福田恆存のホレイショ日記を読んでおりましたら、次のような私自身の本質をあらわしたような言葉にぶつかりました。——わたしは人を真に愛することはできぬ。一度も、誰をも愛したことがない。そういう人間がどうしてこの世に自己の存在を主張しうるだろうか——それが結局はわたくしの離婚の理由です。玉ねぎは何でも活用すると、罪さえもという、あの言葉、まだ信じていらっしゃいますか。

大津から美津子への返事

お手紙はリヨンから廻りまわって、やっと手元に届きました。表記の住所でおわかりのように、ぼくは今はリヨンではなく、南仏アルデッシュにある修錬院で毎日、作業にあけくれています。岩山にとりかこまれ荒涼とした土地ですが、ここでしばらく畠仕事や肉体労働にいそしんでいます。

なぜ、ここに入ったかと申しますと、あなたがお便りに、離婚なさったとお書きになったように、ぼくもリヨンの修道会からまだ神父に非適格だとして、神父になる叙品式を一応、延期されたからです。ぼくの気持のなかには——いつか成瀬さんが、リヨンで冗談のように、よく破門にならないわねとおっしゃったような、異端的なものが含まれていたからです。五年に近い異国の生活で、ヨーロッパの考え方はあまりに明晰で論理的だと、感服せざるをえませんでしたが、そのあまりに明晰で、あまりに論理的なために、東洋人のぼくには何かが見落されているように思え、従いていけなかったのです。彼等の明晰な論理や割り切り方はぼくには苦痛でさえありました。それはぼくが彼等の偉大な構築力を理解できるだけ頭がよくなく、不勉強のためですけれど、それ以上にぼくのなかの日本人的な感覚が、ヨーロッパの基督教に違和感を感じさせてしまったのです。結局はヨーロッパ人たちの信仰は意識的で理性的で、そして理性や意識でわりきれぬものを、この人たちは受けつけません。五年の間、ぼくは日常生活のなかで、神学の勉強のなかで、先輩の神父たちに連れられて出かけた聖地旅行でも、自分が間違っているのではないかと、迷い、一人ぽっちでした。リヨンのソーヌ河のほとりでぼくが暗い顔をしていたのはそのせいでした。ごめんなさい。

神学校のなかでぼくが、一番、批判を受けたのは、ぼくの無意識に潜んでいる、彼等から見て汎神論的な感覚でした。日本人としてぼくは自然の大きな命を軽視することには耐えられません。いくら明晰で論理的でも、このヨーロッパの基督教のなかには生命のなかに序列があります。よく見ればなずな花咲く垣根かな、は、ここの人たちには遂に理解できないでしょう。もちろん時にはなずなの花を咲かせる命と人間の命とを同一視する口ぶりをしますが、決してその二つを同じとは思っていないのです。

「それではお前にとって神とは何なのだ」

と修道院で三人の先輩に問われて、ぼくはうっかり答えたことがあります。

「神とはあなたたちのように人間の外にあって、仰ぎみるものではないと思います。それは人間のなかにあって、しかも人間を包み、樹を包み、草花をも包む、あの大きな命です」

「それは汎神論的な考えかたじゃないか」

それから三人はスコラ哲学のあまりに明晰な論理を使って、ぼくのだらしない考え方の欠陥を追及しました。これはほんの一例ですけれど。でも東洋人のぼくには彼等のように何ごともはっきり区別したり分別したりできないのです。

「神は人間の善き行為だけではなく、我々の罪さえ救いのために活かされます」

あの昼の陽があたり、荷舟が上下するソーヌ河の手すりにもたれた日、ぼくはあなたに偽らざる気持を告白しましたがそれも同じ気持からです。あの時、成瀬さんはいみじくもこうおっしゃいましたね。

「それ、本当に基督教的な考え方なの」

この考えは修道会では危険なジャンセニスム的で、マニ教的な考えだ（要するに異端的という意味です）と叱責をうけました。悪と善とは不可分で絶対に相容れぬと言われました。

それやこれやで、結局、ぼくは神父になることを延期されたというわけです。でも、ぼくは信仰を失ったのではないんです。

少年の時から、母を通してぼくがただひとつ信じることのできたのは、母のぬくもりでした。母の握ってくれた手のぬくもり、抱いてくれた時の体のぬくもり、愛のぬくもり、兄姉にくらべてたしかに愚直だったぼくを見捨てなかったぬくもり。母はぼくにも、あなたのおっしゃる玉ねぎの話をいつもしてくれましたが、その時、玉ねぎとはこのぬくもりのもっと、もっと強い塊り――つまり愛そのものなのだと教えてくれました。大きくなり、母を失いましたが、その時、母のぬくもりの源にあったのは玉ねぎの一片だったと気がつきました。そして結局、ぼくが求めたものも、玉ねぎの愛だけで、いわゆる教会が口にする、多くの他の教義ではありません。（もちろんそんな考えも、ぼくが異端的と見られた原因です）この世の中心は愛で、玉ねぎは長い歴史のなかでそれだけをぼくたち人間に示したのだと思っています。現代の世界のなかで、最も欠如しているのは愛であり、誰もが信じないのが愛であり、せせら笑われているのが愛であるから、このぼくぐらいはせめて玉ねぎのあとを愚直について行きたいのです。

その愛のために具体的に生き苦しみ、愛を見せてくれた玉ねぎの一生への信頼。それは時間がたつにつれ、ぼくのなかで強まっていくような気がします。ヨーロッパの考え方、ヨーロッパの神学には馴染めなくなったぼくですが、一人ぽっちの時、そばにぼくの苦しみを知りぬいている玉ねぎが微笑しておられるような気さえします。ちょうどエマオの旅人のそばを玉ねぎが歩かれた聖書の話のように、「さあ、私がついている」と。

夜、作業を終えて、葡萄畠できらめく星を見ていると、時としてあの方がぼくを何処に連れていかれるのか、怖しくなる時もあります。

中学生のような下手糞な字で埋っているこの手紙を読んだ場所を美津子は憶えている。病院の病室のなかだった。離婚したあと、彼女は田舎の父から金を出してもらい原宿でブティックをやった。別れた夫も助けてくれたお蔭で、巴里の有名店の服飾品を仕入れることができた。そして週に一度か二度、東郷神社の裏にある大きな私立病院でボランティアもやった。発作的な行為だった。彼女はその頃、福田恆存のホレイショ日記に書かれた次の言葉が自分の心をそのまま表わしているように思った。「わたしは人を真に愛することはできぬ。一度も、誰をも愛したことがない。そういう人間がどうしてこの世に自己の存在を主張しうるだろうか」ボランティアをはじめたのは、そんな彼女の倒錯した気持からだった。愛が燃えつきたのではなく、愛の火種のない女。男との愛欲の真似事だけは何度もやったが、火種に本当の炎がついたためしはなかった。病人の尿器を洗ったり、食事を食べさせたりして、美津子が自分の滑稽さを噛みしめていた頃、大津の手紙を読んだ。しかし羨しいとは少しも思わなかった。むしろ大津の言葉が彼女を傷つけた。彼女は短い絵葉書を送った。ムンクの絵葉書だったことは憶えている。孤独な男の顔を描いた絵葉書。何を書いたかは記憶がないがおそらく大津を傷つけるようなその絵葉書をわざわざ選んだのは……

大津から美津子への手紙

お便りを本当に有難うございました。成瀬さんの絵葉書を見ているうちに、行間から感じたのは、ひとりぼっちなあなたの心でした。

でもぼくのそばにいつも玉ねぎがおられるように、玉ねぎは成瀬さんのなかに、成瀬さんのそばにいるんです。成瀬さんの苦しみも孤独も理解できるのは玉ねぎだけです。あの方はいつか、あなたをもうひとつの世界に連れていかれるでしょう。それが何時なのか、どういう方法でか、どういう形でかは、ぼくたちにはわかりませんけれども。玉ねぎは何でも活用するのです。あなたの「愛のまねごと」も「口では言えぬような夜」のあなたの行動も（ぼくには一向、察しがつきませんが）手品師のように変容なさるのです。

キニーネを飲むと健康時は高熱を発しますが、これはマラリヤの患者にはなくてはならぬ薬と変ります。罪とはそのキニーネのようなものだとぼくは思っています。

キニーネのことなど突然、書いたので驚かれたでしょう。ぼくはその話をここ、イスラエルのガリラヤ湖畔のキブツで、ユダヤ人の医師から教えられました。今でこそガリラヤ湖畔は夢のような美しい場所ですけれど、往時、ここはマラリヤ患者が多かった瘴癘《しょうれい》の土地だったそうです。あの方がここでたくさんの熱病患者を治したという奇蹟物語が聖書に書かれていますが、それはマラリヤだったそうです。

ぼくはまだ神父にはなれません。神学校の聖職者の先生たちから、ぼくは神父になるために必要な従順の徳に欠け、本当の信仰に必要な原則を見失っているという評価を受けました。従順の徳に欠けているというのも、本当の信仰に欠けているというのも、ぼくが相変らずヨーロッパ式の基督教だけが絶対だと思えないと答案に書いたり口にしたからでした。

教会の聖職者たちを前にして、馬鹿な事を言ったと今では多少の後悔をしています。しかし、ぼくは人がその信じる神をそれぞれに選ぶのは、生れた国の文化や伝統や各自の環境によることが多いと、当然のことながら思うのです。ヨーロッパの人たちが基督教を選ぶのはその家庭がそうだったり、その国に基督教の文化が強かったりするためでしょう。中近東の人たちがイスラムになったり、印度人の多くがヒンズー教徒になるのも、他の宗教と自分のそれとをきびしく比較して選んだとはいえないでしょう。そしてぼくの場合は母という例外的な事情の影響があるのです。むかし成瀬さんに「なぜ神など信ずるの」と問いつめられて、口ごもったのは、この宗教を自分の意志で選んだからではなかったためです。しかし今、書いたような疑問がいつも頭のなかを去来していました。

「君がそういう家庭に生れたのは、神の恵みと神の愛と思わないか」

と神学校の指導司祭にたずねられた時、

「思います。でも、そうでない家に生れた者が他宗教になるのには、神の恵みがないのでしょうか」

悪意で言ったのではないのですが、こういう言いかたが従来の基督教の考え方に固っている彼を傷つけました。最もぼくが批判を受けたのは口頭試問の、

「神は色々な顔を持っておられる。ヨーロッパの教会やチャペルだけでなく、ユダヤ教徒にも仏教の信徒のなかにもヒンズー教の信者にも神はおられると思います」

と発言した時でした。それはヨーロッパに来てから少しずつぼくの信念になったものの率直な告白だったのですが、先生方には基督教会の全否定のように聞え、

「その考えこそ、君の汎神論的な過ちだ」

と烈しく叱られました。うろたえたぼくは、

「でも基督教のなかにも汎神論的なものも含まれていないでしょうか。神学校でぼくは基督教という一神論が汎神論と対立するように教えられましたが——日本人として、基督教がこれだけ拡がったのも、そのなかに色々なものが雑居しているからだと思います」

とつい口に出してしまいました。

「色々なもの、とは何か言ってみなさい」

「シャルトルの大聖堂に巡礼した時、あの大聖堂はあの地方の人たちの地母神の信仰を聖母マリアの信仰に昇華させたのだと本で読みました。つまり……その地の地母神の信仰を根にして基督教を育てたと思いました。十六世紀十七世紀にはかなりの基督教に帰依した日本人がいましたが、その人たちの信仰心はヨーロッパの方たちのものとは違います」

「どこが違うのかね」

「仏教的なものや、今、批判された汎神論的なものがそこに混在しているのです」

先生たちは沈黙なさいましたが、沈黙のなかにはあきらかに不快感がまじっているように思えました。

「では正統と異端の区別を君はどこでするのかね」

「今は中世とちがいます。他宗教と対話すべき時代です」

「もちろん法王庁もそれを認めておられる」

「でも基督教は自分たちと他宗教とを対等と本当は考えておりません」

この時、ぼくはなるようになれ、と自暴自棄の気持でもありました。

「他の宗教の立派な人たちは、いわば基督教の無免許運転をしているようなものだとあるヨーロッパの学者がおっしゃっていましたが、これでは本当の対等の対話とは言えません。ぼくはむしろ、神は幾つもの顔をもたれ、それぞれの宗教にもかくれておられる、と考えるほうが本当の対話と思うのです」

沈黙と白けた表情。ぼくは自分が非常に愚かしいことを言ったことに気がつきました。先生たちがぼくを非常に危険な思想の持主と考えておられるのは明らかでした。

「それでは」と校長先生が、むしろぼくに助け道を与えてくださったようにおっしゃいました。「君はなぜ仏教徒に戻らない。そのほうが君の考えに自然な復帰ではないのか」

「いいえ、私が育ったのは……日本でも仏教徒の家ではなく、先生たちと同じように基督教の家庭でした。だからぼくが神の多くの顔のなかでも先生たちと同じものを選ぶのがぼくには自然だったのです」

「では君は改宗をどう思うかね。たとえば、仏教徒が仏教を棄てて基督教になるとか」

「それはありうると思います。それぞれが自分に相応しい異性を結婚の相手に選ぶのと同じでして」

どうでもなれ、という気持と共に、もしぼくの考えが根本的に間違っているならば、先生たちが（いや、ぼくの信頼しているあの方が）鍛えなおしてくださるという期待があったのです。ただ心にもない嘘をつくことだけはぼくの人生のためにも決してやるまいと考えました。

その結果——当然のことながら、ぼくはふたたび神父になる資格をもらえませんでした。それでも上司の聖職者たちのうち、心やさしい方たち何人かがぼくのために努力してくださって、このイスラエルのガリラヤ修道院で勉強を続け、働く路を与えてくださったのです。

こんな話が日本人のあなたにはつまらなく縁遠いことはよく知っています。知っていながら、今晩、真夜中まで書いたことを許してください。でもぼくは誰かに語りたくって仕方がなかったんです。あの方がこのガリラヤで自分のお気持を孤独な者、病める者、苦しむ者に語りたくて仕方がなかったと同じように……

ぼくは孤独ですから、おそらく孤独であるあなたに話しかけたいのです。情けないですが、ぼくは孤独です……

修道院の前に拡がるガリラヤ湖。琴の湖といわれ、イエスが語られ、カフェルナウム村の漁師ペトロが漁をした湖は、今夜は月光がきらめいています。あの方は……いや、成瀬さんは日本人だからイエスという名を聞いただけで敬遠なさるでしょう。ならばイエスという名を愛という名にしてください。愛という言葉が肌ざむく白けるようでしたら、命のぬくもりでもいい、そう呼んでください。それがイヤならいつもの玉ねぎでもいい。

このガリラヤ湖にはユダヤ教徒が圧倒的に多いのですが、基督教徒もイスラム教徒もいます。ぼくは日本人であるために彼等から興味をひかれ、時々、キブツに遊びにいくこともありますし、イスラム教徒の家庭にもよばれました。彼等のなかにぼくは玉ねぎを見つけます。それなのになぜ彼等が他の宗教の徒を軽蔑したり、心ひそかに優越感を感じねばならぬのでしょう。ぼくは玉ねぎの存在をユダヤ教の人にもイスラムの人にも感じるのです。玉ねぎはどこにもいるのです。

手紙すべての字が大津の甘ったれた声で充されていた。こちらの心情を無視した自分だけの身の上話は美津子の関心をほとんど惹かなかった。彼女は宗教には無縁だったし、まして大津の生活には興味はなかった。今の彼女は彼の孤独より自分の孤独で精一杯だった。彼女が自分に感じるのは愛の枯渇で、離婚したあとも空虚感を充すため、大学時代の旧友や、時にはホテルの酒場で隣りあわせた実業家の何人かとも関係したが、そのたびに見つけたのは、飼桶に首をつっこんで快楽をむさぼる男たちの姿と、その動作をじっと見つめている自身の虚ろな眼だけだった。

美津子は病院のボランティアに参加した。愛の乾いた自分だからこそ、愛のまねごとをやってみる自虐的な気分になったのである。病人たちの愚痴をきき、いたわりの言葉をかけ、身動きできぬ者の口にスプーンでスープを飲ませ、その尿器を洗い、彼等の感謝を受けることなど彼女にとってたやすいことだった。美津子はそれが心の底から出た愛の行為ではなく、演技だということを知っていた。

なぜなら美津子は一方で、抵抗できぬ老婆の眠っている姿を、見つめているうちに、急にある衝動にかられ、わざとお襁褓《むつ》を替えるのを忘れたふりをしたり、飲ますべき薬を患者に渡さなかったことも、あったのである。そんな時、もうひとつの彼女の声がした。(どうせこの人は薬を飲んでも治らぬ病人なんだから。もう誰にも役にもたたぬだけでなく、家族にも重荷になっているこの老女を早く楽にしてあげるほうが、よほど良いことだわ)

看護婦も医者も、そんな彼女の両面を知らない。演技している美津子を見て、「お偉いわ」と主任看護婦は言った。美津子はいかにも謙虚な微笑みをうかべて「いいえ」と答えた。そして心のなかで、その主任看護婦が、病院を出た美津子が昨夜帝国ホテルの十二階で、声をかけてきた壮年の実業家につれられて部屋に行ったことを知ったなら、どんなに呆然とした表情をするだろうと微笑のなかに冷たい嗤いを滑りこませた。

(神には多くの顔があると大津さんは書いていたけれど)と彼女は男とベッドを共にする時、ふと思った。(わたしにも多くの顔がある)

そんな時、年一回の同窓会の集りがあった。二年ぶりにその集りに出た彼女は、近藤たち昔の遊び仲間がそれぞれミッドナイトブルーのスーツを着た会社員になったり、しかるべき相手をみつけた若奥様になっている姿を見た。

彼女が別れた夫とその友人たちとの話題は共通していてゴルフと車のことばかり。女たちは育児や小学校の入学の話に熱中した。

「わたくし、離婚したのよ」

と突然、美津子は皆に発表した。一同は一瞬怯えたような沈黙をしたが、女友だちの一人が、

「どうして？　何かあったの」

「わたくし、あなたたちと違って、いい奥様になれなかったから」

「でも、子供はほしいでしょ」

「ほしくない。自分と同じ人間をこの世に生むのは、たくさん」

皆が美津子の言葉を冗談と思い笑うと、近藤が、彼女をかばったのか、

「そうか、成瀬さんはあの頃、モイラと言われていたなあ」

と懐しそうに口にした。

「大津という学生をからかったっけ、アロアロで」

「あいつ……神父になったらしいよ」と情報に詳しい一人が教えた。「俺、卒業生名簿作りを手伝わされているだろ。現住所を彼の実家に問いあわせたら、あいつの兄さんが、彼は神父になって印度の修道院にいると答えてきたからな」

「印度の何処」

「何と言ったかな、よく印度の写真に出てくるじゃないか。ガンジス河のなかで皆が体を洗っている場所」

しかし美津子を含めて誰一人、その地名を知っている者はいなかったし、美津子以外にこの事実に誰一人関心を持った者もいなかった。話題はプロ野球の選手の噂話と六本木に仲間の一人が開いたレストランの装飾にすぐ移っていった。

美津子は実家に戻ったとき、父親の所蔵している百科事典をひいて、話にでた印度の街は幾つかあるが、最も有名なのはヴァーラーナスィということを知った。その事

典には腰に布をまいたりサリーを着たまま河のなかに体を浸している男女のヒンズー教徒の写真がのっていた。

七章　女神

妻との生活を、こんな異国のホテルの一室で回顧するとは、磯辺は一度も考えたことはなかった。彼の人生設計では、いずれは男の自分が妻より先に死ぬだろうが、その後、彼女がどんな生き方をするかあまり想像しなかった。おそらく彼女は老人保険と貯金とで何とか生きていけるだろう。まあ、その時がくればその時というのが彼の意識下にあった漠然とした想像で、考えてみると磯辺は自分の結婚生活に重大な価値も深い意味も持たない、古い型の男だった。

（俺は妻を愛していただろうか）

彼女が死んだあと、突然、空虚になった毎日のなかで、彼女の遺品——日常使っていた彼女の箸、寝具、洋服簞笥にぶらさがっている彼女の服——を眼にするたび磯辺はふいに言いようのない寂しさと悔いを嚙みしめながら自問自答した。しかし多くの日本の男性の常として彼は「愛する」とは一体、何なのか結婚生活で真面目に考えたことはない。

結婚生活とは彼にとって、たがいに世話したり面倒をみたりする男女の分業的な助けあいだった。同じ屋根の下で生活を共にして、惚れたはれたなどという気持が急速に消滅してしまえば、あとはお互いがどのように役にたつか、便利かが問題になるのだ。外国の妻のように夫の出世のため社交的だとか、女としていつまでも魅力があるかはさして大事ではなかった。夫が毎日、神経をすりへらして会社から戻った時、どれだけ我儘を許し、休息の場を作っておいてくれるかが妻の最大の仕事だと彼は考えていた。

そういう意味で彼の妻はたしかに良妻だった。内でも外でも出しゃばらず、外面的な魅力に欠けてはいたが、控え目で邪魔にならぬ場所にいた。

「妻は夫にとって空気のようなものになればいいのです」

と後輩の結婚披露宴の時、彼はそんなスピーチをしたことがある。

「空気はなくては困ります。しかし空気は眼にはみえません。出しゃばりません。そんな空気に妻がなれば、夫婦はいつまでも失敗しません」

テーブルの男たちから笑声がおこった。なかには拍手してくれる人もいた。

「結婚生活は、ひっそりとして単調で充分なのです」

隣りの席にいる妻がこのスピーチをどんな表情をして聴いたかは磯辺の念頭にはな

かった。しかしその夜、帰宅のタクシーのなかでも家に戻ってからも彼女は何も言わなかったので、磯辺は妻も夫のスピーチを納得しながら聴いたのだろうと思った。だが彼はそのスピーチのなかで大事なことを言わなかった。平凡で、ひっそりとして単調な――要するに磯辺の言う良妻が、時間がたつにつれ、だるくなることには触れなかった。

実はその結婚式のあった頃は、磯辺が妻にどの夫婦にもある倦怠をおぼえていた時期でもあった。ひとつには彼女との生活があまりに平凡で、単調なせいでもあった。披露宴で彼がスピーチをした空気のような存在におたがいがなると、妻は妻以外の何物でもなくなり、女ではなくなってしまう。

たしかに磯辺は妻を悪妻だと思っていなかった。しかしこの時期、壮年だった彼の勝手さが良妻ではなくどこかで「女」を求めていたのだと思う。

もちろん磯辺には離婚する気など毛頭なかった。もう若くない彼は妻と女とは両立しないことぐらいよく承知していたからである。白状すると火事にならない火遊びを彼は二、三度やったことがある。

その一人の相手は会社の用で時々使う、銀座の伊太利レストランの女性オーナーだった。日本人の舌にあわせた和食を出して、それに伊太利料理も加えるような一風変った店なので、取引先の客を招待するには好都合だった。

彼女は商売上、いつも年齢よりはるかに若作りな恰好をしていた。大胆に朱の服を着たり髪に少女のような黒いリボンをつけて現われたり、真白なテーブルに嫌味のないマニキュアをした手で皿を並べた。はじめての客たちも満足するように細かく気をつかった。

すべてが妻とは対極点にあるこの女経営者は磯辺にはこの頃妻から与えられなかったものを充たしてくれる相手だった。当時は、養女がまだ中学生の頃で、理由《わけ》もなく彼を嫌うので、磯辺はそんな愚痴をこの女性にこぼすことがあった。

「うちの子もそうでしたわ」と彼女は笑いながら答えた。「主人を一時期、ひどく毛嫌いをして、ほとんど話しかけよう、近寄ろうとしないの」

「なぜだろう」

「父親がドリンク剤なんか飲むから。あの年齢には理想の父親像があって、それが現実の父親と余りに食いちがうと嫌悪感も強くなるのよ」

「理想の父親像って何だろうね」

「スポーツマンで、背がすらっと高くて、その上、やさしくて」と彼女は声をたてて笑った。「要するにアメリカ映画に出てくるパパですよ。でも自分の父親はいつも疲れた顔をして、駅のホームでスタミナ・ドリンクを飲むでしょう。日曜日、テレビを見るしか何もしない父親なんて若い女の子は裏切られた気持になるんですの」

彼女の笑い声は当時テレビによく出ていた太地喜和子という女優に似ていた。そういえば顔だちやその体格も有名なその女優を連想させた。

「なるほど、ドリンク剤を飲む父親ですか」

テニスの球のうち合いのような気のきいた会話をぶつけてくる彼女と妻とを磯辺はそっと比較した。妻なら彼の疑問にこう言っただろう。「あなたがあの子にぶっきら棒だからですよ。男の子にもの言うように話すからですよ」

この女主人と一緒に飲み歩いて、過ちともいうべき結果になったことが一度あった。賢い彼女は磯辺が家庭を棄てるほど無計算な男でない事を知っていたし、五十近くなった男が離婚する事の大変さもよく知っていた。

妻がこの浮気を見ぬいたかどうか、磯辺はわからない。彼女はひとこともそれを口にしなかった。気づいたとしても彼女は知らぬ顔をしただろう。情事のあと、心にうしろめたさはあったが妻を本気で裏切ったという感情はほとんど起らなかった。結婚による結びつきは一度や二度の浮気とはまったく関係のないものなのだ。要するに彼にとって妻は姉妹に女性を感じないのと同じような存在になっていたのである。そのかわり、歳月と共に眼にみえぬ連帯感が埃がつもるように少しずつ出来あがっていった。

夫婦愛とはこの連帯感を指すのだろうか。当時それさえ考えたことのなかった磯辺は、妻が癌という病気にかかり医師からその寿命を告げられた時、伴侶がいなくなるという驚愕と恐怖とにただ茫然とした。窓の外は鈍色の空でやき芋屋の声が聞えた。そしてあの遺言ともいうべき譫言《うわごと》、妻があいう烈しい情熱をみせる女とはそれまで磯辺は思ってもみなかった。彼女がそんな願いを心の奥にしまっていたとは、長い生活を共にしながら一度も考えたことがない。そして彼は約束し、約束は少しずつ重い深い意味を持ち……そして今、こんな異国に来たのだ。

錆色をしたシャワーの湯で体を洗うと沼田は新しいスポーツシャツにベージュのズボンを身につけ、階下の食堂におりた。七時前だったので食堂にはたった一人の客――江波のほかには誰もおらず、この添乗員は英字新聞を読みながら朝食をとっていた。

「お早ようございます。何か変ったニュースでもありますか」

沼田は印度の政情にはまったく無知で関心もなかったが、食卓におかれた新聞の一面にインディラ・ガンジー首相の写真が大きく掲載されていたので、義理でたずねた。

「どうも不穏ですね」と江波はナプキンで口をふきながら答えた。「シーク教徒が動きを示しています。この国はインディラ・ガンジーのカリスマ的存在でどうにか秩序を保っているのですが」

「シーク教徒というのは、あのターバンで頭を包み髭をはやしている印度人ですか」

一応はそんな質問をしたが、沼田には興味のない話題である。江波の皿にある紅色の球状のものを覗いて、

「何ですか、これ」

「酢づけの玉葱」

「野菜ばかりですね。江波さん、菜食主義者《ベジタリアン》ですか」

「朝はこいつとラッスィーというヨーグルトだけにしているんです。お客さまと旅行中は昼と夜はどうしても肉に手を出しますからね。ぼくは肥る体質なんです。ところで気に入りましたか、印度は」

「自然を見るだけで満足なんです。バニヤンは至るところにあるし、菩提樹《ピッパル》や優曇華《ウドゥムバラ》もすぐ見つけられるし。今朝も眼をさましたら庭園のほうから鳥が盛んに鳴いて……言うことなしです」

「ヒンズー教徒は死体を焼いた場所に樹を植えるんです」

「日本だって桜の樹がそうです。吉野山の桜はすべて墓標のかわりだったたし。死と植

物は深い関係があるんです」

「本当ですか、そりゃ、知らなかったな。朝飯、何か頼みますか」

「あつい珈琲だけで結構」

「何かを口に入れておいたほうが、日中の観光にいいですよ。この酢づけの玉葱は如何です」

「ヒンズー教徒は樹に再生の生命力があると信じているんですね」

「そうです」

「そういう考え方ぼくは好きなんです」

運ばれた珈琲をすすりながら沼田は嬉しそうに相好を崩して、

「ぼくは童話作家でしょ。書いているもののほとんどが子供と動物との交流です。でも印度に来て、どっしりしたバニヤンの樹を見ているうちに、今度は樹木と子供の物語を書きたいな、としきりに思いました」

「へえ」

「アラーハーバードからここまで来た時、深い森を通りぬけたでしょう。教えて頂いた鳥類保護区のあった……あんな森、はじめてでした。しかしその間、ぼくが感じたのは森の一本一本の樹の声です。何か、ぼくらに話しかけているようでした」

「一八五七年に印度人が英国に反乱を起した時、あのアラーハーバードの森の樹々は絞首台の代りに使われて、印度人をつるしたんです。バスではそれを言いませんでしたけれど」

と江波は沼田の熱に水をかけるようなことを言った。

四年間も印度哲学で留学した彼は、帰国後、苦労した勉強が一向に生かせず、どこの大学の研究室にも空席がないと断わられて、添乗員というアルバイトをやらざるをえない不満を心の奥に鬱積させていた。正直、彼は食うためにコスモス社の依頼で案内せねばならぬ日本人観光客を軽蔑していた。ひたすら有難がって仏跡をまわる年寄りたち、ヒッピーまがいの放浪を楽しむ女子大学生たち、そして沼田のように印度の自然のなかに失われたものを見つけようとする男。彼等が日本に持って帰る土産物はいつもきまっている。絹のサリー、白檀のネックレス、象嵌細工、スター・ルビーやエメラルドのような石、銀の腕輪。かつての米国人やヨーロッパ観光客が買いあさった店で、今は日本人がうろうろしている姿を、江波は店の入口にたって蔑んだ眼で見ていた。

しかし、そんな本音をもちろん彼は表には出さない。「面従腹背」というのが今の彼の人生訓なのだ。お客の前では、愛想のいい、親切な添乗員であること、それをたえず自分に言いきかせる。

「沼田さんは野生動物保護地区にいらっしゃるつもりでしたね」

「それが今度の狙いです。ぼくは犀鳥や九官鳥のような暑い国から来た鳥の故郷をこの眼で見にいくんです」

「どうして」

「個人的秘密ですよ」と沼田は笑って、「江波さんだって秘密があるでしょう」

「ありますよ。ふしぎだな。たいてい日本人の観光客の男性は、こうしてぼくと二人になると、個人的秘密をうち明けるように、女のいる家に案内してくれと小声でうち明けるんですがね。沼田さんは別ですね」

「ぼくは嫌いですね、少くとも印度では毛頭ない」

「失礼ですが印度の自然はお考えになっている以上に淫猥ですよ」

「創造と破壊の両面を持った矛盾した自然ですか。もうその種の説は印度の解説本で嫌になるほど読みました」

「明朝早くガンジス河での沐浴風景を見物しますがね。右岸には大小とりどりのガートや建物が並んでいるのに広い河を隔てた左岸は樹々が覆っているだけです。ヒンズー教徒にとって左岸は不浄というイメージがあるためだそうですが、その左岸に……行ったことがあるんです」

「それで……」

「自然のもつぶきみな淫猥をあれほど感じた場所は他にないでしょう」

「そう言ってからかっているんでしょう」

「そうですよ。沼田さんがあんまり純な人だから。いや、皆がお目ざめだ、失礼します」

軽装の男女観光客がいずれもカメラを持って次々と食堂におりてくる。江波は素早くたちあがって彼等の朝飯の注文をボーイに通訳してやる。

さっきとはうって変ったような添乗員の姿に視線をやりながら沼田は江波の言った「淫猥な自然」という言葉を反芻した。それは何か、うすうすと本能的に予感するものがあったが童話作家である彼の世界には自然は決して残酷でもぶきみでもなかった。人間と生命の交りをしてくれるものでなければならない。

沼田は庭園におりて両手を拡げて大きく深呼吸をした。印度の十月下旬はまだ暑いと聞いていたが、まだ午前八時前のせいか、爽快そのものの大気のなかに、東京のコンクリート街では久しく嗅いだことのない土と光との匂いがある。沼田は口に溢れるぐらい、大気を吸いこみ、体内に溜った汚れた邪気を吐きだしていた。

「おや、気功法をやられているのですか」

と口をまだ動かしながら玄関から出てきた木口が親しげに沼田に声をかけた。

「結構ですな。私も毎朝、真向法という体操を欠かしたことはありません。印度に来ても、眼がさめると床に坐ってやっとります」

「すみませんが」

うしろから若い三條夫婦が大きな声をかけた。

「シャッター、押してくれます？」

「シャッター」

「ここを、押すだけでいいんです」

三條夫婦はカメラを沼田に押しつけて、自分たちはマーガレットのような花の咲き乱れているあたりに遠ざかった。臆面もなく夫は妻の腰に手をまわし、新妻は三條の肩に頭をおいて並んでいる。

「あれでも日本人かな。羞恥心も糞もない」

とカメラを目にあてた沼田の横で木口が舌打ちをしひとりごとを言った。

「いいじゃないですか、新婚だから」

「我々の時代には考えられなかった」

「私たちの頃には外国に新婚旅行など、とてもできませんでしたよ。日本は繁栄して、若者も外人並みになったんです」

「もう三、四枚、お願いします」

木口と沼田の囁きには気づかず三條は厚かましく要求した。

広い庭の入口から襤褸《ぼろ》の袋と籠をぶらさげた老人と若者と少年とがこちらにやってくる。老人はマッチ棒のように痩せていて、針金のような脚を半ズボンから出していた。

「ナマステー」

と少年が卑屈な笑いをうかべてたずねた。

「ジャパニー？ジャパニー？」

沼田は憶えたばかりのヒンディー語で「ハーン」と答えたが、あとは通じなかった。玄関に集っていた日本人のなかから江波が姿をあらわし、老人と会話をとりかわし、

「マングースと蛇との闘いを見せるというんです。この連中、サペラという蛇使いの集団でしてね。不可触民《アウト・カースト》です。全村、蛇使いとその家族で住んでいるんです」

と説明した。

枯木のように干からびた老人がしゃがみ、口にあてた笛を奇妙な音色で吹きはじめると、籠の蓋が傾いて、つぼめた雨傘のようなコブラが顔を出し、三條夫人は声をあげて夫にしがみついた。

ん」

「大丈夫だよ」と三條は妻に言った。「毒牙はぬいてあるんだ。そうでしょ、江波さん」

「そうです。よく知ってますね」

「テレビで見たことあります。マングースも蛇を本気で嚙みころさぬように歯をぬいてあるんです」

「困った人だね、三條さんは」と江波は興ざめた他の客を見た。「ネタをあかされると、折角の印度が面白くなくなります」

観光バスが庭園の入口から滑りこんでくると、白い埃が舞いあがった。日本人の囲むなかで、マングースはコブラに巧みにとびかかり、押えつけた。拍手が起ると老人は木の枝のような指を袋に入れて、ぶきみな灰色をした蛇を引きずり出した。女性たちの怯えた声があちこちで起った。

「頭が二つある蛇だそうです」

義務的に江波はそう教えると、ふと、俺はこの頭の二つある蛇の説明を観光客たちに何回ぐらいしたろうと急に嫌悪の気持にかられた。俺が印度で学んだのは、こんなくだらぬことをしゃべるためではなかった。タージマハルに彼等を連れ、ここは建築に二十二年を要したとか、ムガル朝の皇帝シャー・ジャハーンが美妃ムムターズを偲んで作ったのだとか、同じ声で同じ台詞でしゃべるためではなかった。

（誰にも印度のことを本当に、わかる筈はない。それなのに日本から来る宗教家も文化人も、帰国すると、印度の何もかもがわかったような事を口にする）

その嫌悪の思いを払いのけるように彼は添乗員としての笑いとあかるい声を出した。

「さあ、バスにお乗りください。気温がこれから上りますが、バスのなかは一応はエア・コンディションで涼しい筈です」

バスのなかでも街の臭気が感じられた。汗の臭い、どぶの臭い、露店の揚げものの臭い、そして過激な色、真鍮や銅の容器が、暗い店のなかでもきらめいている。黄や柿色や黒色のサリーをまとった女たちの流れ。痩せに痩せて背骨と肩の骨が飛び出した灰色の牛が歩いている。埃が舞うなかを一頭の象が柴を背負って追いたてられていく。

「いよいよ、印度のうちの印度とも言うべきヴァーラーナスィの町に入りました」

マイクを口に当てて江波はなめらかに暗誦した言葉を語った。

「町はヴァルナ河とアッスィ河という二つの川と、本流ガンジス河のほとりにあります。昨日も御説明しましたように二つの川がつながる場所はヒンズー教徒にとって聖なる地とされているのです。富める者は汽車や車で貧しい者は徒歩で、この町を目ざして巡礼してきます。彼等の信仰によればガンジス河の聖なる水に浸る時はすべての罪障は浄められ、死が訪れた時、その死体の灰を河に流されれば輪廻から解放されるのです」

観光バスのコースはいつも決まっている。バーラトマーター寺、ヒンズー大学の構内、そしてガンジス河の沐浴場。

しかし江波はそんなおきまりの場所ではなく、彼だけが用意している特別のヒンズー教寺院に観光客を連れていく事があった。観光客にたいする親切と、一種の仕返しの感情のまじった案内でもあった。

朝は爽やかだった大気が、昼すぎ湿気を帯びたじわっとした暑さに変ってきた。江波は午前中、わざとガンジス河のガートに行くことを避けたが、それは日本人観光客たちにたんなる好奇心でこの聖なる河、聖なる儀式、聖なる死の場所を見物させたくなかったからである。日本人たちが沐浴しているヒンズー教徒を舟上から見て必ず言う言葉は決っていた。

「死体の灰を川に流すなんて」

「よく病気にならないね、印度人たち」

「たまらんな、この臭い……印度人、平気なんだろうか」

今度もいずれは軽蔑と偏見とのまじった観光客のそんな声をきかねばならぬが、それは夕暮で結構だ。

そのかわり彼は日本人の眼には、とりわけ「印度的」に見えるヴィシュワナート寺院の狭い門前町に連れていった。闇市のように両側にぎっしり並んだ小さな店にはさまざまに珍しいものがある。砂糖きびをバケツで洗い、ローラーに入れてしぼりとったジュースを飲ませる店、椰子の果実を大きな包丁で叩き割り、そのなかにストローを入れて味う椰子屋。ビンロウ樹や香料を入れた木の葉をまいた煙草屋。

「嚙み煙草ですよ。一寸、苦《にが》いですが土産話に如何です」

江波の連れて行く店も、犬の寝ている店先で口にする説明も、何時も決っている。笑いながら愛想いい声をだし、

「ここじゃパーンと言うんです。少し口の中が赤くなりますがね」

面白がって嚙み煙草を口中に入れ、その苦さに顔をしかめる男の客。女性たちがそれを見て笑う。カメラのシャッターの音。彼等のすぐそばを天秤をかついで半裸の男が通りすぎる。

「あれはヨーグルト屋です」

「印度シルクを買いたいんですけど、ここに店はないかしら」

日ざしが次第に強くなる。江波は客たちのなかで、美津子に軽い関心を持った。庇《ひさし》の広い帽子をかぶり、サングラスをかけた横顔は江波をひきつけた。女性客にあり勝ちな我儘やさし出がましさがなく、頰に微笑をうかべている。

（この女……寝てみたら）と彼はその横顔に眼をやってそっと想像する。（どういう表情をするだろうか）

今日まで添乗員のアルバイトをしながら江波は二人の女性観光客と寝たことがある。二人とも中年のどこにでもいる主婦だった。湿気のこもった印度の熱気には、人間の性を刺激する何かがひそんでいる。ヒンズー教の持つ怪しげな雰囲気にもそれがある。美津子を時折、観察しながら、彼は彼女がどんな男性関係を持ったのかとふと思う。

早目の昼食。終ったのが一時。そのあとバスは客をのせてナクサール・バガヴァティ寺に向う。日本人たちの大半にとっては、退屈で、ごく僅かな者だけに興味をそそるこの寺は普通の印度旅行プランには加えられておらず、江波だけが特別に案内する場所である。

「この寺は恵みをたれる女性という意味です」

と彼はうす暗い、一歩足をふみ入れただけでもねっとりとした熱気のこもった石灰の臭いのする地下に皆を集めた。そう、ここには印度のもつ淫猥なじっとりとした空気がこもっていた。

「バガヴァティのバガは女性性器のことです」

江波はわざと素知らぬ顔で説明した。

「バガか」と男の声が戻ってきた。「しかし、バカに暑いな、むし風呂だ」
二、三人がこの駄洒落に笑ったが、美津子の表情には反応がなかった。
「ここに御案内したのは、ヒンズー教の一端を感じて頂きたかったからです。ぼくの説明などよりも、壁に彫られたさまざまの女神像から印度のすべての呻きや悲惨さや恐怖をお感じになるでしょう。声をかけてくだされば御説明しますから」

何人かの男女が内部のむし暑さに耐えかねて、それ以上、足をふみ入れようとはしなかった。日本人たちには仏像とちがうヒンズー教の神々などは興味も関心もなかったし、それらは無縁なうす穢《ぎたな》い彫刻にすぎなかった。

ねっとりとした空気。うす暗い地下の内部。気味の悪い彫像が浮かびあがっている。像の気味の悪さには、人間がおのれの意識下にうごめくもの、意識下にかくれているものをまともに眼にする嫌悪感があった。

すりへった石段をおりる。美津子は瞬間に自分が今から心の奥に入っていくような気がした。内視鏡で心の奥を覗くような不安と快感とがまじっている。

背後に磯辺の荒い息が聞えた。とにかく暑いのだ。沼田たちがそれに続く。

「気をつけてください、足もとに」

暗い電気がすすけた壁という壁を洞穴のように見せた。黒ずみ、木の根のように淫猥に絡みあったものが浮かびあがっていた。日本人たちは沈黙し、それらの像は微動だにしなかった。

眼が馴れてくる。男女のように絡みあったものが何本かの手や脚だとわかった。その手に持っているものも人間の頭蓋骨や首だと少しずつ判別できた。異様な冠をかむり、虎や獅子や野猪や水牛のような獣にのっている女神たち。

「みんな、これ、同じ女神ですの」

美津子の質問に、江波がそばに寄ってくると、半袖からむき出た脂肪質の彼の体から強い汗の臭気がして、

「いや、ひとつ、ひとつ違います。名前を知りたいですか」

「教えて頂いても、とても憶えられません。わたくしにはみんな同じに見えるんですもの」

「印度の女神は柔和な姿だけでなく、怖しい姿をとることが多いんです。それは彼女が誕生と同時に死をも含む生命の全体の動きを象徴しているからでしょう」

「同じ女神でも聖母マリアと随分、違うのね」

「ちがいますね。マリアは母の象徴ですが、印度の女神は烈しく死や血に酔う自然の

動きのシンボルでもあるんです」

男たちは美津子と江波の会話を黙って聞いていた。彼等はわけのわからぬ不合理で醜悪な女神像のどこにも心ひかれなかった。女神という言葉から、男たちは「優しいもの」「母なるもの」を期待していたのだ。それにこの地下室のうだるようなむし暑さのために顔も首もべっとり汗だらけになってきた。

「何だかここじゃ生きる楽しみや望みがなくなるな」

と沼田が疲れた声でひとりごとのように呟いた。彼が今日まで童話のなかで考えてきた自然はこんな荒々しい怖しいものではなかった。それは人間をやさしく包含してくれる自然だった。

磯辺も、壁を埋めたこれら女神のなかにひとつとしてやさしさを見つけることができなかった。たとえその肉体が豊満な乳房や、大地の豊穣を示すゆたかな腰を見せていても、そのどこにも死んだ妻の微笑に似たものはなかった。

木口はすすけた醜悪な群像の全体にビルマの死の街道を歩いていた日本兵たちの亡霊のような姿を重ねあわせ手首にかけた数珠をまさぐり、阿弥陀経の一節を唱えた。

「一切世間、天人阿修羅等、聞仏所説、歓喜信受」

「どうも暑い。外に出ましょうか」

と沼田がたまりかねたように言うと、

「もうあとひとつ」と江波はそれを遮ぎって、「ぼくの好きな女神像を見てください」と一米にもみたぬ樹木の精のようなものを指さした。

「灯が暗いから近よってください。この女神はチャームンダーと言います。チャームンダーは墓場に住んでいます。だから彼女の足もとには鳥に啄まれたり、ジャッカルに食べられている人間の死体があるでしょう」

江波の大きな汗の粒がまるで泪のように蠟燭の残骸が点々と残っている床に落ちていく。

「彼女の乳房はもう老婆のように萎びています。でもその萎びた乳房から乳を出して、並んでいる子供たちに与えています。彼女の右足はハンセン氏病のため、ただれているのがわかりますか。腹部も飢えでへこみにへこみ、しかもそこには蠍《さそり》が嚙みついているでしょう。彼女はそんな病苦や痛みに耐えながらも、萎びた乳房から人間に乳を与えているんです」

一時間前までは愛想よく冗談を言っていた江波がこの時、突然、顔をゆがめた。彼の頰を流れ落ちる汗はまるで泪のようにみえた。美津子も沼田も木口も磯辺も呆気にとられると同時にこの男が、ねじれた根のような女神像にどんな思いこみをしているかを感じざるをえなかった。

「ぼくはこのチャームンダー像が大好きです。この町に来るたび、この像の前に立たなかった時はありません」

「気に入ったね、私も」と思いがけなく木口が実感のこもった声を出した。「私はね、ビルマ戦線で死ぬ思いをしたが、この痩せこけた像を見ると、雨のなかで死んでいった兵隊を思い出す。あの戦争は……辛かった。そして兵隊の姿は……みな、こんなだった」

「彼女は……印度人の苦しみのすべてを表わしているんです。長い間、印度人が味わわねばならなかった病苦や死や飢えがこの像に出てます。長い間、彼等が苦しんできたすべての病気にこの女神はかかっています。コブラや蠍の毒にも耐えています。それなのに彼女は……喘ぎながら、萎びた乳房で乳を人間に与えている。これが印度です。この印度を皆さんにお見せしたかった」

江波は自分の感情を恥じるように、よごれた大きなハンカチで汗に濡れた顔を強くふいた。彼は印度に托して観光客たちにこの受難の女神を説明してきたが、実は彼自身の個人生活のなかで、夫に捨てられながら色々な苦しみに耐えて彼を育ててくれた母のことを思い出していた。

「じゃ、これは、ほかの女神たちとちがって……印度の聖母マリアのようなものですか」

「そうお考えになって結構です。でも彼女は聖母マリアのように清純でも優雅でもない、美しい衣裳もまとっていません。逆に醜く老い果て、苦しみに喘ぎ、それに耐えています。このつりあがった苦痛に充ちた眼を見てやってください。彼女は印度人と共に苦しんでいる。像が作られたのは十二世紀ですが、その苦しみは現在でも変っていません。ヨーロッパの聖母マリアとちがった印度の母なるチャームンダーなんです」

みんな黙って江波の話を聞いていた。そしてそれぞれが心のなかでそれぞれの思いにふけった。

「出ましょうか」

江波はあっさりと皆を促した。

「ほかの方たちが待ちくたびれていますから」

彼が歩きだすと磯辺と木口とがそのそばに寄り礼を言った。

「有難う、いいものを見せてもらった」

木口は更に一語つけ加えた。

「この地下室をおりて……私には、はじめてこの国になぜ釈迦が現われたか……、わかった気がするが」

「そうですか」

と江波はこの時、本心から嬉しそうな顔をした。

「そうおっしゃって頂くと、明日、仏陀が修行の後に最初の弟子に姿をあらわした場所を見て頂く意味があります」

外に一歩出ると強い光が額にぶつかった。洞穴の内部に入らなかった三條夫妻や女性たちは冷房のきいた観光バスのなかで冷えたコカ・コーラや椰子の実ジュースを買って飲んでいる。

「どうでした」と三條がたずねた。

「この通りの汗ですよ」と江波は元に戻って愛想よく答えた。三條は笑いながら、

「だから、ぼくは入らなかったんですよ。どうせ、埃まみれの仏像でしょ」

「仏像じゃなくて女神の像です」

「同じようなもんです。これから何処に行くんですか」

「聖なるガンジス河です」

「ライン河に行きたかったのに」と三條の新妻は無邪気に言った。「第一あそこは、こんなに暑くないわ」

「いよいよ母なるガンジス河です」

車内の冷房でようやく一息いれると、江波はマイクをとりあげた。

母なるという言葉はさきほど地下室に足をふみ入れた何人かに、毒蛇や蠍に嚙まれ、ハンセン氏病を病み、飢えに耐えながら子供たちに乳を与えていた女神を思いださせた。印度の母。母の持つ、ふくよかな、やさしさではなく、喘ぎ生きている皮と骨だらけの老婆のイメージ。にもかかわらず彼女はやはり母だった。

「今日の見学は明日のための前座のようなものです。明日、ちょうど太陽の光が雲を割る頃、出かけたいのですが、眠くて見物に参加なさらぬ方のために、今、御案内するわけです」

「早朝のほうが面白いんですか」

と三條が高い声で質問した。

「面白いものじゃありません。聖なるものです。金色の光が闇を割るのを合図のようにして、この街に集まってきた巡礼客たちが、数あるガートに集まってきます。彼等は争って母なる河に身をひたす。母なる河は生ける者も死せる者も受け入れます。聖なるという意味はそういうことです」

「死体の灰を流したそばで沐浴するって本当ですか」

「本当です」

「いやよ、わたし」と三條の若い妻が夫に言った。「そんな汚いもの、見たくない」

「ええ、ええ、バスに残っていらっしゃって結構ですよ。御気分が悪くなるといけませんから」

江波はもっともだと言うように、笑顔でうなずいた。三條は妻をかばうように、

「不潔と思わないのかなあ、印度人たちは」

「とんでもない。何度も申しあげるように、ガンジス河はヒンズー教徒にとって、聖にして母なる河ですよ。それだからこそ、いつの日かそこに流されるため、彼等は汽車や徒歩で長い旅をつづけ、この街にくるんです。ほら、窓の外を見てください。長い枯枝の杖をついた老行者が今、交差点を渡っています」

白髪鬼のように痩せこけた老行者がそのまま人々の渦の中に巻きこまれていく。

「ここは人が死ぬために集まってくる街です。ここに到着する幾つもの街道、たとえばパーンチコシ・ロード。ラージャ・モーティ・チャンド・ロード。ラージャ・バーザール・ロード。東西南北から多くの巡礼客が死ぬためにやって来るのです。ほら、彼等を乗せたバスや車が走っているでしょう。バスや車に乗れない者はあの老行者のように時間をかけて歩いてくる。日本のような国にはそんな街は」と江波は言葉に力をこめた。「絶対にないでしょう。絶対に」

死ぬために来る道。木口はその言葉からビルマの「死の街道」を思い出した。頰肉のそげた兵士たちの死顔、泥まみれの道に倒れて呻き声を出している傷病兵の群。夢遊病者のように歩いたあの「街道」。その街道さえ通過すれば、生き残れるとかすか

な希望を抱いた道。今の老行者もガンジス河にたどりつければ、転生できるという望みを持っているのだろうか。

人渦のなかに磯辺は何人かの裸足の少女を見た。牛や羊の間を一人の少女が通りぬけ、消えていった。別の少女は揚げ物屋の前にたって、飢えた眼つきで屋台の男が菓子を箸で持ちあげるのを見つめていた。

「探して」

妻の必死な譫言がまた聞える。

「約束よ、約束よ」

彼は今度、江波に話をして、一人だけこのヴァーラーナスィに残る考えだった。予定表によれば明日から一行は釈尊が初めて説教をしたサールナートを起点として仏跡の旅に出かけるのだ。

(見つけてやるぞ。待っているがいい)

磯辺は心のなかで、数えきれぬほど呟いた同じ言葉をくりかえした。

「見る？　よす？」

彼のうしろで二人の女たちの囁きがきこえてくる。

「見るわよ。折角、高いお金を払ってここに来たんだもの。話の種にも見なくちゃ、損じゃないの」

ダシャーシュワメード・ガートに到着したバスから日本人たちは次々とおり、三條夫人だけが席に残った。ガートとは、河におりるための階段である。たちまち彼等の周りを、物乞いの女子供たちがとり囲んだ。身もだえして口に何かを入れる真似をする子供、這いながら指のない手をさしだすハンセン氏病の女は日本人たちの憐みをさそった。三條が小銭を与えて聞こえよがしに叫んだ。

「なぜ、この子供たちを施設に入れないんですか」

「印度に来られる日本人は皆、同じ質問をなさいます」

と江波はそんな三條に笑いをうかべ、

「この子たちを施設に送ればその一家は飢えるんですよ。彼等は家族にとって重要な財源なんです。体の不自由な子もハンセン氏病の女もその病気を使って大事な働き手になっているのです」

「ひどい国だな。この国の政治家は誰なんです」

「御存知ありませんか、母なるガンジス河を想わせる、インディラ・ガンジー首相です。ネルーの娘ですよ。印度の母と言われています」

形も色も乱雑で秩序のない建物は巡礼者の宿坊や王侯の館や寺院である。それらの建物の間に、河に捧げるゲーンダーの花を売る花屋が並んでいた。

それを通りぬけた時、河は忽然と姿を現わした。

午後の陽を反射させ、広い河はゆるやかな曲線を描き、流れている。水面は灰色に濁り、水量は豊かで河床は見えない。ガートにまだ人や物売りが残っている。流れの早さは遠く川面に浮かんだ何か灰色の浮遊物の移動でわかった。その小さく見える浮遊物が次第に近づくと、ふくれあがった灰色の犬の死体だった。だが誰一人としてそれに注目する者はいない。この聖なる河は、人間だけではなく、生きるものすべてを包みこんで運んでいく。

浅瀬で何人かの男女が洗濯物を石にうちつけて、川岸に張った綱に干している。彼等はドービーとよばれ、洗濯を生涯の職業とするアウト・カーストである。川岸におりる石段には、大きな傘を立て、坊主頭で眼鏡をかけたバラモン僧の老人が客を待っている。バラモン僧のそばには、血のような色をしたバーメリオンの粉を売る男が座っているが、この粉はバラモン僧がヒンズー教徒の額に丸く小さく塗って祝福するためのものだ。

三條はさきほどまで憤慨したり蔑んだりしたことをすっかり忘れたように、自慢のカメラをかまえてこれらの風景をうつしまわっていた。

「三條さん」

と江波があわてて大声を出した。

「これから火葬場が近くなるにつれ死体が次々とガートに運ばれてきます。死体は決して撮らないでくださいよ。遺族たちの烈しい怒りをかいますから」

「死体を撮ってはいけない？　知っていますよ。だから撮りたいんです。カメラマンとして」

「冗談じゃありません。絶対にやめてください。皆に迷惑がかかります」

江波の言葉通り、ガートに葬列の男たちが一群あらわれた。三米ほどの棒二本を担架にして、それに薄赤い布で包み、金色のテープを巻きつけた遺体と思われるものを縛りつけて河岸近くにおいた。彼等はそこに自分たちの順番がくるのを辛抱づよく待っていた。死臭をかいだのか、始めは蝿の群がたかり次にいつの間にか烏の群がその近くを歩きはじめた。しかし遺族たちはうずくまったままそれを追い払おうともしない。

河は相変らず黙々と流れている。河は、やがて灰となって自分のなかにまき散らされる遺体にも、頭を抱くようにして身じろがぬ遺族の男たちにも無関心だった。ここでは死が自然の一つであることが顕然として感じられるのだった。

向こうのガートで五、六人の男女が沐浴している。男は下半身を白布で包み、女は色とりどりのサリーをまとい、水に体を浸しては合掌し、口をそそぎ髪を洗い、ふたたびガートに戻ってくる。沐浴しては石段で体を休め、ふたたび河に入る者もいる。

少し翳ってきた。石段にさきほどまで照りつけていた陽が少しずつ退いていく。しかし河は何の変化もなく同じように流れつづける。

「火葬場です」

と江波は硫黄のような黄色みを帯びた煙のたちのぼるマニカルニカ・ガートを指さした。

「その左側に並んでいる二階建て、三階建ての建物は死を待つ老人や不治の病人だけを無料で入れる宿舎です。彼等は死ねば火葬場にすぐ運ばれます。もっとも薪代のない貧しい者はそのまま河に流されますが」

「火葬場は写真を撮れませんか。死体はとりませんから。江波さん、頼んでくださいよ」

撮影にこだわっている三條の押しつけがましい求めに江波は強く首をふった。

「駄目です、絶対に駄目です」

「金をつかませたら、どうでしょう」

「撮られる遺族の身になってください。それはヒンズー教徒と死体への侮辱です」

ガートの石段に腰をおろして美津子と磯辺とは江波の怒ったような声をきいた。

「新婚旅行だというのに、あの男は女房をバスに一人おいたまま、写真の事に夢中になっている。一寸考えられんですな」

と磯辺はミルク色の川面を眺めながら話しかけた。美津子は自分も新婚旅行の折に夫を巴里のホテルにおいて、自分だけの世界を求めてランドの森を歩いたことを思いだした。

「磯辺さんのような御夫婦が今は珍しいんですわ。亡くなられた奥さまを探しにこの国にいらっしゃるなんて」

「しかしねえ、この河の水をあびる印度人たちはみんな転生を信じています。あなただって、この町のなかで……探しておられるんでしょう」

「私の場合は生きている友だちです。会っても会わなくてもいいんです」

「そうですか、その人は何のお仕事をしているんですか」

「神父になったと聞きました」

「神父？　神父がヒンズー教徒の町に住んで？」

磯辺がふしぎそうな顔をした時、背後で江波と沼田との会話が聞こえた。

「火葬されないのは薪代の払えぬ貧しい者と、それに七歳以下の子供です。子供の遺体は葦の舟にのせられ、貧しい者はそのまま水葬になります」

「魚をつっている人もいますね」

「ええ、その魚をこの町のホテルでは食卓に出しますよ。観光客には内緒ですがね。そろそろ帰りましょうか。明朝、早くここに来ます」

周りの陽はかげったが、ガンジス河だけはさきほどと同じように、すべてのものに無関心にゆっくり動いている。沼田はそこが死せる者たちの次の世界のような気がした。彼は自分がずっと昔に書いた童話を心に甦らせた。

新吉のお祖父さんもお祖母さんも八代海に面した村に住んでいました。お祖父さんは八年前に亡くなりましたが、元気な頃は烏賊《いか》つりの名人といわれ、村でも人気者の漁師でした。でもお酒が大好きで、そのために死んだのだと新吉のお父さんはこぼしていました。

東京にいる新吉はお祖父さんの家にあまり行きません。三年前、お盆に有明海に戻りました。そして昼はキラキラと光る八代海で、親類のお兄さんに泳ぎを教えてもらい、夜は夜釣りに連れていってもらって、毎日が楽しくて楽しくて仕方ありませんでした。浜から見ると烏賊つりの舟の火がまるで火の橋のように続いています。うら盆の夜、お祖母さんや親類の人たちは提灯に火をともし、それぞれ舟から海に流しました。

あちらにもこちらにも蠟燭の火をつけた提灯が流れていきます。

「お祖父ちゃんはこの海で魚になって生きとるとね」

とお祖母ちゃんは真面目に新吉に教えました。

「この海が、わしらが死んだあと住む世じゃもんね。お祖母ちゃんもいつか息を引きとったら、この海に流してもろうて、魚になって、お祖父ちゃんに会えるんじゃ」

お祖母さんは本気でそう信じているようです。親類のお兄さんに新吉は、

「本当かな」

とたずねると、お兄さんは真剣な顔で、

「本当だとも。村の者は皆そげん思うとる。俺の妹も小学校の時、死んだが、今は魚になって、この海の水底を泳いどる」

と答えました。

沼田のこの童話は大学生の頃の習作だったが、好きな作品のひとつである。このあと、村の近くに大きな工場がたって、その廃液が海をよごし、魚を苦しめ、漁村の人を病気にする話になるのだが、それは童話にしてはあまりに辛い話になるので、切ってしまった。村人たちがその工場を訴えたのは、病気の原因を作る廃液を流したことだけではなく、祖先や亡くなった両親や親類や兄弟が魚になって生き、やがては彼等もそこに生れかわる次の世を破壊したことだった。だが、次の世などを信じないジャ

ーナリズムは、そんなことより環境破壊のことや病気のことに重点をかけて報じたことも沼田は童話に織りこみたかった。

八章　失いしものを求めて

金属を引っ掻くような音は枕元の電話だった。その鋭い響きは何か異変のあった事を知らせていた。白い腕をのばして美津子は受話器をとった。

「成瀬さんですか、すみません。こんな時刻、電話をかけるべきじゃないんですが」添乗員の江波の声で、「木口さんが熱を出したんです。お客さんには印度で下痢をされる方が多いので用意してきた抗生物質を飲んで頂いたのですが、あまり効き目がないようです」

「わたくし、医者じゃありませんけど」

「ええ知っています。でも病院で働いておられたのでしょ。助けて頂けないでしょうか」

「フロントに連絡なさったの」

「ここのフロントじゃ、役に立たないんです。何もわからぬ女の子が夜勤でして、明日になれば医者に連絡するというだけです。だからぼくは今から大学病院に連絡をして医者を連れてきますが、その間だけでも木口さんを看て頂けないでしょうか」

彼女は大急ぎで身支度をすませ廊下に出た。午前三時頃で真暗だった。廊下の壁にはりつけたようにヤモリが一匹へばりついている。外では虫が洪水のように鳴いていた。フロントでは使いふるしたソファに疲労を顔ににじませた江波が、足を投げだし、口をあけ眼をつむっていた。そして壁のあちこちにピンでさした昆虫のように大きな蛾がとまっている。フロントの女が古ぼけた雑誌をめくりながら無遠慮に欠伸をした。

「ああ」と江波は眼をあけて発条《ばね》仕掛けの人形のようにはね起きた。

「大変ですね、添乗員のお仕事も」

「時々あるんですよ、こんな事は。でもたいていのお客さんは抗生物質で治るんですけれど」

「どんな症状なの」

「とにかく高熱です。食当りかと思ったんですが。ガンジス河でとれた鱒を食べると、やられる人が多いから」

裸足にひっかけたスリッパの音をたてながら彼は美津子をつれて階段をのぼった。木口の部屋は二階の、ちょうど美津子と反対側の廊下にあった。

「木口さん、一走りして医者をよんできますから」と江波は扉をあけて、電気をつけた。「その間、この成瀬さんが横についてくださるそうです。成瀬さんは病院ボランティアをされていたから安心です」

毛布の両端をつかんで木口は顔を半分そこに埋め、喘いでいた。

「すまん。御迷惑おかけします」

かなりの高熱らしく、体が小刻みに震えている。顔中、汗だらけなのがうす暗い灯の下でも一眼でわかった。

江波の足音が廊下の遠くに消え、部屋のなかに木口と美津子は二人きりになった。よごれたバスルームのタオルは何となく穢ないので、美津子は部屋に自分専用のそれとオーデコロンとを取りにいった。戻ってくると木口は相変らず震えていた。

「汗、ふきましょうね」

熱気と汗の臭いとが美津子の鼻をついた。それは彼女に、ボランティア時代の患者の体臭を一挙に思いださせた。体の動かしかたも、どこから拭けばいいかも美津子は承知している。オーデコロンの匂いが臭気と熱気とをわずかに涼やかにした。

「申しわけない、奥さん」

「心配なさらないで」

「兵隊の時、マラリヤをやりまして。キニーネで治したんだが、その再発かもしれん」

美津子も木口が口に出した病名を肉の落ちた老人の胸をふいてやりながら考えていた。悪寒と震えとがふたたび襲ってきて木口は毛布を体に巻きつけても歯の音をたてている。

「今はキニーネは使いませんのよ。もっとよく効くプリマキンという薬なんです。プリマキンなら印度の医者でも必ず知っていますよ」

「奥さん……」と木口が入歯をはずした口でたずねた。「医者は来てくれるだろうか」

微笑して美津子はうなずいた。曖昧な微笑は彼女が病院で「愛情のまねごと」を行う時の顔だった。「眼をつむって……眠ってください。大丈夫。横にいますから」

彼女は病人の手をとってその甲をさすった。これも、ボランティアの頃、よくやった「愛情のまねごと」のひとつである。木口はされるままになっていた。半時間ほどたって庭の奥からかすかに車の音が聞えた。耳をすまして美津子は、

「車だわ。江波さんと医者でしょう。意外と早かったですね」

木口は疲れきったように眼をつむった。ヘッドライトの明りが走馬灯のように部屋の窓を通過した。

美津子は部屋の扉をあけて二人を待った。部屋に入ってきた医者はまだ三十代ほどの若い印度人でガンジーのようにふちなしの眼鏡をかけていた。彼は木口の胸に押え

つけるように聴診器《ステト》を当てた。それから美津子のことを木口の妻と間違えたらしく、

「ミセス」

とよびかけ、血液をとることと注射をすることは患者の宗教戒律に反しないかとたずねたが、その英語の発音がクイーンズ・イングリッシュなので美津子は彼がおそらくロンドンに留学したのだろうと思った。

「マラリヤですか」

と江波がたずねると、医師は肩をすぼめ、解熱の注射をうち、あと木口の血液を小さな試験管に入れた。そして江波に眼で合図をして廊下に出た。

やがて疲労で充血していた眼をしばたたきながら江波が美津子を手招きした。

「弱ったな。悪性の伝染病かマラリヤなら入院して頂かねばならないし。でもぼくは今日の夕方はお客さんを連れてブッダガヤーに向うでしょ。もちろん木口さんは放っておけないから場合によっては入院して頂くし、カルカッタの関係会社から日本人の誰かに来てもらいますけど、今日の夕方まで間にあわないんです」

「でもこんな不測の出来事、今までもあったんでしょ」

「ありましたよ。しかし、抗生物質で治る下痢、腹痛の患者ばかりでね、マラリヤははじめてなんです」

「わたくしが」としばらく沈黙してから美津子は、「残ってさしあげましょうか」

「本当ですか」

江波は眼を丸くして言った。が、彼がそれを内心、期待していたのは明らかだった。

「そうして頂けるなら本当に助かります。成瀬さんなら言葉もできるし」

「英語は怪しいものよ。でもカルカッタの日本人が来てくださるまでは何とかするわ」

「お願いします。お願いしますよ。そのかわり明後日は必ず戻ってきますから、二日、頑張って頂けばいいんです。もちろん会社と連絡して成瀬さんの印度滞在費は引かせて頂きます」

「そんな御配慮は無用よ。わたくしは釈迦が悟ったブッダガヤーみたいな清らかな場所は性にあわないの。むしろ、悪臭の漂っているこの町のほうが気に入っているぐらい。ここへ残してくださるほうが逆に有難いですわ」

「本気にしますよ、その言葉」

美津子はまた例の微笑をうかべた。しかしこの時は自分の本心をかくすための、いつもの微笑ではなかった。印度にきて次第に興味を起したのは仏教の生れた国、印度ではなく、清浄と不潔、神聖と卑猥、慈悲と残忍とが混在し共存しているヒンズーの世界だ。釈尊によって浄化された仏跡を見るよりも何もかもが混在している河のほとりに一日でも残っていたかった。

「わたくし、もう少し木口さんを看ているわ」

と彼女は呟いた。

「あなた、これから朝のガンジス河に皆をつれていくんでしょ。少しお休みになったらいいわ」

「ガンジス河に行かないんですか、成瀬さんは」

「木口さんの容態がこのままなら放っておけないもの……」

一人になり、彼女は昏々と眠る木口のそばに腰かけ、入歯をはずした間のぬけたその顔を見おろした。ふしぎだ。つい半月前までは知りもしなかったこんな老人のそばで、夜を送る。この印度の、死のような夜、仏教でいう無明の夜。日本では想像もできぬ黒一色で塗りつぶした夜。

ふと、「テレーズ・デスケルウ」の一部分を思いだした。テレーズが夫のベルナールの看病をする夜の場面である。今夜とまったく同じように、かすかな光もない、かすかな音もきこえない、黒一色のアルジュルースの夜だった。テレーズは夫の寝顔を見ながら、突然、暗い衝動にかられる。

美津子が好きな場面。彼女が今夜だけでなく、かつて新婚旅行で夫の寝顔を見ながら感じた衝動。善良そのもので、仕事のほかは車とゴルフしか関心のない男の顔。それを凝視していると、美津子はいつも「テレーズ・デスケルウ」のあの場面を思いだした。何度も何度も読み返し、そのなかに自分の暗い何かの投影を見つけることのできたあの頁を。

この木口という老人がどんな人なのかまったく知らない。妻はいるのか、若い頃、どんな生活をしたのか。何のため一人で印度旅行に加わったのか、ニューデリーからここまでこの老人になんの興味もなかった。だがその無関係な老人の寝顔を見おろしていると、テレーズと同じような感情が一瞬だが胸をかすめる。彼女の心の奥にひそむ破壊的なもの、ヒンズーの女神カーリーと同じものを……

「ガストンさん」

とうなされた木口が譫言を言った。

「ガストンさん、ガストンさん」

何を言っているのか美津子には理解できないが、彼女は老人の頭に浮かんだ汗を夕オルでぬぐった。そして二時間前の高熱がかなり引いたことに気がついた。気づくと同時に彼女自身も人生の深い疲労をおぼえ、椅子に腰かけたまま眼をつむった。

どれほど眠ったかはわからなかったが、廊下をあわただしく歩く何人かの足音で美津子は眼をあけた。いつの間にか夜は明け、窓から午後の暑さを思わせる光が早くもさしこみ、ホテルの庭で小禽たちが鳴きかわす声が聞えた。病人は放心したように口をあけて眠りつづけていたが、その額に手をあてると、熱はほとんど引いたようで、汗くさい体臭だけが嵐のあとの臭気のように残っていた。

足音をしのばせて部屋を出ると、ちょうど向うから江波が二人の女性と来るところで、

「ガンジス河から、今、戻ったところですよ。本当に御苦労さまでした。二時間前、出発の時、そっと部屋を覗いたのですが、あなたが眠っていられるようでしたから、お誘いしなかったんです。本当助かりました」

江波はさすがに疲労を眼ににじませていたが、元気なのは二人の女性たちで、

「大変だったわね、成瀬さん」とその一人がはずんだ声で説明した。「でも、いらっしゃらなかったほうが良かったみたい。川岸は犬や牛のうんこで汚れているし、岸は死体を焼く臭いで――わたし、荘厳どころか気持悪くなっちゃった。本当に死体の灰を流すすぐその横でヒンズー教徒が口をそそいだり、頭を洗っていたわ」

「何度も言うようですがあれを見て印度に惹かれる人と、徹底的に嫌いになる人と二つに分かれますよ」

と江波は印度のためにいつもの弁解をした。

「沼田さんや磯辺さんは感動してくれましたよ」

「日本人のヒンズー教徒がいたわよ」と二人の女たちは声をそろえて言った。「ヒンズー教徒と同じように白い布で腰を覆ってねえ、江波さん」

「ドーティと言うんです。女の着ているものはサリー」

「ヒンズー教徒の死体を焼場に運ぶ手伝いをしているの。びっくりしちゃったわ」

「ぼくも驚きましたね、はじめは印度マニアの若いヒッピーかと思ったら、たんなる旅行者じゃないと言うから」

「話したんですか」

「ええ、一寸ね。もっとびっくりしたのは彼、職業は神父だというんです。基督教の神父がなぜヒンズーの恰好をしているんだと訊いたら、印度に来た以上、その土地の服装をするほうが自然だって。彼が運んできたのは金のない行き倒れの死体だそうです」

　美津子は眼を三人とは別の方角にむけてしばらく沈黙した。やがて、

「その人、何という名ですか」

　とかすれ声でたずねた。

「さあ、向うは言いませんでしたが、……でもこの街のアーシュラムに住んでいるそうです。ぼくも、ここは何度も来てますが、あんな日本人、初めてだな」

「アーシュラム」

美津子の声はまだかすれていた。

「ヒンディー語で修道院という意味です」

大津だ。その男は大津だ。美津子は胸にこみあげる感情を外に出すまいと耐えた。

「成瀬さんはお心あたりでも、あるんですか」

美津子は顔を横に向けてうなずいた。

「大学の時の……同窓生だ……と思います」

江波は何かの気配を感じたのか、一瞬沈黙した後、朝食はすんだかと話題を変えた。

「ええ、すぐ、頂きに参ります。でもその前に木口さんをもう一度、見て参ります」

彼女は木口の部屋に戻りながら、胸を過《よぎ》る感情を嚙みしめた。

あの大津が、至るところで挫折して、失敗ばかりしてきた男が、こんな場所で死体を火葬場に運んでいる。「神という言葉が気障で嫌なら玉ねぎとよんでもいい」ソーヌ河畔での大津のかすれた辛げな声は耳の奥に熾火《おきび》のように残っている。あの男はまだ性こりもなく玉ねぎのために生きている。美津子には見つけられぬもののために。

木口の部屋を覗いてから、自室に戻り顔を洗い、食堂におりた。日本人客は朝食をすませて、昼までの自由時間をすごすため、庭を散歩したり街に出かけていた。よごれた皿を印度人が少年に指図しながら片づけている食堂では一人だけが煙草をふかしながら窓の硝子にレースのような網目の模様を作る樹木を眺めていた。

「お早うございます」

と美津子が挨拶をすると、

「成瀬さんですね、沼田と言います。あなたは木口さんの看病のため、ここにお残りになるそうですね」

「はい、でもそのため、というより、わたくしがこの町を気に入ったからです」

「そうですか。私も江波さんに頼んで、残してもらうことにしました。今朝、ガンジス河のほとりに行って、改めてそう決めたのです。御迷惑はかけませんから」

と沼田は温和しそうに笑って、

「童話を書いている者ですが、私の童話のひとつに九州の八代海が出てくるのがあります。あそこの人たちは死者たちはみな海のなかで魚になり生きつづけると信じているんです。海は彼等の次の世界です。あそこの人たちにとって海は、ちょうどヒンズー教徒のガンジス河のようなものです」

こんな話を夢中になってする男なら一緒にホテルに残っても大丈夫だろうと感じ、美津子は、

「残って頂いたほうが、心強いですわ」

とボーイが運んできたダージリン・ティを飲みながら答えた。

幸いなことに木口は血液検査でマラリヤ病原虫を発見されなかった。高熱は暑さと老いによる疲労と何らかの細菌によるもので、入院の必要もなく、数日安静にしておればよいと、江波は昼近く昨日の若い医師から電話できいた。美津子はまだ不安で、

「たしかかしら。その診断」

「大丈夫ですよ。ぼくは必死でヴァーラーナスィの大学病院で当直医を呼んでもらったんですから。これで成瀬さんもツアーに復帰ですね」

「いいえ、わたくし、残りますわ。まだわたくしが残ったほうが木口さんも御安心でしょ」

「困るなあ、磯辺さんも沼田さんも三條さん夫婦も同じことを言っているんです。三條夫人はこれ以上、印度を歩きまわるのは嫌だって」

しかし江波にしても老人の万一の事態を考えて、そのほうが良いに決っていた。そうすればカルカッタから別の日本人を呼ばなくてもすむのである。

二時、ブッダガヤーに向う一行のため、バスが着いた。玄関まで磯辺と沼田と美津子は皆を送りに出た。バスが出ていくと、急に空虚になったホテルの庭でブランコだ

けがなまぬるい風に軋んだ音をたてて揺れていた。

「寂しくなりましたな」

ブランコの軋みを聞きながら磯辺が呟いた。人影のなくなった庭園は虫の声も静かで遠くカント駅のほうからだけ、ざわめきがかすかにする。沼田がふと気づいたように、

「三條さん御夫婦は？」

「さあ、知らんです」

「これから、どうなさいます」

「私は……」磯辺は口ごもったように、「一寸……出かけます」

「ガンジス河ですか」何も知らぬ沼田は、「ぼくもお供させてください」

「いや、実は……個人的な野暮用がありまして、一人で行きたいんです」

事情を察した美津子は沼田に眼くばせをして、

「沼田さん、木口さんの御容態がよいようなら、わたくしを河に連れていってください」

「いいですよ。ぼくもあの河が気に入っているんです。何度見てもいい」

三人はそれぞれ二階に戻ったが、美津子と沼田の二人は木口の部屋を覗いた。

磯辺は部屋の鍵をあけ、まだベッド・メイキングをしていない固いベッドに腰をお

ろして光の強い窓に眼をむけた。カムロージ村のラジニ・プニラルという少女。ヴァージニア大学から教えられたその少女。

印度にきてから磯辺は日本にいる時よりもっと妻を思い出すようになった。それも二人の日常生活の、何でもない光景を。

たとえば出勤で靴をはいている時、背後で妻がかける声。

「今日は遅いんですか」

「いや、食事には戻ってくる」

「夕食、チリ鍋にしようかしら」

「好きなようにしろ、俺は知らん」

そんな朝の、何でもない夫婦の会話。

あるいは妻が器用な手つきで編みものをしている光景。彼は囲碁の雑誌をみながら、碁盤に定石を並べて溜息をつく。

「駄目だ」

「何が駄目なんですか」

「碁をやって五年にもなるのに、初段さえ、とれん。今日も昼休み、石川君とうったんだが、三年目の彼にいいように弄ばれた。やはり年とって憶えても駄目だ」

「でも楽しいんでしょ」

レースあみの手をやめて妻は口さきだけで慰める。

「上手下手より、当人が面白ければそれで充分でしょ」

妻が生きている間は思い出しもしなかったありきたりな夫婦の会話、幸福でもなければ不幸でもなかった場面。そんな場面が遠い国に来て、午後のホテルの一室で、なぜ急に痛いほど胸をしめつけ甦るのだろう。妻はごく普通の主婦で、磯辺もありきたりの夫だった。生きている間は、感情を抑える性格の妻が、死ぬ直前にはじめて意外な面をみせた。

磯辺は運動靴にはきかえ、鍵と地図とカメラとを持って部屋を出た。

タクシーがくるまでフロントのマネージャーにカムロージ村の場所を教えてもらった。既に江波から話を聞いていたためか、口ひげをはやした浅黒い顔のマネージャーは、「わたしが運転手《ドライバー》に教えておくから」と不安げな磯辺に指で丸印をつくった。

タクシーが来た。その熱いシートに腰をおろした時、苦痛にも似た動悸を感じた。彼は妻が生きている間、死後の転生など一度も考えたことはない。そして妻のあの叫びによって、不意に大きな車が眼前に飛びこんで、こちらの人生の方向も行先も変えるように、再生とか転生という二文字が出現したのだ。

そのくせ磯辺はまだ半信半疑だった。ヴァージニア大学に連絡をとり、親切な研究員から手紙をもらった後も、彼は正直、疑いが晴れず、確実なのはあの時の妻の声だけだった。信じられるのは心のなかにかくれていた妻への愛着だった。そして今、ここに誰かから、もし来世があってふたたび結婚するかと問われれば、今の磯辺は即座に妻の名を口にしたにちがいなかった。

美津子は病人の部屋に電話をかけた。

「はい」

と木口の沈んだ声がすぐ戻ってきた。

「如何です、御気分」

「ああ、あんたですか。お蔭さんで熱も引き大分、元気になりました。本当にお世話になった」

「よかったわ。食欲は」

「はい、昼に江波さんがスープとサンドイッチをルームサービスで運ばせてくれました。サンドイッチにはまだ手をつけておりませんがね、医者も夕方もう一度、来てくれるらしいです」

「わたくし少し町に出かけて宜しいでしょうか。もちろん町からまたお電話を入れますけど」

「御迷惑ばかりかけます。でも、この通りですから、出かけてください」

身支度をしてロビーにおりると沼田が膝の上にスケッチブックをおいて彼女を待っていた。

「木口さんは随分、お元気になられたようですわ」

「そりゃ、何よりだ」

「電話をもう一本かける間、待ってくださいますか」

美津子はフロントでヴァーラーナスィのカトリック教会に電話をかけてもらった。受話器を受けとって耳にあてるとながい間、コール音がひびいて誰も出てこず、やっと返ってきたのは年寄りの女の嗄れたヒンディー語だった。フロントの男に代ってもらったが、結局、得られた情報は、大津などという日本人はおらず、英語をしゃべる宣教師たちも外出しているということで教会の住所を知ることだけで諦めねばならなかった。

「誰かをこの町でお探しですか」

タクシーに乗りこむと、今の電話をうしろで聞いていた沼田がたずねた。

「今朝、皆さんと河の見物にいらっしゃった時、日本人にお会いになりませんでしたか」

「観光客ですか」

「いいえ、火葬場で働いている人で」

「ああ、ヒンズー教徒と同じような恰好をした日本人」

「その日本人は、わたくしの大学時代の、知りあいだと思います。神父になりたいと言っていましたから」

「それで彼を探すため、河までいらっしゃるのですか」

「ひょっとして、火葬場にまだいるんじゃないかと思って」

「よほど、お親しかったんですね」

何げない沼田の言葉に美津子は思わず顔を赤らめた。彼女は自分の乳房と乳房の間を動きまわった大津の頭をなまなましく思いだした。

「臭いますわね」

と彼女は急いで話をかえた。

「何が」

「ほかの国では臭わないものが。人間の臭いが」

「嫌《いや》ですか」

「嫌じゃありません。好きです。この臭いはわたくしを疲れさせませんもの。逆にたとえばヨーロッパなどに行くと――わたくし、そんなに知らないけれど、仏蘭西なんか、そうだわ。三、四日で芯の芯までくたびれてしまいます」

「ほう、なぜだろう」

沼田は好奇心と嬉しさとの混じりあった眼で美津子をみた。

「だって仏蘭西なんて、あまりに秩序だって、混沌としたものがないんですもの。カオスがなさすぎますわ。コンコルド広場やヴェルサイユの庭を歩いていると、わたくし、そのあまりに整然とした秩序を美しいと思う前に疲れる性格なんです。それにくらべると、この国の乱雑さや、何もかもが共存している光景や、善も悪も混在しているヒンズー教の女神たちの像のほうが、かえって性に合うんです」

「西欧人ってカオスは嫌いなんだ。成瀬さんは混沌としたほうが好きなほうですか」

「そんなに理窟っぽいんじゃありません。ただ好きも嫌いも」

窓から吹きこむやっと涼味のまじった風と沼田の邪気のない眼に、美津子はうっかり気を許し、冗談を言った。

「わたくしだって、自分で自分がよくわからぬ混沌とした女ですもの」

「はあ」

沼田は曖昧な返事をした。

昨日と同じように夕陽のなかで騒がしい町に入る。夕日は店々に並べられたメッキの皿や壺に反射し、印度映画の大きな看板の前に観客とリクシャーが並び、電線にあまたの鴉《からす》が音符のようにとまり、首の鈴を鳴らして羊と牛とが自動車を停止させている。

　彼が妻の死後、やっとわかったのは夫婦の縁というものである。数えきれぬほどの男女があるのに、そのなかから人生の同伴者となった縁。たしかにそれは偶然の出会いにちがいないのに、今の磯辺はその縁が生れる前からあったような気がする。

　タクシーの窓から白く乾いた道の片側に植えられたガジュマルの並木が続く。車がまきあげる砂煙。並木の向うにひろがる小麦畠。禿鷹《はげたか》が二羽、崩れかかった農家の塀にとまり、畠では黒い大きな水牛が農夫にひかれてゆっくり歩いている。すべて何処にもある印度の田舎の風景である。

　妻との思い出にふける。

　結婚生活二十年目を記念してはじめて夫婦で北海道に旅行をした時のことを。夫婦は飛行機を使わず東北を通過する寝台車を利用した。夏の夕暮、上野駅をたった車窓に通りすぎていく樹々の葉が光り、茜色になりかけた空に山々の影が美しかった。ふと気づくと妻は頰に微笑をたたえて遠い山並を見つめていた。彼女は何も言わなかったが、新婚旅行以来はじめて夫と二人きりの旅に、幸福を感じていたにちがいない。しかし磯辺のほうはそれが逆に照れくさくてたまらず、立ちあがってビュッフェ車に

飲みものを買いに行った。戻ってくると、まだ微笑を頰に残している妻に、

「おい、飲物ぐらい買ってこい」

と小声で怒鳴った。そんなつまらぬ思い出が次々に水泡のように浮かんでは消える。

タクシーは凸凹の道を烈しくゆれながら幾つもの村を通過した。どの村にも共同の井戸があり、井戸のまわりには壺やバケツをおいて女たちが髪や足を洗っていたり、掘立小屋のような傾いた小屋のなかで、男が散髪をしていた。素裸の子供が井戸の周りを駆けている。

陽に曝《さ》らされた、こんな村に妻が生まれかわっている——そう考えただけで鉄鋏《ペンチ》で胸が締めつけられるような気持になった。よごれた井戸の周りをはねまわっている裸の子供たちのなかに妻がまじっている。信じられない。夢でもみているようで、磯辺は俺は何という愚劣な行為をやっているのだとハンカチを持った手を握りしめた。

「戻ってくれ」

黙々と真正面を向いている運転手に声をかけかかった。咽喉に引っかかったその声が口から出ようとした時、磯辺の気持が反映したのか、運転手は突然、ふりむいて、

「カムロージ、カムロージ」

と砂埃の彼方を指さした。目的地のカムロージがすぐだと言うのである。

指さす方向は通過してきたすべてと同じ風景で、ガジュマルの木の並んだ小麦畠の上に鴉が舞い、農夫が水牛を引張っている。夕暮ちかい陽ざしは強烈にすべてのものを押えつけている。

眼をつむり妻の声を聞こうとした。なぜか、今朝までは耳の奥できこえた妻の最後の声は蘇ってこなかった。

砂煙をあげてタクシーは井戸の前に停った。ここでも裸の子供たちが集り、母親や姉らしい女たちがサリーをぬらしたまま壺にくんだ水を頭にかけていた。彼女たちは急停車したタクシーからおりた運転手と磯辺の姿とを、不安そうな眼で見つめ、子供たちは手を出して金をねだりはじめた。

その子供たちのなかに髪と眼の色の真黒な少女がいた。彼女も磯辺の前で、何かを口に入れる恰好をした。

「ラジニ」

と磯辺は紙をとり出し、江波に書いてもらったヒンディー語を口に出した。

「ラジニ？」

少女は首をつよく振った。しかし手は出しつづけた。

「ラジニ、ラジニ、ラジニ」

磯辺の口まねをして子供たちがはやしたてた。しかし彼等は何も理解していないようだった。人生に敗北したような悲しみが磯辺の胸にこみあげた。

「今度の旅行で何が気に入りましたか」

「わたくし？」美津子はしばらく黙ってから「まずガンジス河、それからあの蒸風呂のような暗い地下室で見た女神チャームンダーの像。あの時の、江波さんの話もよかった。あの人が顔中、汗を流して、その汗が床をぽたぽた濡らしましたわね」

彼女は樹の根がからみあったように身悶えしている女神のすすけた姿を思いだした。ニューデリーでは女神カーリーの慈悲と兇暴とが共存した像に心ひかれたが、この街に来てよかったのは、あの暑さと息ぐるしさとのなかで耐えた二十分だった。ガート近くの路には今日も子供のほかに指をすべて失ったハンセン氏病の病人たちが並んで物乞いをしていた。指のないその手や、よごれ切った布で崩れた皮膚をかくしている男女が沼田と美津子に呻き泣くような声をだした。

「同じ人間だ」たまりかねて沼田が泣きそうな声を出した。「この人たちも……同じ人間だ」

美津子は返事をしたくなかった。だからと言って観光客のわたしたちに何をしてやれるのだ、という声が心の奥できこえる。三條や沼田のような安っぽい同情は美津子をいらいらとさせる。愛のまねごとはもう欲しくなかった。本当の愛だけがほしかった。

ガートは昨日と同じ風景で、ドーティから水滴を滴らせた長髪の印度人が、大きな傘の下に腰かけた僧侶から祝福を受けていた。火葬場に近よると、そこには頭から足まで黒色の布に巻かれた死体が地面におかれていた。炎のなかには別の死体が焼かれている最中だった。焼け残った人肉を狙って褐色の野良犬と不吉な禿鷹の群が遠くからじっと窺っている。

「お婆さんの遺体ですね」

と沼田は死体の痩せ細った足や足首をみて呟いた。炎で顔は見えない。美津子はこの老婆の人生をもまた女神チャームンダーに重ねた。女神のように老婆はこの世で苦しみ、耐え、それでも萎びた乳房で子供たちに乳を飲ませて死んだのだと思った。そして大津がそんな人間を十字架を背負うように背負って、この河まで運んでくる……

「見えませんか」

「誰が」

「わたくしの友だち。今朝、沼田さんたちがお会いになった日本人」

「そうですすねえ、どうも見当らないなあ」

「やはり」

「彼、神父さんなんでしょ。電話をかけられた教会に行かれたらどうでしょうか」

急に磯辺のことを思い出した。今頃、彼はどこにいるのだろう。あの手紙に書かれていた村で問題の少女と会えたろうか。この町で自分が大津を探しているように、磯辺もこの時間、死んだ妻を求めているのだ。

「沼田さん、転生をお信じになる」

「ぼくですか。残念だけど、……まだわからない、というのが実感です」

「わたくしも、同じだわ。でも人生には、わからないことがたくさん、残されているんですね」

「どういう意味ですか、それは」

「わたくしの、その友だちが、この町でやっている事を考えたんです。その友だちは普通の人から見ると馬鹿な生き方をしてきたけど……ここに来て、わたくしにはなんだか馬鹿でないように見えてきましたの」

教会の呼鈴をいくら押しても応答はなかった。これ以上、呼鈴を押すことが極端に非礼と思えた時、やっと木靴を曳きずるような足音が聞え、扉があいて、白い修道服を着た白人の老神父がきびしい表情で美津子に向きあった。

「大津？　ここにはいない」

大津という名前を聞くと、いかにも頑固そうなその老神父の顔に当惑以上の不快感がうかんだ。

「わたくしは、彼の大学時代の友だちです」

「彼について、私は何も知らない」

「どこにいるのでしょうか」

「わからない」

「この町のなかですね」

「そうだとは思うが、それ以上は知らない。我々は彼について責任を負っていない」

老神父は西部劇に出てくる法を守る老シェリフのような頑固な容貌をしていた。法を守るシェリフが法を裏切った男のことを、不快感を抑えて話をするように話した。そして急いで扉をしめた。

夕陽がうすく教会に面した塀を染めていた。黒い野良犬が二匹、塀の下の塵芥をあさっていた。美津子はそこに自分が突き放された気がした。いや突き放されたのは彼女ではなく大津なのだ。西部劇のシェリフのような顔をした老神父が大津に好意を持っていないことは今の口調からはっきりわかる。リヨンの修道会でも、うまく溶けこめなかったように、あの男はここでも何かの失敗をしたのだろう。

「居場所はわかりましたか」

タクシーの前にたって彼女に声をかけた沼田に彼女は手をふって、

「駄目でした」

「あなたを待ちながら、今、このタクシーの運転手と話をしてたんです。ガンジス河の火葬場で遺体を運ぶ男たちのなかに日本人はいないかと。すると彼は、自分は知らないが、近くに印度人と結婚した日本女性が経営するペンションがあるから、そのペンションに聞けばわかるかもしれない、と言っていましたよ」

「何というペンションですか」

「彼はクミコ・ハウスと言っています。若い日本人の旅行者が次々と泊るそうです」

「連絡してみようかしら」

「晩飯をどこかのホテルでとり、そこのホテルでクミコ・ハウスに連絡なさったら如何でしょう」

運転手に一番近くのデラックスホテルの名をたずねると「ホテル・クラークス」と暗記したように答えた。タクシーが人と牛とリクシャーの渦を通りぬけると、突然、前方で破裂したように楽隊の音が響いた。人々の叫ぶ声と笑い声がまじり、車の警笛が幾度も幾度も鳴った。

「メリッジ、メリッジ」

運転手は相好を崩して、沼田と美津子に説明した。この先のホテルで大きな結婚披露宴が開かれるので路が混雑しているというのだ。

「通りぬけられるのか」

沼田が心配そうにたずねると、印度に来て二人が何度も聞いた言葉がはねかえってきた。

「ノー・プロブレム」

だがその返事にもかかわらず、五分たっても十分たっても車は一向に動かない。

「そのホテルの名は」

たまりかねて沼田がまた声をかけると、運転手は平気な顔でさっきと同じホテル名を口にした。

「ホテル・クラークス」

沼田と美津子は顔をみあわせ、思わず笑った。

「本気なのか、馬鹿にしているのか、まったくわかりませんね」

「これも印度なんですね。ね、印度の結婚式を見に行きましょうよ」

二人はタクシーを乗り捨て、少し浮き浮きした気分で車の混雑した通りを歩きだした。クリスマスツリーのように豆電球を樹から樹にからませたホテルの前で、楽隊が太鼓を叩きトランペットをふいていた。タキシードを着た若者たちと豪華な絹のサリーをまとい、額に朱の徴《しるし》をつけた女性が次々とホテルに吸いこまれていく。

「富裕階級の結婚式ですね」

と沼田がつぶやいた。

「河のほとりの、ぼくたちの見てきた人間たちとは別世界だ」

美津子はそばにいた華やかなサリー姿の娘にたずねた。

「何を皆は待っているんです」

「花婿が今、白い馬でやってきます」

娘は笑くぼのある丸い笑顔で、洗練されたクイーンズ・イングリッシュで答えた。

「白い馬で？」

「ええ、ここでは花婿は白い馬で花嫁のところに来るんです。それが私たちの国の美しい習慣です」

休んでいた楽隊がふたたび炸裂した音をたて、スーツ姿の若者たちがいっせいに路のほうから流れこんできて歓声をあげ、拍手した。

赤いターバンをまき、白馬にまたがって花婿が遂に姿をあらわした。楽隊の音に興奮する馬から不器用におりた彼は、運動競技の勝利者のように両手をあげた。とり囲んだ招待客たちが籠から白や赤の祝福の花をとって彼に投げる。

「あなたは旅行者？」

と丸顔の笑くぼの娘は美津子に好意をもった眼をむけ、

「日本の方でしょう」

「ええ」

「印度の結婚式を御覧になるのははじめて？　一緒になかに入りましょうよ。ホテルの庭でガーデンパーティをやっていますから」

「わたくしは招かれていません。友だちと一緒です」

「ハッピーな席には招かれなくても出席できますのよ。この国では」

気弱く遠慮している沼田を無理矢理、促してホテルの庭に足をふみ入れると、そこにも樹々に豆電球を巻きつけて菓子や果物を並べたテーブルの白さが眼にしみた。急づくりの舞台では踊子が三人、手と足とをセクシーにくねらせて舞っていた。四人の楽士がそれぞれ木で作った楽器をならして伴奏している。

えくぼの娘が友だちに沼田と美津子を紹介すると、たちまち二人の周りには愛想笑いをうかべた青年たちが囲み、

「面白いですか」

「とても、面白いですわ」

「日本の結婚式とちがうでしょうからね」

「そういう意味ではなく」美津子はいつもの意地悪な衝動にかられた。「結婚式があ

まりに印度的だからですの」

「ほう」彼女を囲んだ青年たちはいっせいに嬉しそうな表情をしたが、その嬉しそうな表情に美津子は紙礫《かみつぶて》のような嫌味を投げつけた。

「さっきまでわたくしはガンジス河のそばでたくさんの子供に会いました。子供たちは並んで手を私にさし出しました。三時間後」彼女は仏蘭西語よりは得意ではない英語の言葉を探した。意味が通じればいいのだ。「別の階級の人たちのこんなすばらしい、豪華なパーティを見ています」

盛装の若者たちの顔から社交的な笑いが消え、引きつった表情になり、口々に何かを言いはじめた。眼鏡をかけた一人が牧師のような口調で説明しはじめた。

「奥さんはおそらく我々の国のカーストを批判しておられるのでしょうね」

「批判はしていません。ただあまりの違いに驚いているんです」

「御説明します」青年の口調はますます牧師のようになった。あるいは米国の映画に出てくる若い弁護士のようになった。「アンベドカル博士の名前をお聞きですか」

「いいえ」

「インドの憲法を作り、独立印度の法務大臣を務めた人です。彼の作った憲法ではかつての宗教上の階級差別を廃止しています。御存知だと思いますが、我々の尊敬するマハートマ・ガンジーはアウト・カーストを神の子《ハリジヤン》と呼びました」

演説口調の英語は美津子にはむつかしかったが、そこまでは大体の意味はつかめた。彼女は彼の口の動きを見ながら、急に江波がこぼしていた言葉を思いだした。

(印度人のインテリの嫌なところはね、プライドだけが高くて、内容に乏しい長広舌と威張りくさる点ですよ)

「今はハリジャンのなかには役人もいます。大学で働いている者もいます」

「わかりました《アイ・スィー》」

「外国の方から、よくあなたと同じ質問を受けます。しかし印度は前進しつつあるのです。あなたはネルーと現在の印度の女性首相インディラ・ガンジー首相の往復書簡をお読みですか。世界的ベストセラーですから、日本語でもきっと訳されているでしょう」

「東京ではベストセラーだったと思います。わたくしは読んではいませんけど」

「読まなくてはいけませんよ。その本のなかに、ネルーは娘のインディラに書いています。今のアジアはヨーロッパに抑えられているがもともとアジアの方がはるかに進んでいたのだ。それを回復するのが印度人の使命だ、と」

青年の単純な長広舌はわずらわしかった。彼女は眼で沼田を探したが、色とりどりのサリーやタキシードを着た招待客のなかに彼の姿は見当らなかった。

「あなたはインディラ・ガンジー首相を女性として、どうお思いですか」

「わたくしには印度の政治の知識がまったくありませんの」

「彼女は印度の母です。印度のさまざまな宗教さまざまな民族の、対立や矛盾が彼女の女性としての優しさと強さとによって支えられています」

「ごめんなさい。わたくし、友だちを探してきます。いろいろ御説明いただいて有難うございました」

「誤解がとけて、私たちも嬉しく思います」

彼女はこんな理屈を信じていなかった。青年の空虚な話のなかには美津子の一番嫌いな偽善の臭いが腐った魚のように漂っていた。女神カーリーには慈悲と共に邪悪があったが、偽善はなかった。女神チャームンダーには苦悩と病気と愛とが樹の根のようにからみあっていたが偽善は存在してなかった。美津子は女神カーリーやチャームンダーやガンジス河のある印度を愛したが、この青年の演説は好きになれなかった。

彼女をとり囲んでいた浅黒い健康的な肌と社交的な温厚さとを持った青年たちの顔がほっとしたような笑いをとり戻した。

「ポンチは如何」

とさきほどの笑くぼの娘が、戦いでこわされた街をおずおずと探りにきた女のようにふたたび姿を見せた。

「有難う」美津子はまた嫌味を言った。「私はポンチより強いアルコールが好きです。友だちを探してきます」

彼女は庭園からホテルに戻り、そこに並んだスヴェニャー・ショップの前でつまらなさそうにショーウインドーを見ている沼田に、

「やっと逃げ出してきたわ。早く抜け出しましょう」

「皆にとり囲まれていましたね。成瀬さんはもてたんですよ」

「印度の憲法の話を長々と聞かされたのよ。ポンチの味のような話でしたわ」

沼田はその意味がわからず、人がよさそうに、

「クミコ・ハウスに電話をかけておきましたよ」

「本当？　それで」と美津子は思わずはずんだ声を出した。「何かがわかりましたか」

「ええ」

と沼田は少しためらった後、

「あなたの友だちは……町のいかがわしい場所に出入りしているそうです。そこに行けば会えるだろうって」

「いかがわしい場所？　何をしているんです。彼」

「わかりません。どうします、その家に行きますか」

「疲れましたわ」

と美津子は吐息と共に思わず愚痴をこぼした。今日の午後は眼にみえぬ大津にふり

まわされているような気分がした。そして自分につき合ってくれた沼田に、

「ごめんなさい。あなたの時間を無駄にさせました」

「かまいません。ぼくは他の町に行くより、このヴァーラーナスィにいるほうがいいんです。ところで食事、どうします」

「私たちのホテルに戻りましょう。結婚式の人たちにまたつかまるのは嫌だから」

ホテルの前にはまだ物乞いの子供たちが残っていた。招待客の一人が現われて小銭を彼等の頭上にまくと争いながら子供たちは地面を這いまわった。それを見るとさきほどの青年のハリジャン（神の子）という言葉とその牧師のような滑らかな演説口調が美津子に甦った。

「ここを抜けると大きな通りに出るようです」

と沼田はそこだけ洞穴のような小道を先に入った。

動物や尿の臭気が鼻をついた。息をこらえて美津子は喧騒が伝わっている口腔の奥に似たこの裏道を進んだ。足に何かふれて思わず声を出した。

「どうしました」

「何か踏んだらしいの」

沼田はうつむいて足もとを見つめ、

「人間だ。生きている……」

「病気かしら」

「わかりません。飢えて倒れているのかもしれません」

結婚式の男のように沼田が小銭をまく音が響いた。まいた小銭の音はむなしさと無力の響きがした。

九章　河

ホテルに戻って奥にあるたったひとつの食堂に行くと、まだ少年っぽいボーイの一人が眠そうに坐っていて、磯辺が真中のテーブルでウィスキーの瓶をおいて飲んでいた。一匹のヤモリが接着液ではりつけられたように壁にしがみつき動かなかった。

「ただ今」

と美津子は磯辺に挨拶をして沼田と共にケチャップの染みのついたテーブルについた。何もきかなくても、磯辺の酔った顔と汗がにじんでいる額を見ただけで、この男もむなしい一日を送ったことがわかった。

「どうでした、友だちは」

と磯辺のほうから顔をあげて声をかけてきた。

「いいえ、無駄足でした」

「そう、私も……同じだ」

「いなかったんですか」

「この町に引越したんです、働き口を探して一家で移ったんだそうです」

「住所は」

「わかるもんですか。貧しい村でした。昔の日本にもあんな村はありゃせん」

磯辺は絶望を叩きつけるような声を出した。温厚な彼がこんなに酔っているのを見ただけで心の辛さが伝わってくる。

沼田も彼女も沈黙したまま、運ばれてきた痩せた鳥肉を口に運んだ。

「成瀬さん。その帰り、私が何をしたと思いますか」

磯辺はウィスキーをコップに半分ほど注ぎながら、からむような声を出した。

「私はね……占師の家に行ったんですよ。印度の占師の家に」

「信じていらっしゃるんですか」

「信じてなんかいませんよ。女房が生れかわったこの手紙の話だって、私はね、信じていません。ただ、人間って妙なもんですな。意地になったのかもしれん、藁をもつかむ気持になったのかもしれん。雇ったタクシーの運転手が同情してくれたのか、急にこの町で有名な占師に聞いたらどうかと教えてくれたんです。その占師はさすが印度だけあって、客の前世や来世が何だったか、何になるかを当てるんで有名なそうだ。滑稽ですな。我ながらそんな家にまで出かけた自分が滑稽だと思っていますが」

彼は自棄《やけ》になったように琥珀色の液体を一気に飲み、

「占師はね、詰襟みたいな服を着た男でして――そうそう印度のネルーがよくあんな恰好していた。大学教師のような顔をしやがって指に大きな石を入れた指輪をはめ……彼女はあたらしく生きかえって、今はとてもハッピーだ、と自信ありげに言うのです。チーク材の本箱から何やら大きな本をとりだし、女房の名をローマ字で書いて何かを計算し、それで高い料金をふっかけまして」

美津子は黙ったまま眼を伏せ、ナイフとフォークを黙って動かした。幻影を追っている磯辺が重かった。事情を知らぬ沼田も磯辺の気配に圧されて何も口を出さなかった。

「そして私が、今、彼女は何処にいる、と聞いたら、調べておくから、明日、来いと言うんです。どうせ出鱈目の住所を教え、金をとるんでしょうが……」

「いらっしゃるんですか」

「ええ、行きますよ。情けないですね、自分の気持に結末《けり》をつけるために。それでさっぱり諦められる。そうだ、印度に来てここまでやれば、死んだ女房も成仏してくれるでしょう。そうですね、成瀬さん」

あの病室で我儘ひとつ言わず臥していた磯辺の妻の顔が浮かぶ。そしてほとんど毎日のように仕事を終えたあと、見舞に来ていたこの男。どこにでもいる平凡で目だたぬ夫婦。そんな夫婦の間にも誰も見抜けぬ彼等だけのドラマがあった。

「いや、失礼しました。酔って、とり乱しました」

我にかえった磯辺は沈黙している二人に詫びたが、声は半ば泣声に近かった。三分の一ほど残っているウィスキーの瓶を握って立ちあがり、

「生れかわりなど……、ありもせんことを願ったのが……失敗でしたよ」

と泣き笑いの表情をみせ、食堂を去っていった。

「どうなさったんです、あの人」

と沼田が呆気にとられたようにたずねた。

「どうしたんでしょう」美津子はとぼけた。しかし彼女はその時、思った。磯辺と自分とは幻影を求めている点で、結局、同じなのだと。「それより木口さんが、気になりますわ。一寸、電話をかけてきます」

翌十月三十一日。

事件が起った。

朝、化粧をすませた美津子が階下におりると、フロントには誰の姿もなく、十人ほどの従業員たちが、食堂にただひとつあるテレビの前に集まり、日本人では沼田と回復したばかりの木口とが食事もせずテレビを見つめていた。そのテレビの画面には、サリー姿のインディラ・ガンジー首相の顔だけが静止したまま映っている。

美津子をみて沼田は、

「大変ですよ。殺されたんです、インディラ・ガンジーが」

「首相が？　誰に」

「よくわからない」

美津子も食い入るように画面にそれだけいつまでも映し出されている銀髪の女性首相の静止画像を凝視した。アナウンサーは政府スポークスマンが今朝の九時過ぎに、首相が官邸で暗殺された事を繰りかえしている。

「えらいことですな」

沼田が食卓の椅子に腰かけると、それにならった木口が溜息をついた。沼田はうなずいて、

「うっかりすると、ぼくたち観光客は足どめをくうかもしれない。江波さんや他の日本人たちは明日、ここに戻ってくる筈ですが、国内飛行機が飛ぶかどうか、心配だな。おそらく戒厳令になるでしょうから」

「江波さんの事だから、きっと連絡してくれると思うわ」と美津子は呟いた。「それまで、静かにしていましょうよ」

昨日から、まったく顔を見せなかった三條夫婦が晴れやかな顔をして食堂におりてきた。三條は既に愛用のカメラを肩にぶらさげていた。

「お早うございます。今日もいい天気ですね。おや、何かあったんですか」

「この国の首相が暗殺されたんです。今朝」

「そうか、それで皆が集まっているんですか。しかし、ぼくらには関係ないことだし……」

「冗談じゃない。うっかりすると我々の帰国だって延びるかもしれない」

さすがの沼田も怒ったような声を出した。途端に三條の新妻の子供っぽい顔がゆがんで、

「どうするのよ、だからヨーロッパにしようって言ったでしょ」

「そのかわり、写真が何枚も撮れたじゃないか。写真は結局、素材なんだ。誰も写さないものを撮るのが勝ちなんだよ」

と三條はしきりに弁解している。

フロントで電話がけたたましくなった。それを合図のようにテレビに釘づけになっていた従業員たちが散った。フロントから、

「ミス・ナルセ、テレフォーン」

という声がした。うつむいて朝食のメニューを拡げていた美津子はすぐに江波からの連絡だなと立ちあがったが、その通りで、江波の切迫した声が受話器の奥から、

「知っていますか、今朝の大事件」

「ええ、テレビで。今、どこですか」

「パトナーです。ここは今のところ平穏ですが、デリーでは軍隊が出たらしい。まだ情報がよく摑めないんです。いいですか。私たちは明日は必ずヴァーラーナスィに戻ります。皆さん、状勢を見て安全に行動してください。今朝の事件もシーク教徒の不満の爆発によるらしいので、町で焼きうちなどがあるかもしれませんから外出は気をつけてください」

「わかりました」

「それから、木口さん、大丈夫ですか」

「今朝はもう私たちと一緒に食堂にいらっしゃいます」

美津子が電話を切った時、やっと磯辺が疲れ切った顔をして食堂に顔をだした。

「昨夜はとり乱して申しわけありませんでした」

「わかりますわ」

磯辺は暗殺の知らせをきいて、二日酔いからさめたようにテレビを見守った。

やがて画面には首相官邸の周りを警戒する戦車や兵士の群と、あちこちで煙がたちのぼるニューデリー市がうつし出された。ふたたび従業員が食堂に集まってくる。六人の日本人は懸命に聞きにくい印度なまりの英語から首相がテレビに出るため公邸から執務室に向う小道で護衛の警官にまじったシーク教徒に射殺されたのだと知った。

「シーク教徒って、一体、何です」

三條がやっと運ばれてきた朝食をたべながら尋ねたが、江波のいない日本人たちグループは複雑なヒンズー教徒とシーク教徒との対立や関係は一向にわからない。

「旅行案内書には頭に布をまいて短刀をもっている連中と書いてあったけど」

と沼田が心細い返事をした。

「とに角、状況がわかるまで、ホテルに残りましょう」

と美津子が提案すると三條は、

「大丈夫、大丈夫。ホテルの庭にはタクシーも停っているし、平気ですよ」

とカメラをとりあげて口惜しそうに言った。

「惜しい事をしたなあ。デリーに居たならばピューリッツァー賞ものの写真もとれたかもしれないのに」

「わからんのか、あんた一人はそれでもいいが、皆に迷惑がかかるじゃないか」

と木口が病みあがりとは思えぬ強い声でたしなめた。

午後になるまで各人、部屋か食堂で待機することにした。ニューデリーでは外出禁止令が出され、ヒンズー教徒とシーク教徒との暴動が起って、火災があちこちに起ったというのに、この町ではまるで何事もなかったように、暑さがつのり、庭園では朗らかに鳥が鳴いている。しかし三條がフロントの男に、

「外出できるか」

とたずねると、

「ノー・プロブレム」

と答えたという。

「ぼくは出かけます。ここじゃ絨毯の素晴らしいのが安く手に入るんです。女房の実家に頼まれているんです」

と彼はテレビを見つづけている沼田に言った。

「くだらん事で折角の旅行を無駄にできませんしね。それに女房は遺跡見物はもうこりごりだが、絹や絨毯の買物なら賛成だと言っていますし」

午後の陽ざしを避けるため、カーテンをしめきった部屋のなかで磯辺は瓶に少し残ったウィスキーをコップに入れて飲みかかっていた。何処かからあの日のやき芋屋の声が聞こえたような気がした。

「やき芋ォ、やき芋」

部屋の中は彼の心のように空虚だった。カーテンの隙間から白い光の棒が洩れ、油虫が一匹、すばやくすり切れたカーペットの裏にもぐりこんだ。

「お前のせいだぞ」と磯辺は妻に弁解をした。「俺は探した……お前はどこにもいなかった」彼は子供の時、妹とやった「かくれん坊」の遊びを思いだした。「俺は探した」

「いますとも」

「あのいかさまの占師しか俺にはもう手がかりがない」

磯辺は妻の声を聞くまいとして、熱い酒精を咽喉に流しこんだ。今日の突発的なユーデリーの事件が俺にこんな愚行から眼をさまさせてくれたのだ。あれがなければ俺はこの時間あの詰襟の服を着た占師をたずねていただろう。天井で軋んだ音をたてて廻っている古い扇風機。こけ威しの字引のような大きな本をかかえて机上におく重々しい動作。大きな石の指輪をはめた指。アメリカやヨーロッパの金持の女性からあの指で金をまきあげたに違いないのだ。

「あいつ、占いが好きだった」

ふと彼は正月など妻と初詣に行くと、彼女が必ず御神籤の番号札を引くのを思いだした。そして社務所の男がその札の数をみて渡す紙に「吉」と書いてあった時に見せる彼女のひとり笑い。昔は何とも思わなかったそんな妻の一寸した仕種《しぐさ》をこんな遠い暑い国の町で眼に浮かべる。

酔いが体にまわり、彼は床に流れる午後の白い光をじっと凝視していた。これが印度の午後の光だ。

同じようにその白い光を見ながら美津子も自分の部屋のオレンジ色のソファに腰かけていた。エア・コンディションが古いのか部屋のなかに細かい音がたえず響いている。折角、印度まで来たというのに、無意味に今日一日が流れる。何のために自分は印度に来てしまったのだろう。いや、それよりもなぜ他の人たちのように色々な旧跡や聖地を廻らず、この町に残ったのだろう。彼女は他の観光客が悦ぶタージマハル宮殿も印度舞踊ショーもほとんど興味がなかった。心に突きささったものは、ガンジス河と、そして江波が説明してくれた女神チャームンダーのハンセン氏病にただれ、毒蛇にからまれ、痩せ、垂れた乳房から子供たちに乳を飲ませているあの姿である。そこには現世の苦しみに喘ぐ東洋の母があった。それは気だかく品位あるヨーロッパの聖母とはまったく違っていた。

窓からさしこむ白い光は、彼女にまた放課後のクルトル・ハイムのチャペルを、突然、思い出させた。あの日、彼女は悪意をもって大津をそこで待った。階下で荘重な音をたてて大きな時計のチャイムが鳴り、眼の前に表紙のゆるんだ聖書が開かれていた。

彼は醜く、威厳もない。みじめで、みすぼらしい
人は彼を蔑み、見すてた
忌み嫌われる者のように、彼は手で顔を覆って人々に侮られる
まことに彼は我々の病を負い
我々の悲しみを担った

（わたしは、なぜその人を探すのだろう）
その人の上に女神チャームンダーの像が重なり、その人の上にリヨンで見た大津のみすぼらしいうしろ姿がかぶさる。思えば美津子は知らず知らずに大津のあとから何かを追いかけていたようだ。むかし、彼女が侮り棄てた「醜く威厳もない」ピエロという諢名の男。彼女の自尊心の玩具となったくせに、その自尊心を深く傷つけた男を。

ドアを叩く音がして沼田の声が彼女の想念を破った。

「どうも町は平穏のようですよ。三條夫婦も磯辺さんも外出しました。ぼくも町を見てこようと思います。いらっしゃいますか、御一緒に」


昨日と同じように天井で油の足りぬ扇風機が軋んだ音をたてて廻り、威厳を作るため、壁ぎわの本棚には革表紙の本をずらりと並べ、その前の大きな机でネルーの着衣に似た詰襟服の占師が腰をおろしながら言った。

「ノー・プロブレム」

そして紙に銀色のパーカーの太い万年筆で何かを書きこみ、指輪をはめた手をだした。それは磯辺が求めている住所だった。磯辺がじっと相手の顔を注目すると占師の頰にかすかな狡そうな薄笑いが蒸気のように漂って消えた。瞬間、わかってはいたが、磯辺の心に怒りよりも諦めの気持が拡った。素早く占師は言った。「百ルピー」

外に出ると夕暮れ近いのにむっとした熱気は路を包み、風はなかった。彼が乗ってきたタクシーの運転手がその暑さのなかで辛抱づよく待ってくれていた。ここでも小さな姉弟が磯辺につきまとい手をさしだし、占師と同じように金を乞うた。四、五歳に見える姉の、ひもじさを演じる動作を見ながら磯辺は、急に恐怖がこみあげた。ひょっとしてこれが妻なのではないのか。生れかわった妻ではないかという思いが刃物で胸をえぐるように横切った。彼は急いで小銭を彼女に渡し、タクシーに身をかくした。

住所を書いた占師の紙に眼を落とすと運転手はうなずいて、アクセルを踏んだ。オートリクシャーが音をたてて横を走り、砂糖きびのジュースを売る屋台の前では牛が寝そべっていた。磯辺はそれらの光景にぼんやり眼をやりながら夢のなかにいるような気がした。彼は運転手に教えたあの住所に再生した妻がいると信じていなかった。だが、ホスピスで死の日を医師に告げられた末期癌の患者が、それでもなお、一縷の望みを持つような、むなしさに彼は耐えていた。(それで諦められる)と彼は自分に言いきかせた。(それで諦めきれる)

掘立小屋の並ぶ小さな広場にリクシャーが二、三台、客を待っていた。自転車やリクシャーの修繕屋では、男たちが忙しげに組立て作業をやり、道ばたには、極彩色のシヴァ神の画像を並べている露店と果物を地面において女がしゃがんでいる。

「ここ《ヒャ》」

と運転手は車をとめた。

「どこだ、どの家だ」

と磯辺がきくと運転手は首をふって、先ほどの占師の紙を返した。質のわるい紙には通りの名だけ書いてあったが番地は省略してあった。もちろん覚悟していたことだが、やはり口惜しさがこみあげた。

それでも彼は車からおりてリクシャーの修繕屋に入っていった。

「ラジニという少女を知らないか」

「ラジニ」

「ラジニ、小さな娘」

男たちはふしぎそうに磯辺の顔を見て、たがいに唾でも吐き出すようなヒンディー語で何かしゃべりはじめた。そして一人の歯のぬけた老人が鼻にかかった声をだし路の奥を指さした。

「ラ、ジ、ニ」


やっと夕暮れのむっとした暑さのなかにかすかな涼しさがまじったが、沼田や美津子にはもう馴染みになったあの汗と家畜と土の臭いの混じったヴァーラーナスィの臭気は町に入ると、もっと強くなった。

「小鳥屋だ、小鳥屋」

と沼田はひとりごとを言った。

「小鳥屋に途中で寄っていいですか」

「何ですの」

「もちろん、沼田さんにはわたくしのため、随分、時間をさいて頂きましたわ。小鳥屋で何をお買いになるんですの」

「九官鳥」

「九官鳥なら東京でも売っているんじゃありません」

「あれはみんな尾が切ってあります。ぼくはまだ野生の九官鳥を手に入れたいんです」

美津子は訝しげに沼田を見たが、それ以上、何もきかなかった。彼女にも誰にも言いたくない秘密がある。ボランティアをしているとき、彼女は自分の匿し事をうち明けようとする患者（それは主として中年以上の女性患者たちだった）が、それを口にしかかると、聞こえぬふりをして背をむけたものだ。そしてその背中でそんな告白を受けても何もできないのだという拒絶を見せた。「婦長さんに禁じられていますの。ボランティアは患者さんの個人的なことに立ちいってはいけないって」それが彼女のいつも使う言葉だった。

沼田は九官鳥を買う理由をきかぬ美津子に不満そうだったが、その美津子が、

「あれ、小鳥屋さんじゃないかしら」

とバラック建ての店を指さすと、あわててそちらに体を向けた。

猿が杭につながれている。幾つもに重ねた提灯型の籠にはインコが囀り、騒々しい声をたてて鶏が箱のなかを歩きまわっていた。

「グレイト・ヒル・ミナ（九官鳥）はいないか」

と沼田は店の入口でたずねた。九官鳥の英語名を知らなかった美津子は、沼田が思いつきではなく旅行前からこの鳥を手に入れるつもりだったとわかった。店の主人としばらく話しあいが続いて、沼田はホテルと自分の名とを教え、美津子のそばに戻ってきた。

「ホテルに届けてくれるそうです」

「九官鳥を日本にお持ち帰りになるのですか」

「いや」と沼田は意味ありげに笑った。「その反対でして……むかし、ぼくは九官鳥に命を助けてもらいましてね。今度はそのお返しをするんです。考えればセンチメンタルな行動でしょうが……」

外側から見ても建物は周りの建物と見わけがつかなかった。どの家も皮膚病のように漆喰の壁が剝げていたが、その一つが沼田がフロントで聞いてくれた淫売屋だった。

「あなたの友だちが来るのがこの家ではないとしても……手がかりは摑めるかもしれません」

「こんな事までして頂いて……申しわけありません」

「いいんです。実はこのぼくもあなたの宝探しを面白がっているんです。しかし、どうしてその神父をしつこく探すんですか」

不躾けな沼田の質問に美津子は素気なく答えた。

「あなたが九官鳥をお求めになるのと同じですわ」

「そうか」

そうかと口だけで言ったが、沼田に美津子の素気なさの理由がわかる筈はなかった。

「どうします、ぼく一人があそこに入って聞いてあげましょうか」

「いいえ、連れていってください。女一人でこんな家の前に立っているのはかえっておかしいわ」

「それもそうだな」

二人が漆喰のはがれた階段を登ろうとすると、路に立って彼等を見ていた男が、

「ノー・レディ。ノー」

と、手をふったが、沼田はふりかえって答えた。

「ノー・プロブレム」

階段には汚水がところどころ溜り、ごみ捨場のような中庭にうすよごれた洗濯物がぶらさがっていた。のぼりつめた所に木の扉があり、丸い覗き穴がまるで怪物の眼のようにこちらを睨みつけている。ベルを押すとその覗き穴から誰かがこちらを窺ってから、

「ユー、ウェルカム」

と鍵をまわす音がきこえた。そして前歯が二本しかない男が作り笑いを浮かべた顔をぬっと出したが、瞬間、美津子を見て、

「レディ、ノー」

さっきの路ばたの男とまったく同じ声と言葉を出した。沼田が言った。

「日本人の男を探している。彼はここに来ているか」

「ノー」

男は扉をしめかけようとして、沼田がポケットから一ドル札を出すと、しめかかった扉がそのままになった。その開いたままの空間の奥に美津子は動物の檻のような格子があるのに気がついた。格子から雑巾のようなサリーをまとった女たちが異常なほど眼を光らせてこちらを窺っていた。野生の猫のような眼だった。彼女たちのなかに

はまだ少女と言ってよい女の子が一人、まじっていて、破れた寝具の上に横ずわりに坐っていた。

男の掌に更に一ドルがおかれると、彼の顔に卑《いや》しい笑いが浮かび、買収された裏切者の表情になった。

「彼はまだ来ない」

「いつ来る」

「わからない」

ぬけた歯と歯の間から男はふぬけた発音を出した。

「何処にいる」

「知らない」

「彼が来たら、ここに電話をくれと言ってくれ」

沼田が更に一ドルをわたすと男は馬鹿にしたように笑ったが、階段の下から足音が聞えた途端、犬を追い払うように手をふり、帰れという合図をした。昨夜の結婚式で美津子に美しいスピーチをやってくれた青年と同じようなスーツを着た若者が美津子を見てたちどまり、一瞬、家に入るのをためらった。

沼田のあとから美津子は一歩一歩、剝げた壁を手で支えながら溜った汚水をふんだ。

「どうします」

「もう、やめます。沼田さんに随分、御迷惑かけました」

夕靄が町を包み、彼女は急に自分の人生の何もかもが無意味で無駄だったように感じた。この印度旅行だけでなく、今日までの彼女自身のすべてが、学生生活も短かった結婚生活も、偽善的なボランティアの真似事も。こうしてはじめて訪れた町のなかで、大津をたずね歩いた事も。だが、それらの愚行の奥に彼女は自分もXを欲しがっていることだけは漠然と感じた。自分を充してくれるにちがいないXを。だが彼女にはそのXが何なのか、理解できない。

突然、昨日聞いたのとまったく同じ楽隊の爆発するような響きが、遠くからこちらに向って聞えてくる。

「また結婚式か」

沼田が足をとめてその響きの方向に視線を向けた。太鼓がなり、それに歩調をあわせてかなりの人数が列を作って歩いてくる。

「デモですよ」

しかし楽隊の鳴らしているのは暗い葬送行進曲だった。その曲にあわせて足なみを揃えた男たちが捧げ持つ白い幔幕にはヒンディー語と英語の文字が黒々と書かれていた。

「我らはインディラ（ガンジー）を忘れぬ」

「インディラは我等の母」幔幕の下には、昨夜の結婚式で見たような上流のヒンズー教徒たちが重々しく歩いていたが、うしろからは、物乞いの子供たちや貧しい男女もつき従っていた。「インディラは我等の母」と彼等は声をあげて叫んだ。ヘルメットをかぶった警官が行列のそばをかなり真剣に警戒していた。

「インディラは我等の母」

と沼田は幔幕の文字を声を出して読んだ。

「母は死せり。母は死せり」

「な、る、せ、さん」

突然日本語で美津子は名をよばれた。聞き憶えのあるあの声。学生時代、耳にしたあの声。「な、る、せ、さん」という独特の声。彼女はそこに長袖のよごれた上衣《アチヤラ》とすりきれたジーンズをつけた大津を見た。

「あなたが……ぼくを探していると聞いたものだから。ナマステー」

「ナマステー」

美津子は自分の声がかすれているのを感じ、無理に微笑んだ。

「探したわ、随分。教会でも聞いたし」

「すみません」すぐあやまる大津の癖は歳月が流れた今も一向に直っていなかった。

「ぼくはもう教会にはいないんです。ヒンズー教徒のアーシュラムに拾われたんです」

「アーシュラム？」

「道場のような家です」

「ヒンズー教徒に改宗したのですか」

「いいえ、ぼくは……昔のままです。これでも基督教の神父です。しかしヒンズー教徒のサードゥーたちがあたたかく迎えてくれました」

「どこかでお話をしましょう。わたくしのホテルにいらっしゃる？」

「ぼくのこんな恰好では……ホテルで嫌がられますよ」

「きれいな庭園があるから。その庭にベンチもあるし」

「じゃ、ホテル・ド・パリに泊っているんですね」

「よく御存知なのね」

「あそこで洗濯仕事をやっているのはぼくの友だちのアウト・カーストです。あそこの庭は有名ですよ」

美津子は好奇心のこもった眼でこちらを見ている沼田を紹介した。

「本当に有難うございました。わたくし、今から友だちとホテルに戻りますけど」

「インディラは我等の母、我等はインディラを忘れぬ」列はシュプレヒコールを続けながら三人の前を通りすぎていった。「母は死せり。母は死せり」

十章　大津の場合

気をきかして沼田は二人をタクシーに乗せると、小鳥屋にもう一度、行ってみると言ってデモの群衆のなかに姿を消した。車のなかでしばらく黙ってから、大津はぽつりと言った。

「大変な時に、印度に来ましたね」

「ええ、でも事情がさっぱりわからないんです」

「ニューデリーはあちこちで暴動が起っているようです」

「この町は意外に静かだわ」

「それはここが……印度人にとって聖地だからです」

「インディラの遺体もガンジス河に流されるんですか」

「ええ。彼女もアウト・カーストの貧民と同じようにガンジス河に流されるでしょう。葬儀は十一月三日だそうです」

ヴァーラーナスィは長かった一日が終ると、急激に涼しくなった。庭園では生きかえったようにあらゆる虫が鳴き、誰もさわらぬのにブランコだけが軋んだ音をたててひとり動いている。大津はベンチに恐縮したように両脚をそろえきちんと腰かけていた。その怯えた恰好は美津子に大学の構内ベンチで彼女のからかいに耐えていた昔の彼を思い出させた。

「サンドイッチ、召し上る？　飲物は？」

と彼女は学生時代と同じような言い方をして、「それじゃ、あなた、ヒンズー教徒と一緒に住んでいるわけ」

「ええ、この国ではヒンズー教徒は年をとると、家を子にゆずり、放浪修行の旅に出るんです。その人たちのことをサードゥーと呼ぶんですが、ぼくはサードゥーに拾ってもらったんです」

「捨犬みたいにね」

「ええ、ぼくはその時、捨犬と同じでした」大津は蓄膿症のような声をだした。「あの頃は本当に途方に暮れました」

「ヒンズー教徒なんかと一緒に住んで……咎められなかったの、教会から」

「ぼくはいつも教会から叱られてきたんです」

「よくわからないけど」しばし沈黙した後、美津子は口を開いた。「まだあなたは神父？」

「ええ、落伍はしましたけれど……」

サンドイッチと紅茶ポットを運んできたフロントの男が大津を見て露骨に嫌な顔をした。

「ぼくはよくアウト・カーストに間違えられます。こんな恰好をするのも死体を運ぶためです。宣教師たちのような服装じゃ、死体も運べません。ヒンズー教徒は異教徒が火葬場に入るのを拒絶するからです」

「火葬場に姿を見せるとは聞いていたけれど……死体を」美津子は驚いて、「運ぶんですか」

「ええ、この町のあちこちには、やっとガンジス河で死ぬためたどりついて行き倒れた者が多いんです。市のトラックが一日一度巡回しますけれど見落した行き倒れもいるんです」

「見たわ、わたくし」

「まだ息のある人は河のほとりの施設に連れていきます。もう息を引きとった人はガートにある火葬場に」

美津子は一昨日、目撃したマニカルニカ・ガートの炎の動きをまぶたに浮かべた。竹のベッドに乗せられ、赤や黒の布に包まれ、ミイラのようだった老婆の死体。もしその布を剝がせば、そこからはあの崩れた女神チャームンダーが現われるだろう。どの死体にもそれぞれの人生の苦しみ、それぞれの泪の痕が残っている。

「あなたも……ヒンズー教の火葬場に」

「そう、金のある人ならその家族が担架にのせて連れていくでしょう。しかし一人ぽっちの貧しいアウト・カーストを運ぶ者は少ないんです。でも、その人たちだって、ガンジス河に流されたい思いで、この町まで足を曳きずって来たんですから」

「あなたはヒンズー教のバラモンじゃないのに……」

「そんな違いは重大でしょうか。もし、あの方が今、この町におられたら」

「あのかた？　ああ、玉ねぎの事？」

「そうでした。玉ねぎがこの町に寄られたら、彼こそ行き倒れを背中に背負って火葬場に行かれたと思うんです。ちょうど生きている時、彼が十字架を背にのせて運んだように」

「でもあなたの行為はその玉ねぎの教会では評判が悪いんでしょう」

美津子は反射的に昔の学友に刺《とげ》のある言葉を言ったが、それらの言葉を口に出した自分の狎々しさを醜いと思った。

「ぼくは……どこでも評判が悪かった。大学でも神学生の時も、修道院でも……そしてここの教会でも。でも、もう、かまいません」

「それは、あなたの……」

「わかっています。でも結局は、玉ねぎがヨーロッパの基督教だけでなくヒンズー教のなかにも、仏教のなかにも、生きておられると思うからです。思っただけでなく、そのような生き方を選んだからです」

食堂の開けはなした窓から印度音楽のショーが、今日到着した米国人観光客のために開かれていた。アコーデオンに似たハルモニュウムという楽器の演奏が途切れ途切れに流れてくる。

「でもあなたは一生を台なしにしたわ」

「後悔はしていません」

「あなたが神父だとヒンズー教徒は知っているの？」

「行き倒れの人たちが、ですか。もちろん、知らないでしょう。でも力つきた彼等が、河のほとりで炎に包まれる時、ぼくは玉ねぎにお祈りします。ぼくが手わたすこの人をどうぞ受けとり抱いてくださいと」

「じゃあなたは仏教やヒンズーのいう転生を信じることになるじゃないの、少くともあなたは神父なんでしょう」

心にまだ僅かに残った自尊心で大津の生き方にたいする敗北感が彼女にこの質問をさせた。

「玉ねぎが殺された時」と大津は地面をじっと見つめながら呟いた。まるで自分に向って言いきかせるように、「玉ねぎの愛とその意味とが、生きのびた弟子たちにやっとわかったんです。弟子たちは一人残らず玉ねぎを見棄てて逃げて生きのびたのですから。裏切られても玉ねぎは弟子たちを愛し続けました。だから彼等一人一人のうしろめたい心に玉ねぎの存在が刻みこまれ、忘れられぬ存在になっていったのです。弟子たちは玉ねぎの生涯の話をするために遠い国に出かけました」

大津は絵本をひろげて印度の貧しい子供たちに読んで聞かせているような口調で呟いていた。

「以来、玉ねぎは彼等の心のなかに生きつづけました。玉ねぎは死にました。でも弟子たちのなかに転生したのです」

「よく、わからない」美津子は強い声で逆らった。「別世界の話を聞いているような気がする」

「別世界の話じゃありません。ほら、玉ねぎは今、あなたの前にいるこのぼくのなかにも生きているんですから」

たしかに大津の言葉は大津の苦しいであろう生き方に裏うちされていた。それは滑らかな口先きだけの、ポンチのような味のする結婚式の青年の言葉とは違っていた。

この時、庭園灯に灯がつき、灯は吹出もののできた大津の横顔を照らした。

「ガンジス河を見るたび、ぼくは玉ねぎを考えます。ガンジス河は指の腐った手を差し出す物乞いの女も殺されたガンジー首相も同じように拒まず一人一人の灰をのみこんで流れていきます。玉ねぎという愛の河はどんな醜い人間もどんなよごれた人間もすべて拒まず受け入れて流れます」

美津子はもう逆らわなかったが自分と大津とを隔てる距離を感じていた。大津の生き方もその話も文字通り彼女とは別世界のものだった。彼女は玉ねぎのことなど何も知らなかったが、玉ねぎが大津を完全に彼女から奪ったことだけはわかった。

「大津さん、顔に吹出ものができているわ」

「知っています、娼婦の家なんかに出入りしていますから」

「まさか……彼女たちを抱いたの」

「抱きましたよ、もっとも男たちのために働きに働いて死んでしまった可哀想な彼女たちの、ボロ屑のような遺体を、ですけれど」

大津が冗談を言うのを美津子ははじめて聞いた。それは大津が心の余裕を持っていることを示していた。

印度音楽のショーが終ると蚊柱のように米国人たちの笑声や会話が聞えてきた。そ

れを合図のように、大津はベンチから立ちあがって、

「さあ、帰らなくちゃ……明日が早いから」

彼は哀しそうな微笑をうかべて言った。

「成瀬さんとも、生涯もう会えないかもしれません」

「どうして、そんな事を言うの。明日、どこにいらっしゃるの」

「わかりません。毎日行き倒れや息を引きとった巡礼客はこの町のどこかにいますから。どこかの家の裏口にもたれて死んでいますし、病気になった娼婦は汚水の流れた地面に放り出されるんです。だから朝方、ガンジス河で火葬が始まる時間、マニカルニカ・ガートのあたりをうろついているかもしれません」


磯辺は酒屋を探した。昨夜と同じように飲まずにはいられない気持だった。もう彼はあの大学教師のような顔をした占師を恨んではいなかった。この国に来て、人々の貧しさを目撃するにつれ、彼は彼等が物乞いだけでなく、体の欠陥や病気の手足まで利用して生きる糧を得ているのを見た。あの占師もその一人で「印度の不可解な神秘」を利用して食べねばならぬことは磯辺にはわかった。ただ何とも言えぬやりきれなさが胸に拡がっている。

そのやりきれなさに酒が飲みたいのだ。予感していた通り不潔そのものの露路をさまよったが、ラジニという名の女は何人もいて彼女たちはそれぞれ怯えたような眼つきで磯辺を見あげ、手をさし出して「バーブージー、バクシーシ」と金を乞うた。当てもなしに磯辺は歩きに歩いた。表通りには決して店を出さぬ酒屋をやっと裏通りで見つけた。埃だらけの得体の知れぬ缶詰や雑穀を売っているこの店で彼が「ウィスキー」と言うと首をふり、代りに印度の酒だという瓶を出してくれた。主人は瓶を指さし「チャン、チャン」と名を教えた。

磯辺は瓶を口にあてラッパ飲みをしながら方角も考えず路をさまよった。酔いが早く頭脳を痺れさせ、このやりきれなさを消してくれることだけを望んだ。路で印度人たちが喧嘩をしていた。何人かの男たちが走り出し、一軒の家から壮年の男を引きずり出して、撲っている。鼻血で顔を血まみれにした男は大声で叫び、やがて警官が来ると、加害者の男たちは風のように逃げ去った。

見物していた青年の一人が聞きもしないのに、磯辺に弁解するように説明した。

「彼はシーク教徒のリーダーです。あなたはシーク教徒が今朝、ガンジー首相を殺害した事を知っていますか」

そして彼は大仰に手で顔をおおってみせて、「シーク教徒が我等の母を殺す理由はありません。首相はシーク教徒であるザイル・シンを印度の大統領にした方ですから」

磯辺は青年の弁解から逃れようとして、英語がよくわからぬふりをした。歩きだす磯辺のうしろから青年は忠告した。

「早くホテルに戻ったほうがいいですよ。幾つかの町では夜間外出禁止令が出ています。この町もデリーと同じように争いが始まれば、外人の方は危険です」

今の磯辺はそんな宗教上の争いには関心がなかった。日本人の彼はこの国でヒンズー教徒やシーク教徒が争う背景も事情も全く知らぬ。結局は宗教でさえ憎みあい、対立して人を殺しあうのだ。そんなものを信頼することはできなかった。今の彼にはこの世のなかで妻への思い出だけが最も価値あるものに思えた。そして失ってみて初めて妻の価値、妻の意味がわかった気がしたのだ。男としての仕事や業績がすべてだと思って生きてきたが、それがすべてではなかった。彼は自分がどれほどエゴイストだったかに気づき、妻にたいするうしろめたさを強く強く感じた。

酔いがまわり、方角を見失い、ただくたびれるためだけに足を動かした。疲労して酔いつぶれたい。「サー」「サー」とリクシャーの運転手たちが左右から声をかけてくる。磯辺は左に花屋と銅の壺を売る露店が店を閉じかけているのを見て、河のそばまで来ていることに気づいた。

ガートにのぼる石段にまだ何人かの物乞いが寝ていた。磯辺を見つけて声を出した。小銭を放り投げ、ガートを駆けのぼって、川原に干してあるわずかな洗濯物の蔭に身をかくした。

眼前は巨大な河。月光が銀箔のような川面に反射している。沐浴客の影もなければ昼間の喧騒もない。舟一隻も出ていない。

洗濯物を叩く岩の一つに腰をおろし、磯辺は南から北へ黙々と流れつづける錫色の河を眺めた。時々、黒い浮遊物が川面を動いていく。すべてに、無心のまま河は浮遊物と共に、去っていく。

手にした酒瓶を川面に投げた。あまたのヒンズー教徒たちが、この大きな流れによって浄められ、より良き再生につながると信じている河。妻も何かによって運ばれていったのか。

「お前」

と彼は呼びかけた。

「どこに行ったのだ」

かつて妻が生きていた時、これほど生々しい気持で妻を呼んだことはない。妻が死ぬまで彼は多くの男たちと同じように仕事に熱中し、家庭を無視することが多かった。愛情がないわけではない。人生というものはまず仕事であり、懸命に働くことであり、そういう夫を女もまた悦ぶと考えてきた。そして妻のなかに自分にたいする情愛がどれほど潜んでいるか、一度も考えなかった。同時にそんな安心感のなかに彼女への結びつきがどれほど強くひそんでいたかも、自覚していなかった。

だが臨終の時、妻が発した譫言を耳にしてから、磯辺は人間にとってかけがえのない結びつきが何であったかを知った。

時折、喧騒が町から伝わってくる。ヒンズー教徒がまたシーク教徒を襲っているのかもしれぬ。それぞれにおのれが正しいと信じ、自分たちと違ったものを憎んでいるのだ。

復讐や憎しみは政治の世界だけではなく、宗教の世界でさえ同じだった。この世は集団ができると、対立が生じ、争いが作られ、相手を貶《おとし》めるための謀略が生れる。戦争と戦後の日本のなかで生きてきた磯辺はそういう人間や集団を嫌というほど見た。正義という言葉も聞きあきるほど耳にした。そしていつか心の底で、何も信じられぬという漠然とした気分がいつも残った。だから会社のなかで彼は愛想よく誰ともつき合ったが、その一人をも心の底から信じていなかった。それぞれの底にはそれぞれエゴイズムがあり、そのエゴイズムを糊塗するために、善意だの正しい方向だのと主張していることを実生活を通して承知していた。彼自身もそれを認めた上で波風のたたぬ人生を送ってきたのだ。

だが、一人ぽっちになった今、磯辺は生活と人生とが根本的に違うことがやっとわかってきた。そして自分には生活のために交わった他人は多かったが、人生のなかで本当にふれあった人間はたった二人、母親と妻しかいなかったことを認めざるをえなかった。

「お前」

と彼はふたたび河に呼びかけた。

「どこに行った」

河は彼の叫びを受けとめたまま黙々と流れていく。だがその銀色の沈黙には、ある力があった。河は今日まであまたの人間の死を包みながら、それを次の世に運んだように、川原の岩に腰かけた男の人生の声も運んでいった。

十一章　まことに彼は我々の病を負い

　中庭で野良犬が二、三四、ごみの山をあさっていた。戻ってきた大津を見ると眼を光らせてうなり声をあげたが、襲いかかってはこなかった。臭気のこもる石造りの家のなかは真暗だった。このアーシュラムに住む五人のサードゥーたちは朝が早いため、もう眠りについている。一階の一番隅の空間が——もしそれを部屋とよべるならば——大津に与えられた寝場所だが、彼はそのこわれかかった戸をあけ、汗や昼の熱気の残っているなかに入って、裸電球に灯をつけた。灯は湿ったベッドの凹みやその凹みの上に放り出された何冊かの本を照らした。祈禱書、ウパニシャッド、そしてマリア・テレサの本。蚊がうなっている。彼は日本から送ってもらった蚊とり線香をつけると、上衣《アチャラ》をとり、はいたチャッパル（印度のサンダル）をぬいで、桶の水にひたした布で上半身を丁寧にふいた。

　跪いてしばらく祈った。それからマハートマ・ガンジーの語録集を拾いあげて昨夜の汗で湿っているベッドに体を横たえた。そして何度も繰りかえして読んだ箇所に眼をやりながら眠りのくるのを待った。

「私はヒンズー教徒として本能的にすべての宗教が多かれ少なかれ真実であると思う。すべての宗教は同じ神から発している。しかしどの宗教も不完全である。なぜならそれらは不完全な人間によって我々に伝えられてきたからだ」

床の上を小さな鼠が鉄砲玉のように走りすぎた。しかしこの建物では珍らしいことではなく、大きな鼠が大津のベッドをのりこえて部屋を横切ることもあった。

「さまざまな宗教があるが、それらはみな同一の地点に集り通ずる様々な道である。同じ目的地に到達する限り、我々がそれぞれ異った道をたどろうとかまわないではないか」

大津の好きなこの言葉。彼がまだこの語録を知る前に、同じような気持を抱いていたため、神学校でも修錬院でも上司の顰蹙《ひんしゆく》をかい仏蘭西の同輩の反感と軽蔑とを起させたこの言葉。

「それじゃあ、君はなぜ我々の世界に留まっている」

と先輩から咎められたこともある。

「それほどヨーロッパが嫌なら、とっとと教会を出ていけばいい。我々が守るのは基督教の世界で基督教の教会なのだから」

「出ていけません」と大津は泣きそうな声をだした。「私はイエスにつかまったのです」

語録は彼のよごれた爪の間から床に落ちた。鼾をかいて彼は夢をみていた。夢のなかでも、リヨンの修道院でいつも彼を難詰したジャック・モンジュという色白の秀才の先輩の顔が出てきた。

「神は我々の世界で育った。君の嫌いなヨーロッパの世界で、だ」

「そう思えません。あの方はエルサレムで刑にあった後、色々な国を放浪しておられるのです。今でさえも。色々な国、ですが。たとえば印度、ベトナム、中国、韓国、台湾」

「たくさんだ。君がそれほど異端的だと先生たちが御知りになったら」

「ぼくは……異端的でしょうか。あの方に異端的な宗教って本当にあったのでしょうか。あの方は違った宗教を信じるサマリヤ人さえ認め愛された」

夢のなかでだけ彼はジャック・モンジュや上司に逆らい、弁解し、反駁したりしたが、現実ではほとんど泣きそうな顔をして、黙りこんでいたのだ。要するに彼は挫折者であり、弱虫にすぎなかった。言葉の上でもたち向かったり、戦ったりする力に欠けていた。

三時半。やっとかすかな涼しさが熱を潜在させた大気のなかにしのびこむ時。まだ闇の残っている中庭で、迷いこんだ牛が眠っていた。三人のサードゥーが井戸から桶に水をくみその水で身を清めた。

四時。大津が起きて同じように井戸の水で体をふき顔を洗い、それから自分の部屋で一人だけのひそかなミサを立てた。「ミサは終りぬ《イテ・ミサ・エスト》」最後の祈りを呟いた後も――彼は跪きつづけた。修道院時代も彼にとってあの人と話をする時だけが口に出して言えぬほど安らぎと落ちつきをとり戻す時間だった。それ以外の時間、彼は自分が誰かを傷つけないか、怒らせないかとたえず不安だった。

既に外は白みはじめている。戸をしめ中庭に出ると目をさました痩せた牛が感情のない眼で彼をみつめ、先に立ってのそのそと出ていった。昼には塔からひびくイスラムの詠唱の声とリクシャーや流れる渦のような人間の溢れる通りも、まだ静まりかえり、店々はペンキの剝げた戸をかたく閉じて無人の撮影所の町のようだった。動いているのは野良犬の群と路の真中にゆっくりと起きる牛だけ。かすかな涼しさが大気のなかにまだ残っている。やがて強烈な光が照りつけるであろう通りを右に折れ、左に曲り、湿気と汚穢《おわい》の路を大津は歩きまわった。彼が探すのは、路のどこか片隅で襤褸のようにうずくまり、喘ぎながら死を待っている行き倒れを見つけるためだった。彼等は人間の形をしながら人間らしい時間のひとかけらもなかった人生で、ガンジス河で死ぬことだけを最後の望みにして、町にたどりついた連中である。

油虫の居場所を見つけるように大津は彼等がこの町のどんな場所で倒れているかを本能的に知っていた。それはいつも人眼の届かない細い抜け道の、僅か壁の間から外の光が洩れているような場所だった。

息を引きとるまで人間はそんな光を最後の頼りのように求めるものなのだ。

大津のはいたチャッパルは汚水と犬の糞のこびりついた石畳とをふみ、立ちどまった。足もとで壁に凭れた老婆が大津をじっと見あげていた。さきほど彼を眺めて歩き出した牛の眼と同じような、感情も失せた眼だった。肩が喘いでいる。しゃがみこんだ大津は肩にさげた袋からアルミのコップと水を入れた瓶を出した。

「パーニイ、パーニイ(水、水)」

と彼は老婆にやさしく言った。

「アープ、メーラー、ドースト、ヘイン（わたし、あなたの友だちだ）」

彼女の小さな口にアルミのコップをあて、少しずつ水《パーニィ》を流しこんだが、水はあごを濡らして体を包んでいる襤褸をよごしただけだった。彼女は弱い声で呟いた。

「ガンガー（ガンジス河）」と。

ガンガーと言って、彼女の眼にこの時、哀願の色がうかび、やがてその眼から泪が流れていった。

「タビーヤット、ハラーブ、ヘイ（気分が悪いですか）」と大津は大声を出して、うなずいた。「コーイー、バート、ナヒン（心配いりません）」

紐をあみ合わせて作った印度風の笈を袋から出し、それで彼女の小さな体を包み、背におぶった。

「ガンガー」

と彼の肩に全身をあずけ同じ言葉を泣き声のようにくりかえす老婆に、

「パーニイ、チャーヒエー（水が飲みたいですか）」

と答え、大津は歩きだした。この時ようやく町に朝の光がさしはじめたがそれはまるで、やっと神が人間の苦しみに気づいたかのようだった。店は戸をあけ、牛や羊の群が鈴音を鳴らして、路を横切った。日本とちがってここでは誰一人、老婆を背負った大津をふしぎそうに見る者はいない。

この背にどれだけの人間が、どれだけの人間の哀しみが、おぶさってガンジス河に運ばれたろう。大津はよごれた布で汗を拭き、息を整えた。その人間たちがどんな過去を持っているか、行きずりの縁しかない大津は知らない。知っているのは、彼等がいずれもこの国ではアウト・カーストで、見捨てられた層の人間たちだ、ということだけだ。

陽がどのくらいのぼったかは首や背にあたる陽光の加減でよくわかる。

（あなたは）と大津は祈った。（背に十字架を負い死の丘《ゴルゴタ》をのぼった。その真似を今、やっています）火葬場のあるマニカルニカ・ガートでは既にひとすじの煙がたちのぼっている。（あなたは、背に人々の哀しみを背負い、死の丘《ゴルゴタ》までのぼった。その真似を今やっています）

十二章　転生

ホテルの外はまだ暗いのに、眼ざめた小鳥の声が庭園のあちこちで聞こえてくる。フロントの騒がしいのは、昨日、カルカッタから到着した三十人ほどの米国人観光客が、早暁の沐浴を見物するため階下に集合しているからである。

木口と同じバスに乗る美津子は隣席の愛嬌たっぷりの大きなアメリカ婦人のおしゃべりの相手をさせられた。

「日本に行ったことがあるわ。三年前だけど、夏だったから、それは暑かったわ。ベッドでは温泉に入りましたよ。しかし日本のホテルのタオルはあまりに小さいので、困りましたよ」

婦人はバスタオルと浴用の手ぬぐいとを混同しているらしかった。

「カルカッタにはいつ、お着きになったのですか」

と美津子が仕方なくたずねると、

「昨日。あそこも日本と同じくらい、人間の数が多くて、暑かった」

と婦人は無邪気に笑った。

「情勢は危険でしたか」

「別に。兵隊と戦車が要所をガードしてましたが、特に何もありません」

それでは今日の夕暮、江波と他の日本人の客たちは、安全にこの町に戻ってくるだろう。彼等が不在の二日間は、何と長かったことだろう。

「レディス、エンド、ジェントルメン」

フロントの男が気どった声で庭園の鳥たちのようにやかましい観光客に声をかけた。

「ナウ、ウイ、シャル、スタート」

迎えのバスが着いたのだ。米国人たちのあとから木口と美津子は座席をみつけ、木口は楽しげに笑い声をたてる米国人たちをふりかえって、ぽつりと呟いた。

「考えられんですな。四十年前は、この連中と私たち日本人は殺しあったんです。

……それもつい、この間のような気がする。もっとも私が戦ったのは、英国軍と印度軍とだったが」

対立や憎しみは国と国との間だけではなく、ちがった宗教との間にも続くのだ。宗教のちがいが昨日、女性首相の死を生んだ。人は愛よりも憎しみによって結ばれる。

人間の連帯は愛ではなく共通の敵を作ることで可能になる。どの国もどの宗教もながい間、そうやって持続してきた。そのなかで大津のようなピエロが玉ねぎの猿真似をやり、結局は放り出される。

「ガンジス河に、成瀬さん、これで何回、行かれました」

と木口がたずねた。

「二回です」

「お蔭で、やっと印度に来た甲斐がありました。私はね、あの河か、印度のどこかの寺で、死んだ戦友たちの法要をやりたかったが、この国にはほんの僅かしか仏教徒がおらんことを知りませんでしたよ。釈迦のお生れになった国だというのに、今はヒンズーの国なんですな」

「でもあの河だけは」美津子は白みはじめた風景に眼をやって、自分の気持をうち明けた。「ヒンズー教徒のためだけではなく、すべての人のための深い河という気がしました」

まだ店のほとんど開いていない通りは、いぎたなく眠たげで、人影がないのに、牛だけが当てもなくゆっくりゆっくりあるいている。

ダシャーシュワメード・ガートの手前でバスは停車。陽気な笑声をあげる米国人たちにまじって、美津子と木口もよごれた路におりる。待ちかまえていた蝿のように、物乞いたちが群がり手をさしのべた。

美津子は小銭を子供たちに与えるさきほどの人のよい米国婦人のうしろからガートを登った。そして思っていた以上に多くの印度人の男女が、既に沐浴を開始している風景に驚いた。

「この河で祈るヒンズー教徒は、一年間に百万人もおります」

と、案内人の説明が米国人グループの輪のなかから洩れてきた。

「百万人」

と誰かが大きな驚きの声をだした。

「ええ、百万人ですよ。この河に入れば、それまでの罪はすべて流され、次の世界はよき境遇に生れることが出来るとヒンズー教徒は信じています」

「また、この世に生れ変るの。わたしはもう充分よ」

と米国婦人は笑いながら美津子に片眼をつむってみせ、

「あなたは仏教徒」

「わたくしには」と美津子は答えた。「宗教がありません」

「悪い、悪い世代の一人ね。わたしは神を信じるわ」

彼女は冗談っぽく美津子をからかって、

「観光舟に乗り遅れますよ」

仲間が乗りこみはじめた舟を指さした。観光客たちはそれぞれのグループにわかれて四、五人の印度人の漕ぐ舟で火葬場の近くから火葬を見物するのだ。

「いいえ、有難う。わたくしたちは歩いてみます」

「オーケー」と米国婦人はまた片眼をつむった。「今夜ホテルでビールを一緒に飲みましょうね」

まだ明けやらぬ桟橋で波が水を飲む犬の舌のような音をたてていた。彼等の舟がゆっくり動きだすと、木口と美津子とはあまたの男女が動いているマニカルニカ・ガートに向った。建物の多くは寺と巡礼客の泊まる安宿で、狭隘な路には、あちこちに犬や羊の糞が落ちていた。美津子は、踏むと滑りそうになるのを怺《こら》えて、

「木口さん、大丈夫ですか」

「平気です。昔、ジャングルのなかを逃げた路にくらべれば、何でもない」木口は生甲斐のようにこの同じ語をくりかえす。「あの路はこんなもんじゃなかった。汚物のほか、至るところに、腐った兵隊の死骸が転がっておりましたから」

美津子は大きくうなずいた。この中小企業の社長のような男の心のなかにも、河に来ねばならぬ過去がある。河に来る者の一人一人がそれぞれに蠍《さそり》に刺され、コブラに嚙まれた女神チャームンダーの過去を持っている。

幾つかのガートを通りすぎたがどのガートにも沐浴をすませた男女が、身にまとっ

た沐浴用の布やサリーや腰布から水滴を落としながら、体をふいたり、衣服を着がえている。大きな日傘の下で、黄色の衣をまとったバラモン僧が祝福を乞う者たちに片手をあげ信徒の額にしるしをつけていた。白い塗料で顔を染め、座っているのは、遊行期の行者である。ヒンズー教徒には人生の晩年を家を捨て、家族と別れて、聖地を巡礼し、行者として人生を終る人たちがいる。それを遊行期というのだと美津子は江波から聞いた話を木口に教えた。

「すると」

くたびれたのか木口はガートの階段に腰をおろし、うす暗いそれらの風景を眺めながら言った。

「この印度旅行が私にとって遊行期の旅ですな。いつか年をとったら、死んだ仲間たちを弔うため、もう一度、ビルマか印度に行くことが、生きながらえた私の望みでした。それが、成瀬さん、仕事に追われて、やっと時間が見つかったのが昨年でした。それなのに、印度でつまらん病気などにかかりおって……」

「病気も遊行期の旅の思い出になりますわ」

「成瀬さん、熱の間、私、譫言を言うたでしょう。ガストン、ガストンと」

「忘れましたわ。気にもしていません」

「いや、成瀬さん、恥ずかしがって言うとるんじゃない。ガストンというのは、私が昔、知っておった外国人の名前です。私の最も親しかった戦友を臨終の時まで看病してくれた外人さんの名です」

次第に空が薔薇色に割れる。太陽が姿をあらわすと、河は急に金色に赫き、左右のガートから一斉に歓声が起こった。一列に並んで腰布だけの男たちが階段を一斉に駆けおり、飛沫《しぶき》をあげて河に飛びこんだ。

「私の戦友はね、ビルマのジャングルで人間の肉を食べたのです。マラリヤで倒れた私を助けるために……」

突然、木口は抑えていた感情に耐えられぬように、

「成瀬さん、飢えたことがありますか。いや、あんたには本当の飢えなど想像もできん。雨期のビルマでな、私たち日本兵は銃も捨て、食べ物もなく、烈しく降る雨の中を、ただ逃げまわった時です。周りはジャングルで、路の至るところ、羊歯の葉かげや樹木の間から、もう動けん病兵の泣き声、呻き声が聞えとりましたよ。だが助けてやることもできん。助けてください、連れていってください、という泣き声や呻き声を背中で聞いて、私らは足を曳きずりましたが……一番、聞くのが辛かったのは、お母あさーん、という若い兵隊たちの声でした。そいつらは傷口に蛆をわかせて……そんななかを私は戦友のお蔭で助かったのです」

二人の真下では薔薇色の朝日を全身に受けながらガンジス河の水を口に含み、合掌

している裸体の男女が並んでいた。その一人一人に人生があり、他人には言えぬ秘密があり、そしてそれを重く背中に背負って生きている。ガンジスの河のなかで彼等は浄化せねばならぬ何かを持っている。

「仕方なかった。あんな状態では。死体の肉を食べても」

「多かれ少かれ、わたくしたち、他人をたべて生きているんです」

「いやいやそんなことじゃない、成瀬さんにはわからんのです。私の戦友は生涯、そのことに苦しんどりました。復員して彼は……彼は……その肉を口にした兵隊の細君とその子供に会ったからです。何も知らぬ子供の無邪気な眼は……その男の心に突き刺さり、生涯の苦しみになりましてね。彼は一人でその眼に耐えとった。親友の私にも言えずに……酒ばかり飲みよって。酒で忘れようとしたんですよ。揚句の果て、血を何度も吐き、入院してそこでボランティアのガストンさんに会ったんです」

美津子は眼をマニカルニカ・ガートの方にむけてひとり言《ごと》のような木口の話を聞いた。人には心に溜めつづけた秘密を洩らしたくなる場所と時とがあるものだ。木口にとってそれが今であり、ガンジス河のほとりだった。マニカルニカ・ガートでは白い煙が川面に流れ、白い煙は人生をすべて終えた者たちを焼いている。

「私の譫言で口にしたガストンさんとはその男がうち明けた話を聞いて――こう言ったです。飛行機がアンデス山中に墜ちた時、人肉を食べて生き残った者たちがいた、と」

「え」

「雪の山のなかで救援を待つ間、乗客にまったく食うものがなくなった時、重傷を負うた人たちが、自分が死んだあと、この肉をたべてくれと頼んだそうです。自分の肉を食べて生きのびてくれと……。私の戦友は泣きながら、その話を聞いとりました。その話を聞いてから、彼は苦しみから少しは解放されたんでしょうか。息を引きとった時、意外と死顔は安らかでした」

「なぜ、そんなお話、急になさるんです」

「申しわけない。なぜ言うてはならぬことを今うち明けたのか、自分でもよくわからんですが」

「ひょっとすると、ガンジス河のせいですわ。この河は人間のどんなことでも包みこみ……わたくしたちをそんな気にさせますもの」

美津子は本気でそのことを感じはじめていた。日本のどこにも、このヴァーラーナスィのような町はない。彼女が僅かに知っている巴里やリヨンともここは違っている。人々が死んだあと、そこに流されるため遠くから集まってくる河。息をひきとるために巡礼してくる町。そして深い河はそれらの死者を抱きかかえて、黙々と流れていく。

木口は年寄り特有の染みの出た顔を皺だらけの掌でこすった。まるで眼のうろこを落すように。

「成瀬さん、あれ以来、私は色々な事を考えるようになりました。仏教の本など、わかりもせぬのに読みはじめましたね」

「そのガストンさん、今も日本におられるのですか」

「わかりません。その戦友が死んだあと、あの人は病院から姿を消したそうです。私には私の戦友のためにあの人が現われ、戦友が死ぬと、あの人は去った気さえする。戦友が人間がしてはならぬ怖しいことを犯し、自暴自棄のまま死にかけた時、あの人がそばに来てくれたのです。あの人は……私の戦友にとっては、同じ巡礼に同行するもう一人のお遍路さんになってくれた」

聞きながら美津子がその時、連想したのは大津のことだったが木口は美津子の考えとはまったく別のことを呟いた。

「私が考えたのは……仏教のいう善悪不二でして、人間のやる所業には絶対に正しいと言えることはない。逆にどんな悪行にも救いの種がひそんでいる。何ごとも善と悪とが背中あわせになっていて、それを刀で割ったように分けてはならぬ。分別してはならぬ。耐えられぬ飢えに負けて、人の肉を同じように口に入れてしもうた私の戦友は、それに圧し潰されたが、ガストンさんはそんな地獄世界にも神の愛を見つけられる、と話してくれました。偉そうな事を申しますが、戦友が死んでから私はね、このことを嚙みしめ、嚙みしめ、生きてきました」

二人のすぐそばにオレンジ色の可愛いサリーを着た金持の娘らしい少女が、大きな黒い眼で、ふしぎそうに日本語の会話をきいていた。薔薇色に染った川面には人の頭がまるで灯の消えた精霊流しの提灯のように動いている。

「成瀬さん、印度人はこの河に入ると、来世でよりよく生きかえると思うているそうですな」

「ヒンズーの人たちはガンジス河を転生の河と言っているようです」

「転生ですか。あのね、私は譫言を言った夜、実はね、こんな夢を見たのです。今でも憶えています。夢のなかで戦友が私の前に苦しそうに現われ、その苦しい戦友をガストンさんが抱きかかえている夢です。ガストンさんと戦友とは背中あわせだと私は思いました。戦友は私を助けるため肉を食うた。肉を食うたのは怖しいが、しかしそれは慈悲の気持だったゆえ許されるとガストンさんが言うている夢です」

「…………」

「転生とは、このことじゃないでしょうかね」

東京のどこにでもいる中小企業の社長のようなこの男、その男のなかに美津子の想像の及ばぬ人生がある。水のなかで合掌し祈っている人たちそれぞれにも、それぞれの心の劇がある。そしてここに運ばれてくる遺体にも。それらすべてを包んでいる河、大津が玉ねぎの愛の河と言った河。木口は持参した風呂敷包みの結び目をときながら経本をとり出し、

「成瀬さん、すまんがね、ここで、私は、あいつと戦死した戦友とのために経を唱えていいですか」

「どうぞ、わたくし、しばらく歩きまわってみますから」

河を見つめながら木口は暗誦している阿弥陀経の一節を唱えはじめた。

水が流れていく。ゆるやかなカーブを描きながら南から北へ、ガンジス河は動いていく。木口の眼にはあの死の街道で、うつ伏せになり、仰向けになり、死んでいた兵士たちの顔がうかぶ。

彼国常有《ひこくじようう》　種々奇妙雑色之鳥《しゆじゆきみようざつしきしちよう》。（かの国には常に種々の奇妙、雑色《ざつしき》の鳥あり。）

白鵠《びやつこう》、孔雀《くじやく》、鸚鵡《おうむ》、舎利《しやり》、迦陵頻伽《かりようびんが》、共命之鳥《ぐみようしちよう》。（白鵠《びやつこう》、孔雀《くじやく》、鸚鵡《おうむ》、舎利《しやり》、迦陵《かりよう》頻伽《びんが》、共命《ぐみよう》の鳥なり。）

是諸衆鳥《ぜしよしゆちよう》、昼夜六時《ちゆうやろくじ》、出和雅音《すいわげおん》。（このもろもろの鳥、昼夜六時《ちゆうやろくじ》に、和雅《わげ》の音《こえ》を出す。）

阿弥陀経を唱える木口のそばで、少女が黒い大きな眼で身じろぎもせず彼を見つめ、離れなかった。阿弥陀経のこの箇所を唱える時、木口は必ずビルマのジャングルで耳にした無数の小鳥の声を思いだす。

彼仏国土《ひぶつこくど》、微風吹動《みふうすいどう》、諸宝行樹《しょほうごうじゅ》、及宝羅網《ぎゅうほうらもう》、出微妙音《すいみみょうおん》。（かの仏国土には、微風《みふう》そよぎ、もろもろの宝行樹《ほうごうじゅ》、および宝羅網《ほうらもう》、微妙《みみょう》の音《こえ》を出す。）

一日中、ふりつづいた雨が時折、やむ時間があり、その合間、何処に今までかくれていたのか、ジャングルでは突然、鳥たちがあちこちで朗らかに鳴きだすのだ。地面では傷ついた兵士の呻き声や泣き声が聞えるのに、小鳥たちはまったくそれに関心がないように、ひたすら楽しげに鳴き声をかわす。そして空の何処か遠くで、日本軍の行方を偵察する敵機の音がかすかに聞えてくる。小鳥たちの声が明るく朗らかであるほど、兵士の呻き声が苦痛にみちた残酷なあの日々……

ヴァーラーナスィから西のアラーハーバードまで行く路は舗装道路が時折、切れて、ただでさえ古いタクシーは強く振動し、運転手は片手でノブのこわれかかったドアを押えた。沼田はそのたび毎にそばにおいた鳥籠をかかえねばならなかった。今朝、小鳥屋で手に入れた九官鳥が騒ぎまわるからである。

「よし、よし」

と彼は何度も鳥を静めようとした。

「よし、よし」

すると運転手がうしろを振りむき、歯のぬけた口に笑いをうかべ、

と日本語の真似をした。そのあと、この運転手はひどく下手な英語で、

「その鳥はあんたのものか」

「そう」

「その鳥を食べるのか」そして彼は片手で食べる真似をした。

「ノー」

「あんたは日本人か、中国人か」

「日本人」

「あんたはこの鳥を日本に運ぶのか」

「ノー。私はこの鳥を自由にする」

しかしこの最後の言葉は運転手にはよくわからなかったとみえ、そのあと、黙った

ままハンドルを握っていた。
やっと静かになった九官鳥の籠を沼田は膝にはさんで覗きこんだ。止り木に両足を
かけて鳥は痰のからんだような声をたてた。むかし病院で聞いたあの声である。
大きさも形もその昔、沼田が飼っていたものとほとんど変りはない。車が舗装道路
を走っている時は首を少し傾げる姿もそっくりだ。
「憶えているか、あの夜を」
沼田は小声で話しかけた。運転手がまたふり向いてたずねた。
「何か用か」
「ノー」
運転手がラジオのつまみをまわすと、おそらく流行歌なのだろう、女の高い声とム
リダンガムという太鼓をうつ印度音楽がひびいた。
路の両側が深い森になる。至るところにあるオオギ椰子とバニヤンの樹々が密生
し、バニヤンの樹は白い枝をたらしまるで性交中の男女のように、たがいにしっかり
絡みあい抱きあっている。このあたりから沼田はワイルドライフ・サンクチュアリの
標識が出ていないか、窓に顔を押しあてた。ワイルドライフ・サンクチュアリとは各
所にある動物や鳥類の保護地区のことである。アーグラの近くのサルスカやバラット
プルは広大で有名な保護地区だが、このアラーハーバードにも小さいながら狩猟禁止

の場所があることを沼田は江波の話で知っていた。

地図をひろげて場所を調べていると、運転手はフロントで聞いていたとみえ、

「知って《アイ・ノオ》いる《アイ・ノオ》。ノー・プロブレム」

と声をかけてきた。ふたたび車が烈しく振動する砂利道にかわり、鳥籠のなかで怯えた九官鳥が羽ばたき、それがしばらく続いて、やっと車は徐行した。

「ここ」

「待っていてくれ」

沼田は時計を見せて三十分後の時間を示した。

粗末な事務所には誰もいない。二、三度、声をかけたが返事はない。至るところから、閉園後の動物園のようにさまざまな小鳥の声が聞える。森のなかは意外に整地されて、樹々は間引きされ、あちこちに池が作られている。鳥たちが水を飲むためだ。

池のそばに腰をおろし、彼は鳥籠を地面においた。

「憶えているか、あの夜を」

彼は九官鳥に声をかけた。その瞬間、病院の深夜の思い出が胸に痛いほど蘇ってきた。二年ちかい入院生活と二度の手術の失敗のあと、疲れきった彼が心を洩らすことのできたのは九官鳥だけだった。病院が寝しずまった深夜、小さなベッドスタンドをつけ、誰にも語れぬ（これ以上、細君に辛い思いをさせたくなかった）不安や心細さ

をこの鳥にだけはひとりごとのように告白した。女のぬれた髪のように漆黒の色の九官鳥。九官鳥は止り木に折釘のような足をかけ、首を傾げては「は、は、は」と声を出した。それは沼田の意気地なさや弱気を嘲笑しているような声にも聞え、慰めにも聞えた。「死ぬのかな」「は、は、は」「どうすればいい」「は、は、は」そして二月の雪の日、三度目の手術が行われた。癒着した肋膜の出血で心電図の線が波うたなくなりかけた時、まるで身がわりのように九官鳥は死んでくれた。

鳥籠の出口をとめている木片をはずす。竹と針金とで作った粗末な籠である。

「さあ、出ろ」

指でかるく籠の外側を叩く。九官鳥は当然のことのようにとび出て——叢を走り、羽をひろげて少し跳躍し、また地面を急いで駆けていった。その滑稽なうしろ姿を見て沼田は、長年、背中にのしかかっていた重い荷がおりたような気がした。雪の日、彼の身がわりのように死んでくれたあの九官鳥へかすかに礼ができた思いだった。

暑さが顔や首を焼いてくるが、大きなビンロウ樹の木蔭に入るとさまざまの小鳥たちの鳴声が間近でも遠い森のなかからも、繰りかえし繰りかえし聞えてくる。さまざまな形や色を持った彼等が枝から枝へ軽やかに嬉しげに飛びまわっている。九官鳥は何処に行ったのだろう。

菩提樹の葉がすれあう音。耳のそばに飛んでくる虫の羽音。それらは森の静かさを更にふかめている。椰子と椰子との間を何か素早く渡るものがあるので、眼を向けると尾の長い猿だった。眼をつむって沼田は大地や樹々から酒のように醸し出されるむっとした青くさい臭いを吸いこんだ。生命の露骨な臭い。樹や鳥の囀りや、ゆっくりと葉々を動かす風のなかでその生命が交流している。

突然、自分の愚かさを思った。今、彼が感じとっているものが、人間世界の中では何の役にも立たない。そんなことは百も承知しているのにそれに身を委せている愚かしさ。ヴァーラーナスィの町は死の臭いが濃いのだ。あの町だけではなく東京も。それなのに小鳥たちは楽しげに歌っている。そして彼はその矛盾から逃げるため童話の世界を作り、帰国後もまた鳥や動物を主人公にした物語を書くだろう。

十三章　彼は醜く威厳もなく

ホテルのテレビがくり返し、くり返しインディラ・ガンジー首相の暗殺の模様を放映している。

それによると、当日、午前九時十五分、首相は平生の習慣通り公邸を出て、百八十米ほど離れた場所にある執務室まで歩いていた。執務室では英国俳優のピーター・ユスチノフ氏が首相とのインタビューで待機していた。その瞬間、彼は窓の外で爆竹のような音を聞いた。人々の叫びがそのあとに続いた。その時、首相のボディ・ガードだったビアント・シン警部補と最近、護衛係になったサトワント・シン巡査の二人が、突然、自動小銃を女性首相めがけて乱射した。その場に倒れた首相はただちに病院に運ばれたが既に死亡していた。遺体には五十ヵ所の被弾痕があった。

英国人俳優ユスチノフ氏の顔写真も画面にうつった。彼の声で、

「すべての準備が整い、お茶が茶碗に注がれた時、突然、三発の銃声が聞えた。あれ

は爆竹の音にちがいないと誰かが言った」

食堂でホテル従業員たちと磯辺が画面を注目していると、ボストンバッグを持った三條が姿を現わした。

「お早うございます、磯辺さん、お一人ですか。皆は」

三條の声はかん高い。磯辺は彼から視線をそらせたまま、

「皆さんは米国人観光団と同じバスで河を見に行きましたよ」

「え、ガンジス河に？　行けばよかった。昨夜、女房と一緒にホテル・タージ・ガンジスにダンスに行きましたので寝坊してしまいました。あのホテルは素晴らしいですよ。江波さんはどうしてここみたいな二流ホテルにぼくたちを泊めたんだろう。東京のオークラ、クラスのホテルがこの町にもあると言うのに」

「奥さんは」

「寝てます。困った奴です。まだ子供で、夫が一流のカメラマンになりたいのがわからないんです」

「そのボストンバッグの中もカメラですか」

「御名答。女房は昼まで眠るそうですから、珈琲を飲んで、ぼくも午前中、ガンジス河に行ってきますよ」

「ガンジス河の火葬場は撮影が絶対に禁止と江波さんが言っていたでしょう。特に昨

日今日はヒンズー教徒たちの気がたっているからね――私も昨夜彼等がシーク教徒の男を血まみれになるまで撲っているのを見ましたよ――今日はカメラは持たぬほうがいいんじゃありませんか」

「ロバート・キャパが言ってます。危険を冒さぬカメラマンに傑作を撮れぬって。印度人のいうノー・プロブレムですよ。大丈夫、大丈夫。火葬場は撮りませんから」

三條は珈琲を音をたてて飲み終ると、タクシーをフロントに頼み、一度、部屋に戻った。空色のネグリジェを着た妻は腕を投げだして、蓑虫のように丸まって眠っていた。彼がその白い腕にふれると、眠たげに眼を細く開いて、

「寝かせて」

「出かけてくるよ、仕事だからね。それでないと来た甲斐がないさ。ルームサービスを何かとってやろうか」

「いらない」

「やれやれ、ガンジー首相が暗殺されたというのに」

「わたしたちに関係ないでしょ。寝かせて、お願い」

もちろんそのほうが三條にも好都合だった。高級ホテルと印度シルクやカシミールのショールを売る店では眼を赫やかすが、ニューデリーでもこの町でも「不潔」「たまらない」「メルヘン街道に行きたかったのに」を連発する妻に、正直な話三條も手

こずっていた。

そそくさとタクシーに乗りこんで、一人で出発した三條の姿を見て、磯辺は急に不安な気に駆られた。愛想だけはよいが、他人の迷惑はかえりみない世代、どの会社にもいるのだ。三條は悪い奴ではないが、無神経な若者だと磯辺は経験で、知っていた。

「ダシャーシュワメード・ガート」

三條はいささか得意になって行く先をハンドルを握っている男に告げた。その高飛車な口調に印度人の運転手は畏って、

「イエス・サー」

と反射的に答えた。三條はボストンバッグのカメラを愛撫した。この固い物体。彼の生甲斐。彼の相棒。

車をおりると蝗の群のように物乞いたちが彼をとりかこむ。「ノー」と三條は犬を叱るような声を出した。「ノー」指を失った女や飢えた真似をする子供たちには初めのような憐憫や同情心はもう起らなかった。一人に少しでも小銭をやればこいつらの人数は更にふえてくるのだ。

巡礼客のために花や聖なる河の水を入れる瓶を売る店が並んだ四つ辻に二人ほど兵士の姿が見えるのは暗殺事件の影響だろう。兵隊たちにボストンバッグのなかを見ら

れれば訊問されるかもしれない。

河にそった裏路を「星影のブルース」の口笛を吹きながらたどる。「うまく運んでいる」と彼は得意だった。「すべて要領、要領」私大の芸術科を出たあと有名なカメラマンの助手になり要領よく立ちまわった。結婚も彼の生活を保証してくれる家の娘を選んだ。天文台をすぎたあたりからさまざまな色彩で包んだ遺体を担って歩く二、三組の行列に出会った。それらは河岸にそった宿泊所で息を引きとった巡礼客の死体だった。女の遺体は赤かオレンジの布で包むのだと旅行案内書に書いてあった。

ボストンバッグの上からカメラをさわった。

禁止されているゆえに何とか匿しどりしたい。日本人写真家の一人もこれらの光景を写していないことを、駆け出しでも三條は知っていた。だから成功すれば、一流の写真雑誌は彼の名前入りで掲載してくれるだろう。

写真は思想じゃない、素材だ。だから印度を新婚旅行の行先に選んだのだ。ロバート・キャパだって、戦場という劇的な場面がなければ世界に名をはせなかったろう。

三米ほどの二本の棒に遺体をのせ、何人かの男たちがそれを担って狭い路を通りすぎる。一組をやり過ごすと三條は素早くボストンバッグのチャックをあけ、愛用のカメラを取り出した。顔までカメラを持ちあげた時、うしろの棒をかついだ男が突然ふりむいて、はっきりした日本語で言った。

「やめてください。写真は禁止されています」

三條はシャッターを押すのを忘れて茫然とその男を見た。

思いだした。数日前に江波につれられて河を見物に来た時、火葬場近くで出会ったあの日本人だ。江波が話しかけたが、男は自分の粗末な身なりを恥じたのか、曖昧な返事をしただけで、他の印度人と逃げるように姿を消した。

遺体とその運び屋のあとをつけながら、三條は、あの日本人に出会えたことをむしろ、しめたと思った。

「要領、要領」と彼はいつもの癖で何事も良いほうにとった。「あの日本人に何とか話をつけて、そっと撮らせてもらえないか。もちろん、金をつかませれば、向うだって嫌だ、とは言うまい」

火葬場《スマサーン》が近づくと、一種独特の死臭が鼻につく。遺族が膝をかかえて近くに座りこみ、薪の上にさきほどの担架がぶらさげられ、火をつけられるのを待っていた。

至るところで憎しみが拡がり、至るところで血が流れ、至るところで戦いがあった。ガートの階段に腰をかけ、通り路の少しだけ小綺麗な店で絵葉書と一緒に買ったインディアン・タイムスを膝に広げて、美津子は眼を通した。日本についての記事はひとつも見当らない。そのかわり、明後日行われるインディラ・ガンジー首相の葬儀には各国の首脳にまじって中曽根総理も列席するらしかった。憎しみがくすぶり、血が流れているのは印度だけではなく、イランとイラクの戦も泥沼に入り、アフガニスタンでも戦争が続いていた。そんな世界のなかで、大津の信じる玉ねぎの愛などは無力でみじめだった。玉ねぎが今、生きていたとして、この憎しみの世界には何の役にもたたない、と美津子は思う。

彼は醜く、威厳もない。みじめで、みすぼらしい
人は彼を蔑み、見すてた
忌み嫌われる者のように、彼は手で顔を覆って人々に侮られる
まことに彼は我々の病を負い
我々の悲しみを担った

滑稽な大津。滑稽な玉ねぎ。美津子は火葬場のあたりに動く白衣の人たちのなかに大津の姿を探す。あの男を馬鹿にしつづけながら、なぜ関心を持ち、それを求めるのだろう。白衣を着た人間の数は数人。そのほかは、焼けのこった死体の肉を狙う数匹の赤い犬の群がいる。禿鷹も薪の山の近くに、羽をひろげては機会をねらっていた。

彼等もまた犬の食べ残した人間の肉をついばむのだ。美津子はまぶたの裏に、コブラや蠍《さそり》に噛まれて耐えていたあの女神チャームンダーの姿をまた思い描く。そして気がつくと、一頭の痩せこけた牛がそばの石段で、美津子と同じようにそんな光景をうるんだ眼で見ていた。


「木口さん」

経文を唱えていた木口はサリー姿の美津子がはじめはわからず、

「え」

といぶかしげに見つめたが、

「おや、あんたですか」

と答え、

「見まちがいましたよ。サリーなど着ておられるから」

「裏通りで買ったんです。店の主人に着かたも教えてもらいました」

「御自分の洋服は」

「その店があずかってくれました。外人の沐浴客のために」

「あんた、沐浴されるんですか」

木口はサリーで身を包んだ美津子が、ゆっくりと石段をおりるのを眼で追った。彼女は濁ったミルク紅茶のような水に片足を近づけた。水はなまぬるい。沐浴をしていた印度人の大きな男が掌を動かして、しきりに彼女に何か言った。

「何ですか」

と聞きかえすと、その印度人は大声で答えた。

「入りなさい。この河は気持いい」

美津子はうなずいて河のなかに片足を入れ、もう一つの足を沈めた。死と同じように、直前はためらったが、体をすべて沈めた時、不快感が消えた。

右に二人、左に四人、ヒンズー教徒たちの男女が顔を洗い、水を口にふくみ、合掌をしている。誰も、美津子をふしぎそうに見る者はいない。注意して観察すると、男の群がっている場所と女性の集まり場所とは、おのずと分れているようだった。

体を左右に動かして美津子はサリー姿の女性たちの間に近づいた。女たちはそれぞれガートの露店で買った花びらを木の葉にのせて水に流している。石段には大きな傘をひろげ、黄色い布をまとったバラモン僧が祝福を乞いにきた新婚夫婦を祝福していた。遠く南側では、ようやく焼けた、先程の死体の灰を三人の白衣の男が河にスコップで流していた。死者の灰を含んだ水がそのままこちらに流れてくるのに、誰もがそれを不思議にも不快にも思わない。生と死とがこの河では背中をあわせて共存している。

祝福された黄色の花やピンクの花も流れていく。その花が何か水面の白い板のようにぶつかり溜っていく。熟視するとこの白い板状のものは、死んだ仔犬の死体だった。にもかかわらず、それらにまったく無関心で、人々は水のなかで動き、体を沈め、祈っている。彼女は眼で火葬場を探した。火葬場では柿色の布にまかれた新しい死体が薪の上につるされた。担架を担った男たちが、別の死者を運んでくる。大津はどこにも見当らない。

美津子は河の流れる方角に向いた。

「本気の祈りじゃないわ。祈りの真似事よ」と彼女は自分で自分が恥ずかしくなって弁解した。「真似事の愛と同じように、真似事の祈りをやるんだわ」

視線の向う、ゆるやかに河はまがり、そこは光がきらめき、永遠そのもののようだった。

「でもわたくしは、人間の河のあることを知ったわ。その河の流れる向うに何があるか、まだ知らないけど。でもやっと過去の多くの過ちを通して、自分が何を欲しかったのか、少しだけわかったような気もする」

彼女は五本の指を強く握りしめて、火葬場のほうに大津の姿を探した。

「信じられるのは、それぞれの人が、それぞれの辛さを背負って、深い河で祈っているこの光景です」と、美津子の心の口調はいつの間にか祈りの調子に変っている。

「その人たちを包んで、河が流れていることです。人間の河。人間の深い河の悲しみ。そのなかにわたくしもまじっています」

彼女はこの真似事の祈りを、誰にむけているのかわからなかった。それは大津が追いかけている玉ねぎにたいしてかもしれなかった。いや、玉ねぎなどと限定しない何か大きな永遠のものかもしれなかった。


その瞬間、火葬場におりる階段付近から叫びが起った。蹲っていたヒンズー教徒たちが一斉に立ちあがり、何か叫びながら走りはじめた。その方角に一人の東洋人があわてて逃げている。三條だ。まぎれもなく三條だ。と、遺体を運んでき、休息していた男たちから、一人が飛び出して、遺族たちの前に立ちはだかり、なだめにかかった。だが激昂した彼等は、たちふさがったその男をとり囲み、四方から撲ったり蹴っている。その間に三條は河岸の背後の迷路に逃げこんだ。首相の暗殺で気がたっているヒンズー教徒が、止めにかかった男に怒りをぶつけている。貨物車から出された荷物のように何段もガートを転げ落ちた男は、そのまま動かなくなった。

沐浴していた人々が集まってくる。転げた男をとり囲んで輪ができた。濡れた体と体の間から美津子は血だらけの大津の体を見た。

「大津さん」

彼女の叫び声に、水の滴るドーティやサリーで腰をまいた男女たちがふりむき、道をあけた。

「彼じゃありません」美津子はそばにしゃがみこんだ。「この人は何もしていません」

大津はうすく眼をあけ、無理やりに笑いを作ったが、首が盆栽のように右にねじれていた。

「折れちゃったのかな……首が……」彼はかすれた声を洩らした。「弱ったな」

「待って、救急車をよぶから」

「遺体を写しては、いけないと。あれほど……あの人に教えておいたのに」

「わたくしと一緒に来た日本人観光客の一人よ。救急車をよんでくる」

「アウト・カーストの友だちが……運んでくれる」

それから彼は引きつったような笑いをうかべた。

「死者を乗せるものに、まだ生きているぼくがのる……」

大津は美津子を笑わせるためにこの冗談を言ったようだった。しゃがんだ彼女は持参したタオルで大津の口や顎をよごした血をふいた。血まみれになった丸い顔は文字通りピエロそっくりになった。大津の言った通り死体を運んできた男たちが、死体用の竹の担架を運んできた。それをみると集まっていた見物人の男女は逃げるように離れた。担架に乗せられた時、大津は羊のような苦痛の声をあげた。

「何処に行くのですか」

と担架をかついだ男たちに美津子はたずねた。みんな黙っていた。しつこく訊ねる彼女に一人の男が、

「病院」

「どこの病院？　ここの大学の病院に行ってください」

「さようなら」担架の上から大津は、心のなかで自分に向って呟いた。「これで……いい。ぼくの人生は……これでいい」

「馬鹿ね、本当に馬鹿ね、あなたは」と運ばれていく担架を見送りながら美津子は叫んだ。「本当に馬鹿よ。あんな玉ねぎのために一生を棒にふって。あなたが玉ねぎの真似をしたからって、この憎しみとエゴイズムしかない世のなかが変る筈はないじゃないの。あなたはあっちこっちで追い出され、揚句の果て、首を折って、死人の担架で運ばれて。あなたは結局は無力だったじゃないの」

しゃがみこんだ彼女は拳で石段をむなしく叩いた。

すさまじい人の群れ、すさまじい熱気。客を奪いあうタクシー運転手の騒ぐ大声。怒鳴るような発音の印度英語のアナウンス。

「荷物に気をつけてください。カルカッタじゃぼんやりしていると黙って持っていかれますから」

日本人観光客を一ヵ所に集めて注意を与えると、チャーターした空港行きバスを探しにいった江波はむなしく戻って、

「あれほど頼んであったのに、まだ来ていません。印度人はこれだから困る」

「帰りの飛行機は間に合うんでしょうね」

「それは大丈夫です。まだ三時間、ありますから」

「むし風呂みたい。それにこの音、耳の奥まで痛くなるわ」

「それがカルカッタなんです。なにしろ人口、九百万の都市ですから、いろいろな国籍の人間でごった返しています」

江波は添乗員としての説明をいつも忘れなかった。癖になっているのであろう。

「成瀬さん、申しわけありませんでしたね。折角、印度にいらっしたのに仏跡を御覧になれなくて」

「いいんです。仏跡のかわりに、わたくし、河を見ましたもの」

「帰国したら、会社に話して旅費を割引きさせて頂きますよ」

待合室にテレビがつき、ここはとりわけ混雑をしていた。今日の午後から行われるインディラ・ガンジー首相の葬儀の実況が映し出されているからだ。花に飾られた遺体は、砲車にのせられジャムナー河畔の火葬場に向かう。道すじや要所要所にあまたの兵士が警戒に当たっている。道にならんだ群集から国旗をふる人たちがいる。サリーの袖で泪をふいている女もいる。

「頑張ったんだけどなあ、彼女は」

江波はその小さく見える画面に顔を向けてひとりごちた。沼田がきいた。

「なぜ殺されたんです、彼女は。シーク教徒の宗教的憎悪ですか」

「直接にはね。しかし結局は言語も宗教も異にする七億の人間が住む世界の矛盾や、それから皆さんが御覧になったあの貧しさですよ。そしてカースト制。彼女はそれに何らかの調和を与えようとしたが、やはり駄目でした」

江波の溜息のような言葉に日本人たちはうなずいたが、誰も身を入れて聞いていなかった。質問した沼田もあのアラーハーバードに近い森の空、風のささやき、光った葉と、彼が自由にしてやった九官鳥のことを考えていた。婦人客たちは、買い残した土産物を空港で買えるかどうか、小声で話しあい、木口はやっとヴァーラーナスィで手にいれた小さな仏像を紙で包みなおしていた。

「あの人、口から泡をふいていますわ」

と女性客の一人が木口を突ついた。老婆が壁にもたれ、顔を仰向けにして肩で息をしている。口から黄色い液体の泡をふいている。しかし横を通過する印度人たちは特別、驚きもせず忙しげにそばを通過するだけだ。

「死にかけているわ、あの人」

女性客は江波に教えたが、江波はそちらに眼をやって、

「行き倒れは印度の至るところにいますよ。デリーでも見たでしょう。ヴァーラーナスィでも見たでしょう。このカルカッタでは毎日、百人、二百人が路で息を引きとるんですよ」

「でも、こんな間近でみるのは初めてですわ。誰か何かをしてやらないの」

「何をしてやればいいんです」江波は怒ったように言った。「行き倒れは、この国では、この婆さん一人じゃないんだ」

彼の声があまりに強かったので、日本人たちはそれに押されたように老婆から視線をそらして黙りこみ、遠いテレビのほうに顔をむけた。三段に煉瓦を積んだ火葬台、ユーカリの緑の葉で飾られた女性首相の遺体の顔は、ピンクのスカーフで覆われている。軍楽隊が荘重な葬送行進曲を奏でた。遺族である彼女の息子が、薪に火をつけようと近よった。参列者の顔が一人一人うつされる。サッチャー英首相、イメルダ夫人、そして中曽根首相の横顔もある。炎が燃えあがる。ガンジス河の火葬場で、次々

と布で包まれた遺体がそれぞれの人生と共に炎のなかで消滅したように。にもかかわらず生き残ったものの世界はこれからも互いに憎み、争うだろう。イランとイラクの戦は相変わらず続き、レバノンでも内戦が起こり、テロリストたちは英国ブライトンで、首相の宿舎を爆破して三十数人が傷つき死亡している。

「ひどい暑さですわね」と美津子は磯辺のそばに近よってたずねた。「お疲れじゃないですか」

「いや、いや。来てよかったですよ」

と磯辺は照れ臭げに笑った。

「少なくとも奥さまは磯辺さんのなかに」と美津子はいたわった。「確かに転生していらっしゃいます」

磯辺は眼をしばたたいて、うつむいた。うつむいた背中はこみ上げる悲しみを体全体で、いや人生全体で怺《こら》えているように見えた。

「何しているんです。バスは」

と三條が江波にたずねた。彼の新妻はぐったりとして、トランクに腰かけていた。三條は自分の行為が何を引き起したか、考えてもいないようだった。

「こんな暑さのなかで、何時間、待つんだろ」

「いいじゃないですか。これも印度ですよ」

と木口がとりなした。「思い出のひとつになります」

三條は不満げな顔をしたが、気をとり直してカメラを眼の高さにあげ被写体を探した。黄色い泡を口からふいて壁に上半身をあずけている老婆に向けてシャッターの音が何度も聞こえた。その時、人々が急に道をあけた。担架を持った二人の男をつれて、ねずみ色の尼僧服をきた白人と印度人の若い修道女が老婆に近づいた。彼女たちは老婆にヒンディー語で何かを囁き、そのうつろな顔を水でぬらしたガーゼでふいた。

「マザー・テレサの尼さんたちですよ」

と江波が日本人たちに説明した。

「御存知でしょう。この町に『死を待つ人の家』を作った修道女たちです。彼女たちはカルカッタであぁして行き倒れの男女を探しては、臨終まで世話するんです」

「意味ないな」と三條が嘲った。「そんなことぐらいで、印度に貧しい連中や物乞いはなくならないもの。むなしく滑稽にみえますよ」

滑稽と言う言葉が美津子に大津のみじめな半生を思い出させた。三條の言うように、大津がヴァーラーナスィの町で、瀕死の老人や老婆を無料宿泊所や河の火葬場に運んでも、それはどのくらい役にたつのだろう。それなのにこの修道女や大津は……

「わたくしは日本人です」

と美津子は白人の修道女に話しかけた。

「何のために、そんなことを、なさっているのですか」

「え」

修道女はびっくりしたように碧い眼を大きくあけて美津子を見つめた。

「何のために、そんなことを、なさっているのですか」

すると修道女の眼に驚きがうかび、ゆっくり答えた。

「それしか……この世界で信じられるものがありませんもの。わたしたちは」

それしか、と言ったのか、その人しかと言ったのか、美津子にはよく聞きとれなかった。その人と言ったのならば、それは大津の「玉ねぎ」のことなのだ。玉ねぎは、今昔々に亡くなったが、彼は他の人間のなかに転生した。二千年ちかい歳月の後も、今の修道女たちのなかに転生し、大津のなかに転生した。担架で病院に運ばれていった彼のように修道女たちも人間の河のなかに消えていった。

「江波さん」

と美津子は江波のそばに駆けよって頼んだ。

「ヴァーラーナスィの大学病院の――例のお医者さまに、連絡とれますか」

「え」江波は驚いたように、「どうしたんです」

「わたくしの友人が、一昨日、怪我をして入院したんです。江波さんも火葬場でお会いになったあの日本人です。容態をききたいんです」

「何だ、そんな事、すぐ連絡してあげますよ。バスがきたら、一寸、待たせてください」

江波は親切にも混雑する人ごみのなかを、公衆電話の方向に行った。そして三、四分、何か口を動かし、受話器をおき、バスを待ちくたびれている日本人たちの場所に戻ってきた。彼は重い表情をして美津子を見つめ、

「あなたの友人ですか、怪我をした日本人は……」

と彼は唾をのみこんで言った。

「危篤だそうです。一時間ほど前から状態が急変しました」

遠藤周作『深い河』——痕跡を追いかける人々の物語

金《キム・》承哲《スンチヨル》（南山大学教授）

1．

遠藤周作の小説には、「旅」がよく出てくる。代表作『沈黙』は、ヨーロッパから波濤《はとう》万里を超え日本を訪れたキリスト教宣教師たちの物語である。『侍』の主人公は、思いもよらぬ運命にあやつられ、太平洋を横断しメキシコに赴き、さらに大西洋を渡りローマまで行って、再び故郷の仙台藩に戻る。実に七年にわたる壮絶な旅であった。中間文学作家としての遠藤の力量が遺憾なく発揮された『おバカさん』にも、ある日突然フランスからはるばる日本に来た、ピエロのような男が登場する。

「旅」というものが、古代ギリシアのホメロスの『オデュッセイア』をはじめとし、ローマの詩人ウェルギリウスの『アエネーイス』、またイタリア人ダンテの『神曲』に至るまで、多くの作品における文学的トポスとなっていることは言うまでもない。作家遠藤周作にとっても、「旅」は彼の人生と作品を理解するにあたって格別な意味をもつ。

周知のように、遠藤はフランスに留学した。一九五〇年六月、遠藤は横浜港を出発し、約一ヵ月の船旅の後、フランスのマルセイユに上陸した。彼の渡仏は、日本とフランスのカトリック教会の篤志家たちの計画と支援によるものだったが、遠藤は、自分のヨーロッパへの旅を、天正一〇年（一五八二年）、当時の宣教師ヴァリニャーノの立案と九州のキリシタン大名たちの支援によって四名の少年がヨーロッパに派遣された、かつての「天正遣欧少年使節」とかさねて受け取っていた。これに関して遠藤は、エッセイ「沈黙の声」（一九九二年）の中で、次のように述懐している。「天正少年使節は飛行機で西洋へ行ったのではなく、船に乗り、二年もかけて辿りついた。私も船でヨーロッパへ行ったのだ。そのときは三五日かかった」

遠藤の留学は、将来自分はどのようにして小説を書くべきかを探るために腐心する期間でもあった。自分が受けたキリスト教の洗礼を「体に合わない洋服」と呼ぶほど、遠藤は日本人である自分と欧米のキリスト教の間の「距離感」に悩んでいた。それゆえ遠藤の小説の主題は、その「距離感」をどう縮めるかという問題に帰結することになる。問題は、自分の主題をどのようにして作品化することができるのかという、小説の技法をめぐるものであった。なぜならば、作品の技法とは、その作品の主題から自ずと滲《にじ》み出なければならないからである。そのとき彼に決定的なインスピレーションを与えたのが、留学当時フランスに紹介されていた英米の探偵小説の世界であった。特に遠藤を魅了したのは、イギリスのカトリック作家グレアム・グリーンや、アメリカのダシール・ハメットをはじめとする、英米のハードボイルド小説であった(日本では一時期「探偵」の「偵」の字が常用漢字に含まれていなかった事情があり、探偵小説を「推理小説」または「ミステリー」と呼んでいた)。当時の事情は、遠藤の留学生活の記録である『作家の日記』がよく語ってくれる。遠藤は、ジャック・マドールの『グレアム・グリーン論』を読んで、次のように日記に書き残した。遠藤の「エウレカ!」の歓声が生々しく聞こえてくるようだ。

「こうしてカトリック小説は、探偵小説の手法を効用する事が出来るのである。これを読みながら、やはり、ぼくは、小説の技術を学ぶには、映画と探偵小説に頼るのがいいと思う」(『作家の日記』一九五二年一月二八日付)

探偵小説=推理小説とは、犯人が現場に残した痕跡を追跡する探偵の物語である。遠藤の作品に「旅」のことがよく扱われるのも、探偵小説の技法が遠藤文学の根幹を為《な》すことと不可分の関係がある。探偵こそ、犯人を捜しに何処《どこ》までも足を運ぶ人間だからである。では、ここでいう「犯人」とは何か。遠藤の声を直接に聞こう。

「推理小説は、最後の頁を開けるまでは大体犯人がわからないように書いてある。つまり、この犯人というのが人生の意義です。（略）推理小説のことを私たちは普通ミステリー小説と言っているが、私の小説も、人生も、やはりミステリー小説です。この場合、ミステリーというのは文字通り人生の神秘というものについて、その意味を探ろうということでミステリー小説になるわけです」（『自分をどう愛するか〈生活編〉――幸せの求め方』）

2.

遠藤の死後出版された『「深い河」創作日記』からもうかがえるように、『深い河』は闘病中の遠藤が渾身の力を絞って書き上げたものであった。

「痛みをまぎらわすため、『深い河』の一節を思い出し、あそこはこう書くべきだったなどと考えるのも小説家の性であり、今ののぞむのはあの小説の出来上りだ。早く表紙をなでてみたい。この小説のために文字通り骨身をけずり、今日の痛みをしのがねばならなかったのか」

この作品に登場する人びとは、それぞれの人生に刻み込まれている痕跡を背負って、そこに痕跡を残したものを探すために日本から印度のガンジス河までの旅に出かける。磯辺は、「人生の同伴者」であった妻が残した言葉を忘れることができず、印度のある少女が日本人から転生したという手紙を読んで、その少女を探しにいく。息を引きとる間際に、妻は声を振り絞りながら磯辺に言ったのである。「わたくし……必ず……生れかわるから、この世界の何処かに。探して……わたくしを見つけて……約束よ、約束よ」

木口は、戦争中密林で悲惨に死んだ戦友や敵軍の冥福を祈る法要をいとなむために印度に行く。童話作家の沼田は、印度の野鳥保護地区に行く。彼は、肺を患い長い間入院した。その彼のために、妻はどこかで九官鳥を買ってきて病室においてくれた。誰もいない夜の病室で、沼田はその鳥を相手に自分の苦しみや悩みを打ち明けたこともある。執刀医さえためらうほどの大手術が運よく成功したその日、その九官鳥は死んだ。まるで自分の代わりに死んだようで、心が痛む。

そして、成瀬美津子がいる。彼女は、大学時代に自分が愚弄してから棄《す》てた、大津という名の男のことを憶えている。彼は今カトリック教会の司祭となって印度にいるらしい。行きずりに過ぎなかったあのバカバカしい男が、なぜか心に残っていた。美津子は、フランスに新婚旅行をしたときも、なぜか彼のもとを訪れた。リヨンの修道院で会った彼の口から出てくる「神」という言葉を嫌がる美津子に、大津は笑いながら言う。「その言葉が嫌なら、他の名に変えてもいいんです。トマトでもいい、玉ねぎでもいい」

『深い河』を執筆していた頃、遠藤はイギリスの神学者ジョン・ヒックのある本にめぐり合った。『「深い河」創作日記』には、この出会いの意味がこう述べられている。

「数日前、大盛堂の二階に偶然にも棚の隅に店員か客が置き忘れた一冊の本がヒックの『宗教多元主義』だった。これは偶然というより私の意識下が探り求めていたものがその本を呼んだと言うべきだろう。（略）ヒックは基督教神学者でありながら世界の各宗教は同じ神を違った道、文化、象徴で求めているとのべ、基督教が第二公会議以後、他宗教との対話と言いながら結局他宗教を基督教のなかに包括する方向にあると批判している。（略）この衝撃的な本は一昨日以来私を圧倒し、偶々《たまたま》、来訪された岩波書店の方に同じ著者の『神は多くの名前をもつ』を頂戴し、今、読み耽《ふけ》っている最中である」

遠藤が書き続けた主題、すなわち、日本の精神的風土と西洋のキリスト教の間の「距離感」という問題が、一応、こういう形で落着したとも言えよう。

大津は印度に行き、社会から棄てられガンジス河沿いで死を待つ人々のために働く。しかも、ヒンドゥー教徒のような服装をして。やがて彼に会った美津子が不思議そうに訊《き》く。なぜキリスト教徒のあなたがここでこのようなことをしているのか、と。大津は答えた。「玉ねぎがこの町に寄られたら、彼こそ行き倒れを背中に背負って火葬場に行かれたと思うんです。ちょうど生きている時、彼が十字架を背にのせて運んだように」。大津の顔には吹出のようなものもできていた。かつて聖フランチェスコの体に現れたというキリストの「聖痕」のように。大津が追いかけてきた「玉ねぎ」が、いつの間にか彼の体に痕跡としてあらわれたのであろう。

遠藤は言う。「ぼくらの人生をたった一度でも横切るものは、そこに消すことのできぬ痕跡を残す」。そして、「神というものが本当にあるならば、神はそうした痕跡を通して、ぼくらに話しかけるのか」(『わたしが・棄てた・女』)。そうであるならば、遠藤にとって「書く」ということは、自分に痕跡を残した何ものかを目に見えるように現前化させる行為、つまり、キリストの神秘を目の前にあらわす「秘跡」(サクラメント)という教会の儀式のようなものだったとも言えよう。母に導かれ「受けさせられた」キリスト教の洗礼の痕跡。「踏絵」に残されている人々の足の痕跡。遠藤は、それらの目に見える痕跡に探偵のようにルーペを近づけながら、目には見えない何ものかを追いかけ続けたのである。(参照。拙著『遠藤周作と探偵小説——痕跡と

追跡の文学』教文館、二〇一九年）

3．

遠藤は、生涯フランスの小説家ジョルジュ・ベルナノスの『田舎司祭の日記』を愛読していた。献身的に人に仕えようとするがいつも失敗を味わう一人の生真面目な司祭。遠藤の『おバカさん』は、実はこの司祭の姿をガストンという道化師のような人物に託して書いた作品である。『田舎司祭の日記』は、自分に「病者の塗油《とゆ》」を執り行う司祭がまだ到着しないうちに、臨終をむかえる司祭が残した言葉をもって締めくくられる。「病者の塗油」とは、以前は「終油《しゅうゆ》の秘跡」と呼ばれたもので、これからこの世を離れ天への旅をする人に、その旅の糧《かて》として、額と両手に油を塗る儀式のことである。

「それはどうでもいい。すべては神の恩寵である」

この司祭の最後の言葉は、大津が残したつぶやきとしてよみがえる。

「これで……いい。ぼくの人生は……これでいい」

十三世紀イタリアの神学者聖ボナヴェントゥラに、『魂の神への道程』(*Itinerarium mentis in Deum*)という著作がある。フランチェスコ会の修道士であったこの聖人は、信仰を私たちの魂が神のもとまで上昇する旅に喩《たと》えた。そして、その旅は神がこの世に残してくれた「痕跡」をたどりながら行われるし、神ご自身が上に引っ張ってくれなければ不可能であるという。

そうであれば、地上における私たちの旅は、それぞれに残された痕跡を追いかけながら、自分に痕跡を残してくれたそれぞれの神——「玉ねぎ」——へ至るための道程であり、そこにはすでに「多くの名前を持つ」神の恩寵が働いているはずであろう。

年譜

大正十二年　一九二三年
三月二十七日、東京市巣鴨で、父常久、母郁子の次男として生れる。父は安田銀行に勤め、母は上野音楽学校ヴァイオリン科の学生であった。モギレフスキイの弟子であった母から、後年、大きな影響を受けることになる。

大正十五年・昭和元年　一九二六年　三歳
父の転勤で満州関東州、大連に移る。

昭和四年　一九二九年　六歳
大連市の大広場小学校に入学。母は毎日、朝から夕方までヴァイオリンの勉強をしていた。昭和七年頃から父母が不和になり、暗い気持で通学する日が続く。

昭和八年　一九三三年　十歳
父母が離婚したため母に連れられて日本へ戻り、神戸市の六甲小学校に転校。神戸に住んでいた伯母がカトリックの信者だったため、夙川の教会に連れて行かれるようになり、無自覚に洗礼を受ける。

昭和十年　一九三五年　十二歳
六甲小学校を卒業し、私立灘中学校に入学。能力別のクラス編成で、入学した時はA組だったが、二年B組、三年C組と下がり、卒業前には最下位のD組に入れられた。

昭和十五年　一九四〇年　十七歳
灘中学校を卒業。

昭和十八年　一九四三年　二十歳
浪人生活三年を経て慶應義塾大学文学部予科に入学。しかし、父が命じた医学部を受けなかったために勘当される。以後、アルバイト生活を始めたが、戦局苛烈のため授業はほとんどなく、川崎の勤労動員の工場で働く。間もなく、カトリック哲学者の吉満義彦が舎監をしていた学生寮に入る。

昭和二十年　一九四五年　二十二歳
たまたま世田谷下北沢の古本屋で佐藤朔の『フランス文学素描』を買い求めて読んだのが動機となって、四月、慶應義塾大学文学部仏文科に進学する。徴兵検査は第一乙種であったが、肋膜炎のため召集延期になり、入隊しないままに終戦を迎える。

昭和二十二年　一九四七年　二十四歳
十二月、「神々と神と」が神西清に認められ、角川書店刊行の「四季」第五号に掲載された。また、「カトリック作家の問題」を「三田文学」に発表。ものを書き、発表した最初であり、以後、評論を書き始める。

昭和二十三年　一九四八年　二十五歳
三月、慶應義塾大学文学部仏文科を卒業。松竹大船撮影所の助監督試験を受けて落第する。神西清の推挙で「堀辰雄覚書」を「高原」に発表、七、十月号に連載。

昭和二十四年　一九四九年　二十六歳
六月、出版社鎌倉文庫の嘱託になり、二十世紀の外国文学辞典の編纂に従事したが、営業不振のため同社は間もなくつぶれた。この年、復員した兄と共にカトリック・ダイジェスト社で働く。「三田文学」の同人になる。

昭和二十五年　一九五〇年　二十七歳
一月、「フランソワ・モーリヤック」（近代文学）。六月、「誕生日の夜の回想」（三田文学）。六月五日、戦後最初の留学生として、フランスの現代カトリック文学を勉強するため、横浜港を旅立つ。七月五日、マルセイユに上陸し、九月までルーアンの建築家ロビンヌ家に預けられた。十月、新学期と共にリヨン大学に入学し、バディ教授の下で勉強する。

昭和二十六年　一九五一年　二十八歳
二月、「恋愛とフランス大学生」（群像）。五月、「フランス大学生と共産主義」（群像）。九月、「フランスにおける異国の学生たち」（群像）。この夏、モーリヤックの『テレーズ・デスケルウ』の舞台になっているランド地方を徒歩旅行。

昭和二十七年　一九五二年　二十九歳

一月、「テレーズの影をおって―武田泰淳氏に」（三田文学）。三月、「フランスの女学生・俗語」（群像）。

昭和二十八年　一九五三年　三十歳

二年余にわたるリヨン滞在の後、パリに移ったが、健康を害して入院。二月、赤城丸で帰国する。七月、「滞仏日記」（近代文学）、八、九、十、十二月号に連載。『フランスの大学生』を早川書房より刊行。

昭和二十九年　一九五四年　三十一歳

四月、文化学院の講師になる。この頃、安岡章太郎を通して、谷田昌平と共に「構想の会」に入り、吉行淳之介、庄野潤三、近藤啓太郎、三浦朱門、進藤純孝、小島信夫等を知る。七月、『カトリック作家の問題』を早川書房より刊行。十一月、「アデンまで」（三田文学）。この年、母郁子死亡。強い影響を受けただけに、その死は辛かった。

昭和三十年　一九五五年　三十二歳

四月、「学生」（近代文学）。五月、「白い人」（近代文学）、六月号で完結。七月、「白い人」により第三十三回芥川賞を受賞。九月、岡田幸三郎の長女順子と結婚。十月、「コウリッジ館」（新潮）。十一月、「黄色い人」（群像）。『堀辰雄』を一古堂より刊行。十二月、『白い人・黄色い人』を講談社より刊行。

昭和三十一年　一九五六年　三十三歳

一月、「青い小さな葡萄」（文学界）、六月号まで連載。六月、長男誕生。九月、「有色人種と白色人種」（群像）。十一月、『神と悪魔』を現代文芸社より刊行。十二月、「ジュルダン病院」（別冊文藝春秋）。『青い小さな葡萄』を新潮社より刊行。この年、上智大学文学部の講師になる。

昭和三十二年　一九五七年　三十四歳

三月、「シラノ・ド・ベルジュラック」（文学界）。五月、「二つの芸術観―芸術におけるエロス的なものとアガペ的なもの」（三田文学）。六月、「海と毒薬」（文学界）、八、十月号に連載。十月、「パロディ」（群像）、「月光のドミナ」（別冊文藝春秋）。

昭和三十三年　一九五八年　三十五歳

三月、『月光のドミナ』を東京創元社より刊行。四月、「宦官」（文学界）。『海と毒薬』を文藝春秋新社より刊行。八月、「夏の光」（新潮）。九月末、アジア・アフリカ作家会議のためソビエトのタシケントに行く。十月、「地なり」（中央公論）、「松葉杖の男」（文学界）。十二月、『海と毒薬』により第五回新潮社文学賞、第十二回毎日出版文化賞を受賞。

昭和三十四年　一九五九年　三十六歳

一月、「火山」（文学界）、十月号まで連載。二月、「最後の殉教者」（別冊文藝春秋）。四月、「イヤな奴」（新潮）。九月、「従軍司祭」（世界）、「サド伝」（群像）、十月号で完結。十月、「異郷の友」（中央公論臨時増刊号）。『おバカさん』を中央公論社より刊行。十一月、「あまりに碧い空」（新潮）。サドの勉強補足その他のため、フランスに行く。

昭和三十五年　一九六〇年　三十七歳

帰国後、健康を害して東大伝研病院に入院、年末、慶應病院に転院する。六月、「再発」（群像）。七月、「葡萄」（新潮）、「男と猿と」（小説中央公論臨時増刊号）。八月、『新鋭文学叢書6　遠藤周作集』を筑摩書房より刊行。九月、『火山』を文藝春秋新社より刊行。十月、『あまりに碧い空』を新潮社より刊行。十一月、「船を見に行こう」（小説中央公論）。十二月、『聖書のなかの女性たち』を角川書店より刊行。

昭和三十六年　一九六一年　三十八歳

一月、「肉親再会」（群像）、「役たたず」（新潮）。五月、『ヘチマくん』を新潮社より刊行。この年、病状がすぐれず、三回にわたる肺手術を受ける。

昭和三十七年　一九六二年　三十九歳

漸く退院したものの、この年は体力が回復せず、短いエッセイを書いただけであった。十月、『結婚』（「あなたは夫わたしは妻」の改題）を講談社より刊行。

昭和三十八年　一九六三年　四十歳

一月、「男と九官鳥」（文学界）、「その前日」（新潮）、「童話」（群像）。七月、「例之酒癖一杯綺言」（文藝春秋）。『宗教と文学』を南北社より刊行。八月、「私のもの」（群像）。十月、「雑木林の病棟」（世界）。十一月、「札の辻」（新潮）。この年、駒場から町田市玉川学園に転居。新居を狐狸庵と命名し、以後、狐狸庵山人という雅号をつける。

昭和三十九年　一九六四年　四十一歳

二月、「四十歳の男」（群像）。「爾も、また」（文学界）、翌年の二月号まで連載。三月、『わたしが・棄てた・女』を文藝春秋新社より刊行。六月、『浮世風呂』を講談社より刊行。九月、「帰郷」（群像）。十月、「梅崎春生」（群像）。

昭和四十年　一九六五年　四十二歳

一月、「大部屋」（新潮）、「雲仙」（世界）。三月、「留学」（群像）。六月、『留学』（第一、二章「留学」、第三章「爾も、また」）を文藝春秋新社より刊行。七月、「道草」（文芸）。『狐狸庵閑話』（「午後のおしゃべり」の改題）を桃源社より刊行。十月、『哀歌』を講談社より刊行。この年、書下ろし長編小説の取材のため長崎、平戸を三浦朱門と共に数度にわたり旅行する。

昭和四十一年　一九六六年　四十三歳

三月、『沈黙』を新潮社より刊行。五月、「黄金の国」（文芸）、十三日から都市センターホールで芥川比呂志の演出によって初演。十月、「雑種の犬」（群像）。『沈黙』により第二回谷崎潤一郎賞を受賞。この年から三年間、成城大学の講師になり、「小説論」を担当。

昭和四十二年　一九六七年　四十四歳

一月、「扮装する男」（新潮）。五月、『ぐうたら生活入門』を未央書房より刊行。日本文芸家協会理事になる。七月、「もし…」（文学界）、「土埃」（季刊芸術）。ポルトガル大使アルマンド・マルチンスの招待でポルトガルに行き、アルブフェーラで行われた聖ヴィンセントの三百年祭で記念講演をする。十月、『私の影法師』を桂書房より刊行。

昭和四十三年　一九六八年　四十五歳
一月、「影法師」(新潮)、「六日間の旅行」(群像)。二月、「ユリアとよぶ女」(文藝春秋)。四月、素人劇団「樹座」をつくり、紀伊国屋ホールでシェークスピアの『ロミオとジュリエット』を上演。五月、「聖書物語」(波)、昭和四十八年六月号まで連載。八月、「なまぬるい春の黄昏」(中央公論)。十一月、『影法師』を新潮社より刊行。一年間の約束で「三田文学」の編集長になる。

昭和四十四年　一九六九年　四十六歳
一月、「母なるもの」(新潮)。書下ろし長編の準備のためイスラエルに行く。二月、「小さな町にて」(群像)。アメリカ国務省の招待でアメリカに行く。九月、『薔薇の館・黄金の国』を新潮社より刊行。十月、「学生」(新潮)、「ガリラヤの春」(群像)、「薔薇の館」(文学界)。

昭和四十五年　一九七〇年　四十七歳
一月、「悲劇の山城をさぐる」(旅)、十二月号まで連載。四月、矢代静一、阪田寛夫、井上洋治等と共にイスラエルに行く。十月、「巡礼」(群像)。十二月、『石の声』を冬樹社より刊行。

昭和四十六年　一九七一年　四十八歳
一月、「群像の一人(知事)」(新潮)、「群像の一人(蓬売りの男)」(季刊芸術)。『切支丹の里』を人文書院より刊行。五月、『母なるもの』を新潮社より刊行。七月、「群像の一人(アルパヨ)」(新潮)。十月、「群像の一人(大祭司アナス)」(群像)。『埋もれた古城』(「悲劇の山城をさぐる」の改題)を新潮社より刊行。十一月、「群像の一人(百卒長)」(新潮)。『遠藤周作シナリオ集』を講談社より刊行。戯曲『メナム河の日本人』の準備のためタイのアユタヤに行く。この年、ローマ法王庁よりシベストリー勲章を受ける。

昭和四十七年　一九七二年　四十九歳
一月、「群像の一人(続・百卒長)」(文芸)、「召使たち」(文藝春秋)。三月、ローマ法王に謁見するため、三浦朱門、曽野綾子等と共にローマを訪れ、『死海のほとり』の仕上げのためイスラエルに行く。十月、『ぐうたら人間学』を講談社より刊行。文芸家協会常任理事になる。この年、『海と毒薬』がイギリスで、『沈黙』がスウェーデン、ノルウェー、フランス、オランダ、ポーランド、スペインで翻訳出版される。

昭和四十八年　一九七三年　五十歳

一月、「群像の一人（奇蹟を待つ男）」（群像）。三月、ロンドン、パリ、ミラノ、スペインのアンダルシア地方を廻る。六月、『死海のほとり』を新潮社より刊行。九月、『メナム河の日本人』を新潮社より刊行。十月、「指」（文芸）。『イエスの生涯』（「聖書物語」の改題）を新潮社より刊行。

昭和四十九年　一九七四年　五十一歳

七月、『遠藤周作文庫』（全五十一冊）が講談社から刊行され始める。八月、『口笛をふく時』を講談社より刊行。十月、『喜劇新四谷怪談』を新潮社より、『最後の殉教者』を講談社より刊行。書下ろし長編の取材のためメキシコに行き、同月帰国。この年、『おバカさん』がイギリスのピーター・オウエン出版社から出版される。

昭和五十年　一九七五年　五十二歳

二月、『遠藤周作文学全集』（全十一巻）を新潮社より刊行、十二月に完結した。北杜夫、阿川弘之と共にヨーロッパに行き、ロンドン、フランクフルト、ブリュッセルで在留日本人に講演、同月帰国。三月、『彼の生きかた』を新潮社より刊行。六月、「黒い旧友」（別冊文藝春秋）。『吾が顔を見る能はじ』を北洋社より、『観客席から』を番町書房より刊行。七月、「代弁人」（新潮）。

昭和五十一年　一九七六年　五十三歳

一月、「ダンス」（文芸）。「面白半分」の編集長を六月まで引き受ける。四月、「聖母讃歌」（文学界）。六月、『鉄の首枷―小西行長伝』の取材のため韓国に行く。九月、「うしろ姿」（群像）。ジャパン・ソサエティの招待でアメリカに行き、ニューヨークで講演。十二月、ピエトゥシャック賞を受賞するため、ポーランドのワルシャワに行き、アウシュヴィッツを廻る。

昭和五十二年　一九七七年　五十四歳

一月、「戦中派」（文藝春秋）。芥川賞の選考委

員になる。四月、『鉄の首枷―小西行長伝』を中央公論社より刊行。五月、『走馬燈―その人たちの人生』を毎日新聞社より刊行。「幼なじみたち」(野性時代)。

昭和五十三年　一九七八年　五十五歳

六月、「カプリンスキー氏」(野性時代)。『イエスの生涯』により国際ダグ・ハマーショルド賞を受賞。七月、『人間のなかのX』を中央公論社より刊行。「ア、デュウ」(季刊芸術)。九月、『キリストの誕生』(「イエスがキリストになるまで」の改題)を新潮社より刊行。この年、『イエスの生涯』がイタリアのクエリニアナ出版社より、『わたしが・棄てた・女』がポーランドのパックス出版社より、『火山』がイギリスのピーター・オウエン出版社より出版される。

昭和五十四年　一九七九年　五十六歳

一月、「還りなん」(新潮)、「ワルシャワの日本人」(文学界)。二月、『キリストの誕生』により読売文学賞を受賞。『王国への道』の取材のため、タイのアユタヤに行く。三月、『王妃マリー・アントワネット①』を朝日新聞社より刊行。四十六年ぶりに大連を訪れる。四月、『銃と十字架』を中央公論社より刊行。五月、『十一の色硝子』を新潮社より刊行。六月、『異邦人の立場から』を日本書籍より刊行。十月、『お茶を飲みながら』を小学館より刊行。十一月、『王妃マリー・アントワネット②』を朝日新聞社より刊行。この年、芸術院賞を受ける。『口笛をふく時』がイギリスのピーター・オウエン出版社より、『イエスの生涯』がアメリカのポーリスト出版社より出版される。

昭和五十五年　一九八〇年　五十七歳

二月、「日本の聖女」(新潮)。四月、『侍』を新潮社より刊行。五月、劇団「樹座」を率いてニューヨークへ渡り、ジャパン・ソサエティでオペラ『カルメン』を上演。八月、『かくれ切支丹』を角川書店より刊行。九月、『王妃マリー・アントワネット③』を朝日新聞社より、『作家の日記』を作品社より刊行。十二月、『真昼の悪魔』を新潮社より刊行。『侍』により野間文芸賞を受賞。

昭和五十六年　一九八一年　五十八歳
一月、「夫婦の一日」（新潮）。二月、「人生」（文藝春秋）。六月、「受賞式の夜」（海）。九月、『王妃マリー・アントワネット』（合本）を朝日新聞社より刊行。十二月、『名画・イエス巡礼』を文藝春秋より刊行。この年、芸術院会員になる。

昭和五十七年　一九八二年　五十九歳
一月、『女の一生』（第一部・キクの場合）を朝日新聞社より刊行。三月、『女の一生』（第二部・サチ子の場合）を朝日新聞社より刊行。四月、『侍』がイギリスのピーター・オウエン出版社より出版される。十一月、『冬の優しさ』を文化出版局より刊行。

昭和五十八年　一九八三年　六十歳
一月、「ある通夜」（新潮）。四月、「六十歳の男」（群像）。六月、『私にとって神とは』を光文社より刊行。七月、「元型について」（文学界）。八月、『よく学び、よく遊び』を小学館より刊行。十月、「宗教と文学の谷間で」（新潮）、翌年十一月まで連載。十一月、『イエス・キリスト』（『イエスの生涯』と『キリストの誕生』の合本）を新潮社より、『イエスに邂った女たち』を講談社より刊行。

昭和五十九年　一九八四年　六十一歳
三月、「小林秀雄氏の絶筆」（波）。五月、「文芸誌への注文」（海・終刊号）。この年、短編集『Stained Glass Elegies』（「四十歳の男」ほか十編）がイギリスのピーター・オウエン出版社より出版される。

昭和六十年　一九八五年　六十二歳
一月、「ピアノ協奏曲二十一番」（別冊文藝春秋）、「六十にして惑う」（新潮）。三月、「卑怯な場所、陋劣の場所」（文学界）、「罪と悪とについて」（中央公論文芸特集春季号）。四月、イギリス、スウェーデン、フィンランドを旅行し、ロンドンのホテルで偶然にグレアム・グリーンと出会い、語り合う。六月、日本ペンクラブの第十代会長に選任される。アメリカに行き、サンタ・クララ大学から名誉博士号を受ける。七月、「奇遇」（新潮）。『私の愛した小説』（「宗教と文学の谷間で」の改題）を新潮社より刊行。十月、『ほんとうの私を求めて』を海竜社より刊行。

昭和六十一年　一九八六年　六十三歳

一月、「私のキャンペーン」（新潮）、二月、「最近、興味のあること」（文学界）。『心の夜想曲《ノクターン》』を文藝春秋より刊行。三月、『スキャンダル』を新潮社より刊行。五月、劇団「樹座」の第二回海外公演のためロンドンへ渡り、ジャネッタ・コクラン劇場でオペラ『蝶々夫人』を上演。十月、「私の変りよう」（群像）。十一月、輔仁大学の招待で台湾に行き、「宗教と文学の会」で講演。

昭和六十二年　一九八七年　六十四歳

一月、「重層的なもの」（新潮）。五月、アメリカに行き、ジョージタウン大学から名誉博士号を受ける。十月、韓国文化院の招待で韓国に行き、作家の尹興吉と会う。

昭和六十三年　一九八八年　六十五歳

一月、「五日間の韓国旅行」（海燕）。五月、「みみずのたわごと」（新潮）。八月、国際ペンクラブのソウル大会に日本ペンクラブ会長として出席する。この年、『スキャンダル』がイギリスのピーター・オウエン出版社より出版される。文化功労者になる。

平成元年　一九八九年　六十六歳

三月、「昭和—思い出のひとつ」（新潮）、「老いの感受性」（文学界）。四月、『春は馬車に乗って』を文藝春秋より刊行。日本ペンクラブ会長を退任。七月、『反逆』（上・下）を講談社より刊行。十二月、『落第坊主の履歴書』を日本経済新聞社より刊行。父常久死亡。この年、『留学』がイギリスのピーター・オウエン出版社より出版される。

平成二年　一九九〇年　六十七歳

一月、「演奏会で」（群像）、「読みたい短篇、書きたい短篇」（新潮）。二月、書下ろし長編の取材のためインドへ行く。三月、「『無意識』を刺激する印度」（読売新聞）、四月、「自作再見—スキャンダル」（朝日新聞）。七月、『変るものと変らぬもの』（「日時計」の改題）を文藝春秋より刊行。仕事場を上大崎に移す。十月、アメリカのキャンピオン賞を受賞。『考えすぎ人間へ』を青春出版社より刊行。十一月、「取材日記」（文藝春秋）。

平成三年　一九九一年　六十八歳

一月、「小説を読む悦び」（新潮）、「寓話」（群像）、「言語道断」（海燕）。三月、『生き上手死に上手』を海竜社より刊行。四月、「無鹿」（別冊文藝春秋）。五月、『決戦の時』（上・下）を講談社より刊行。アメリカに行き、クリーブランドのジヨン・キャロル大学から名誉博士号を受ける。六月、「G・グリーンの魔」（新潮）。十月、『男の一生』（上・下）を日本経済新聞社より刊行。十一月、『人生の同伴者』〈対談〉（聞き手・佐藤泰正）を春秋社より刊行。十二月、台湾の輔仁大学に行き、名誉博士号を受ける。

平成四年　一九九二年　六十九歳

二月、『心の砂時計』を文藝春秋より刊行。五月、『王の挽歌』（上・下）を新潮社より刊行。八月、『異国の友人たちに』を読売新聞社より刊行。十一月、『狐狸庵歴史の夜話』を牧羊社より刊行。

平成五年　一九九三年　七十歳

四月、『万華鏡』を朝日新聞社より刊行。六月、『深い河』を講談社より刊行。七月、遠藤周作編『キリスト教ハンドブック』を三省堂より刊行。

平成六年　一九九四年　七十一歳

一月、『深い河』により毎日芸術賞を受賞。二月、『心の航海図』を文藝春秋より刊行。九月、『狐狸庵閑談』を読売新聞社より刊行。十一月、『遠藤周作とShusaku Endo』を春秋社より刊行。

平成七年　一九九五年　七十二歳

五月、『女』を講談社より刊行。十一月、文化勲章を受章。

（広石廉二編）

●この作品は、一九九六年六月に講談社文庫より刊行された『深い河』を改訂し文字を大きくしたものです。

|著者| 遠藤周作　1923年東京都生まれ。'48年慶應義塾大学文学部仏文科卒業。'50年カトリック留学生として、戦後日本人初めての渡仏、リヨン大に学ぶ。'55年『白い人』で第33回芥川賞受賞。'58年『海と毒薬』で新潮社文学賞・毎日出版文化賞、'66年『沈黙』で谷崎潤一郎賞、'80年『侍』で野間文芸賞、'94年『深い河《ディープ・リバー》』で毎日芸術賞を受賞。また狐狸庵《こりあん》山人の別号をもち、「ぐうたら」シリーズでユーモア作家としても一世を風靡《ふうび》する。'85年～'89年日本ペンクラブ会長。'95年文化勲章受章。'96年9月、73歳で逝去。

深い河《ディープ・リバー》　新装版《しんそうばん》
遠藤周作《えんどうしゅうさく》
© Ryunosuke Endo 2021
2021年5月14日第1刷発行
2024年10月21日第15刷発行

講談社文庫
定価はカバーに
表示してあります

KODANSHA

発行者――篠木和久
発行所――株式会社　講談社
東京都文京区音羽2-12-21　〒112-8001
電話　出版（03）5395-3510
　　　販売（03）5395-5817
　　　業務（03）5395-3615
Printed in Japan

デザイン―菊地信義
本文データ制作―講談社デジタル製作
印刷―――株式会社KPSプロダクツ
製本―――株式会社KPSプロダクツ

落丁本・乱丁本は購入書店名を明記のうえ、小社業務あてにお送りください。送料は小社負担にてお取替えします。なお、この本の内容についてのお問い合わせは講談社文庫あてにお願いいたします。
本書のコピー、スキャン、デジタル化等の無断複製は著作権法上での例外を除き禁じられています。本書を代行業者等の第三者に依頼してスキャンやデジタル化することはたとえ個人や家庭内の利用でも著作権法違反です。

ISBN978-4-06-523448-8

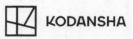

講談社文庫刊行の辞

二十一世紀の到来を目睫に望みながら、われわれはいま、人類史上かつて例を見ない巨大な転換期をむかえようとしている。

世界も、日本も、激動の予兆に対する期待とおののきを内に蔵して、未知の時代に歩み入ろうとしている。このときにあたり、創業の人野間清治の「ナショナル・エデュケイター」への志を現代に甦らせようと意図して、われわれはここに古今の文芸作品はいうまでもなく、ひろく人文・社会・自然の諸科学から東西の名著を網羅する、新しい綜合文庫の発刊を決意した。

激動の転換期はまた断絶の時代である。われわれは戦後二十五年間の出版文化のありかたへの深い反省をこめて、この断絶の時代にあえて人間的な持続を求めようとする。いたずらに浮薄な商業主義のあだ花を追い求めることなく、長期にわたって良書に生命をあたえようとつとめるところにしか、今後の出版文化の真の繁栄はあり得ないと信じるからである。

同時にわれわれはこの綜合文庫の刊行を通じて、人文・社会・自然の諸科学が、結局人間の学にほかならないことを立証しようと願っている。かつて知識とは、「汝自身を知る」ことにつきていた。現代社会の瑣末な情報の氾濫のなかから、力強い知識の源泉を掘り起し、技術文明のただなかに、生きた人間の姿を復活させること。それこそわれわれの切なる希求である。

われわれは権威に盲従せず、俗流に媚びることなく、渾然一体となって日本の「草の根」をかたちづくる若く新しい世代の人々に、心をこめてこの新しい綜合文庫をおくり届けたい。それは知識の泉であるとともに感受性のふるさとであり、もっとも有機的に組織され、社会に開かれた万人のための大学をめざしている。大方の支援と協力を衷心より切望してやまない。

一九七一年七月

野間省一

上田秀人 天 下〈奥右筆秘帳〉
上田秀人 決 戦〈奥右筆秘帳〉
上田秀人 前 夜〈奥右筆外伝〉
上田秀人 軍師の挑戦〈上田秀人初期作品集〉
上田秀人 天主信長〈表〉〈我こそ天下なり〉
上田秀人 天主信長〈裏〉〈天を望むなかれ〉
上田秀人 波 乱〈百万石の留守居役(一)〉
上田秀人 思 惑〈百万石の留守居役(二)〉
上田秀人 新 参〈百万石の留守居役(三)〉
上田秀人 遺 臣〈百万石の留守居役(四)〉
上田秀人 密 約〈百万石の留守居役(五)〉
上田秀人 使 者〈百万石の留守居役(六)〉
上田秀人 貸 借〈百万石の留守居役(七)〉
上田秀人 参 勤〈百万石の留守居役(八)〉
上田秀人 因 果〈百万石の留守居役(九)〉
上田秀人 忖《そん》度《たく》〈百万石の留守居役(十)〉
上田秀人 騒 動〈百万石の留守居役(十一)〉
上田秀人 分 断〈百万石の留守居役(十二)〉
上田秀人 舌 戦〈百万石の留守居役(十三)〉

上田秀人 愚 劣〈百万石の留守居役(十四)〉
上田秀人 布 石〈百万石の留守居役(十五)〉
上田秀人 乱 麻〈百万石の留守居役(十六)〉
上田秀人 要《よう》訣《けつ》〈百万石の留守居役(十七)〉
上田秀人 梟《ふくろう》の系譜〈宇喜多四代〉
上田秀人 竜は動かず 奥羽越列藩同盟顚末 (上)万里波濤編 (下)帰郷奔走編
上田秀人 戦 端〈武商繚乱記(一)〉
上田秀人 悪 貨〈武商繚乱記(二)〉
上田秀人 流 言〈武商繚乱記(三)〉
上田秀人ほか どうした、家康
内田 樹 下流志向〈学ばない子どもたち 働かない若者たち〉
内田 樹 / 釈 徹宗 現代霊性論
上橋菜穂子 獣の奏者〈Ⅰ闘蛇編〉
上橋菜穂子 獣の奏者〈Ⅱ王獣編〉
上橋菜穂子 獣の奏者〈Ⅲ探求編〉
上橋菜穂子 獣の奏者〈Ⅳ完結編〉
上橋菜穂子 獣の奏者〈外伝 刹那〉
上橋菜穂子 物語ること、生きること
上橋菜穂子 明日は、いずこの空の下

上野 誠 万葉学者、墓をしまい母を送る
海猫沢めろん 愛についての感じ
海猫沢めろん キッズファイヤー・ドットコム
冲方 丁 戦 の 国
冲方 丁 十一人の賊軍
上田岳弘 ニ ム ロ ッ ド
上田岳弘 旅 の な い
上野 歩 キリの理容室
内田英治 異動辞令は音楽隊！
遠藤周作 ぐうたら人間学
遠藤周作 聖書のなかの女性たち
遠藤周作 さらば、夏の光よ
遠藤周作 最後の殉教者
遠藤周作 反 逆 (上)(下)
遠藤周作 ひとりを愛し続ける本
遠藤周作 周作塾〈読んでもタメにならないエッセイ〉
遠藤周作 新装版 海と毒薬
遠藤周作 新装版 わたしが・棄てた・女
遠藤周作 深い河《ディープ・リバー》〈新装版〉

講談社文庫　目録

大島真寿実　ふじこさん
大泉康雄　あさま山荘銃撃戦の深層 (上)(下)
大山淳子　猫弁〈天才百瀬とやっかいな依頼人たち〉
大山淳子　猫弁と透明人間
大山淳子　猫弁と指輪物語
大山淳子　猫弁と少女探偵
大山淳子　猫弁と魔女裁判
大山淳子　猫弁と星の王子
大山淳子　猫弁と鉄の女
大山淳子　猫弁と幽霊屋敷
大山淳子　猫弁と狼少女
大山淳子　雪　猫
大山淳子　猫は抱くもの
大山淳子　イーヨくんの結婚生活
大倉崇裕　小鳥を愛した容疑者
大倉崇裕　蜂に魅《ひ》かれた容疑者〈警視庁いきもの係〉
大倉崇裕　ペンギンを愛した容疑者〈警視庁いきもの係〉
大倉崇裕　クジャクを愛した容疑者〈警視庁いきもの係〉
大倉崇裕　アロワナを愛した容疑者〈警視庁いきもの係〉

大鹿靖明　メルトダウン〈ドキュメント福島第一原発事故〉
荻原　浩　砂の王国 (上)(下)
荻原　浩　家族写真
小野正嗣　九年前の祈り
大友信彦　オールブラックスが強い理由〈世界最強チーム勝利のメソッド〉
乙　一　銃とチョコレート
織守《おりがみ》きょうや　霊感検定
織守きょうや　霊感検定〈心霊アイドルの憂鬱〉
織守きょうや　霊感検定〈春にして君を離れ〉
織守きょうや　少女は鳥籠《とりかご》で眠らない
おーなり由子　きれいな色とことば
岡崎琢磨　病弱探偵〈謎は彼女の特効薬〉
小野寺史宜《ふみのり》　その愛の程度
小野寺史宜　近いはずの人
小野寺史宜　それ自体が奇跡
小野寺史宜　縁《ゆかり》
小野寺史宜　とにもかくにもごはん
大崎　梢　横濱エトランゼ
大崎　梢　バスクル新宿

太田哲雄　アマゾンの料理人〈世界一の"美味しい"を探して僕が行き着いた場所〉
小竹正人　空に住む
岡本さとる　駕籠屋《かごや》春秋　新三《しんざ》と太十《たじゅう》
岡本さとる　質屋の娘〈駕籠屋春秋　新三と太十〉
岡本さとる　雨やどり〈駕籠屋春秋　新三と太十〉
岡崎大五　食べるぞ！世界の地元メシ
荻上直子　川っぺりムコリッタ
小原周子　留子さんの婚活
海音寺潮五郎　新装版　江戸城大奥列伝
海音寺潮五郎　新装版　孫子 (上)(下)
海音寺潮五郎　新装版　赤穂義士
加賀乙彦　新装版　高山右近
加賀乙彦　ザビエルとその弟子
加賀乙彦　殉教者
加賀乙彦　わたしの芭蕉
柏葉幸子　ミラクル・ファミリー
勝目　梓　小説家
桂　米朝　米朝ばなし〈上方落語地図〉
笠井　潔　梟《ふくろう》の巨《おお》いなる黄昏《たそがれ》

笠井　潔　青銅の悲劇(上)(下)
笠井　潔　転生の魔〈私立探偵飛鳥井の事件簿〉
川田弥一郎　白く長い廊下
神崎京介　女薫の旅　放心とろり
神崎京介　女薫の旅　耽溺《たんでき》まみれ
神崎京介　女薫の旅　秘に触れ
神崎京介　女薫の旅　禁の園へ
神崎京介　女薫の旅　欲の極み
神崎京介　女薫の旅　青い乱れ
神崎京介　女薫の旅　奥に裏に
神崎京介　I LOVE
加納朋子　ガラスの麒麟〈新装版〉
角田光代　まどろむ夜のUFO
角田光代　恋するように旅をして
角田光代　人生ベストテン
角田光代　ロック母
角田光代　彼女のこんだて帖
角田光代　ひそやかな花園
角田光代 石田衣良 ほか　こどものころにみた夢

川端裕人　せちやん〈星を聴く人〉
川端裕人　星と半月の海
片川優子　ジョナさん
神山裕右　カタコンベ
神山裕右　炎の放浪者
加賀まりこ　純情ババアになりました。
門田隆将　甲子園への遺言〈伝説の打撃コーチ高畠導宏の生涯〉
門田隆将　甲子園の奇跡〈斎藤佑樹と早実百年物語〉
門田隆将　神宮の奇跡
鏑木　蓮　東京ダモイ
鏑木　蓮　屈折光
鏑木　蓮　時限
鏑木　蓮　真友
鏑木　蓮　甘い罠
鏑木　蓮　京都西陣シェアハウス〈憎まれ天使・有村志穂〉
鏑木　蓮　炎罪
鏑木　蓮　疑薬
鏑木　蓮　見習医《けんしゅうい》ワトソンの追究
川上未映子　そら頭はでかいです、世界がすこんと入ります

川上未映子　わたくし率 イン 歯ー、または世界
川上未映子　ヘヴン
川上未映子　すべて真夜中の恋人たち
川上未映子　愛の夢とか
川上弘美　ハヅキさんのこと
川上弘美　晴れたり曇ったり
川上弘美　大きな鳥にさらわれないよう
海堂　尊　新装版 ブラックペアン1988
海堂　尊　ブレイズメス1990
海堂　尊　スリジエセンター1991
海堂　尊　死因不明社会2018
海堂　尊　極北クレイマー2008
海堂　尊　極北ラプソディ2009
海堂　尊　黄金地球儀2013
海堂　尊　ひかりの剣1988
門井慶喜　パラドックス実践 雄弁学園の教師たち
門井慶喜　銀河鉄道の父
門井慶喜　ロミオとジュリエットと三人の魔女
梶　よう子　迷子石

講談社文庫　目録

2024年9月13日現在